U0065061

Choice

編輯的口味
讀者的品味
文學的況味

崩潰

THE BREAKDOWN

B.A.芭莉絲 B.A. PARIS 著
趙丕慧 譯

來自各界的一致讚譽

這本心理驚悚小說比B.A.芭莉絲的暢銷處女作《關上門以後》更讓人愛不釋手，令你無論如何都必須擠出時間來讀……一連兩部佳作，B.A.芭莉絲直接就跳上了驚悚作家的名家之列！——**《書單》雜誌**

這本饒富趣味的心理驚悚小說也和作者廣受好評的處女作《關上門以後》有著一樣的脈絡，讀者被拉進一個非常迷人的故事中，每個角色都有嫌疑。故事的主人翁有血有肉，對話真實生動，劇情轉折高明，這本書不容錯過！——**圖書館期刊**

跟B.A.芭莉絲的第一本小說一樣，這本也是節奏快速、緊張懸疑的驚悚小說，讓讀者急著翻頁，想知道接下來會發生什麼事，許許多多的謎團又將如何解開……這是一個充滿才華、令人滿意的故事，不需要灑狗血就能達到它要的效果！

——**週日愛爾蘭獨立報**

媽媽咪呀，我一個星期就把它讀完了！它在每一方面都跟《關上門以後》一樣好，搞不好還更棒……又一本吸睛的驚悚小說！——**《別愛上任何人》作家／瑪麗．庫比卡**

B.A.芭莉絲又來了！《崩潰》是本讓你想一口氣看完的驚悚小說，看完後你會不由得懷疑你愛的家人、你信任的朋友，甚至是你自己的心智！——**《最好別想起》作家／溫蒂・沃克**

建構得精心、破壞得聰明，《崩潰》讓你一坐下來讀就停不下來，你的眼睛會黏在書頁上，而且看完之後還會讓你縈繞心頭。愛死了！——**麗姿愛讀書網站**

這本精采的小說寫的是懊悔以及無法改變的過去……故事慢慢展開，怪異荒唐，引人入勝，而結局也像作者的第一本書《關上門以後》一樣令人滿意！——**書包網站**

英國作家B.A.芭莉絲繼處女作《關上門以後》，又一部一流的心理驚悚佳作……緊張感很快就攀升到高潮，而凱絲的恐懼……也變得觸手可及！——**出版家週刊**

B.A.芭莉絲又一次呈現了一部氣氛緊張的心理小說，從第一頁開始就充滿了懸疑和欺騙。《崩潰》讓我們一窺心智是如何運作的，而一個人又能有多狠心。這本陰暗的故事寫的是嫉妒和人際關係，這個故事會讓你不由自主地跟著它走，而且沒辦法放下來！——**手寫女孩網站**

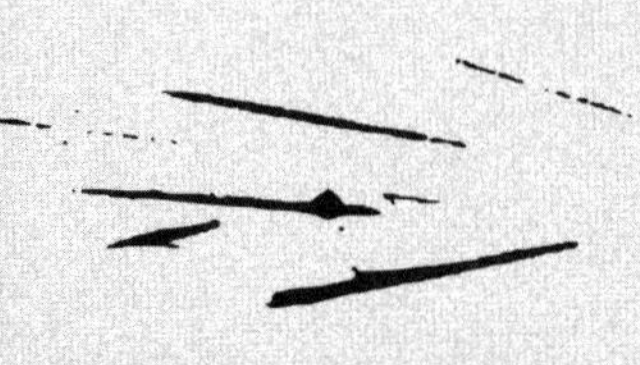

這本書很精采，從一開始我就覺得我的心臟怦怦跳，緊張焦急，想知道接下來的情節……B.A.芭莉絲的第二本小說也延續了她所創造的心理緊張氣氛——她絕對不會只是個「一本作家」！——**有書就讀網站**

B.A.芭莉絲的又一本好書……讓你一翻開就上癮，而且你急著想知道接下來會發生什麼，所以會一頁接著一頁看下去。——**犯罪暨懸疑評論**

精采好書！……衷心推薦這本節奏明快的心理驚悚小說！——「**她寫作，她烘焙**」**網站**

一部扣人心弦的心理懸疑小說，在女主角費盡心力解開她不慎陷入的謎團時，你也會質疑女主角自己是否誠實。——**伯明罕水石書店**

除非你跟著情節一起上下起伏，否則絕對停不下來！——**每日快報**

打從一開始，B.A.芭莉絲就把你丟進了一個緊張、混亂、懸疑、恐怖的氣氛裡！——**愛書網**

她是天生的說書人，一開始就吸引住我，無法放手！——**我的栗子讀書網站**

這部小說寫的是友情與愛情、神智是否正常以及揭開一切真相的恐怖過程。——**今日美國報**

令人愛不釋手的心理小說！——《**持家之道**》**月刊**

你會一口氣讀完，因為你急著知道會發生什麼事！——《**第一**》**雜誌**

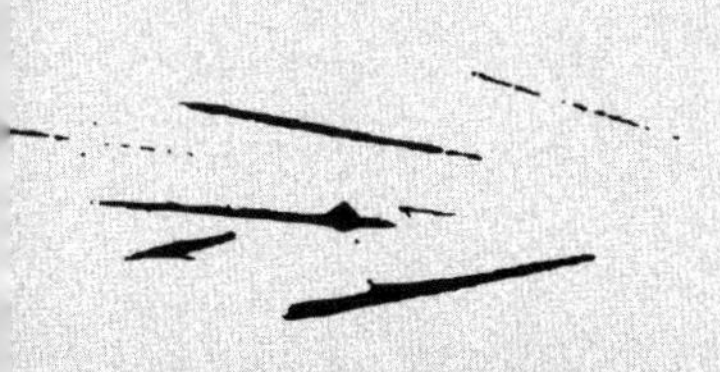

獻給我的父母

七月十七日，週五

我們正在道別，準備過暑假，這時雷聲大作。青天霹靂，震撼大地，把康妮嚇了好大一跳。約翰笑了出來，四周的熱空氣密密實實的。

「妳得趕快了！」他大聲喊。

我趕緊揮揮手，奔向汽車，剛跑到，皮包裡的手機就響了，聲音悶悶的。一聽鈴聲我就知道是馬修打來的。

「我要出發了。」我跟他說，摸索著門把。「我正要坐進車子裡。」

「這麼快？」他的聲音從另一端傳來。「妳不是要去康妮家嗎？」

「我去了啊，可是一想到你在等我，我就坐不住了。」我開他玩笑，但立時想起他的聲音無精打采的。「有什麼不對勁嗎？」我問。

「嗯，我偏頭痛得厲害。大概一個小時前開始痛的，現在越來越痛了。所以我才打電話給妳。我先上床睡覺沒關係吧？」

我覺得空氣重重壓著我的皮膚，想著即將來襲的暴風雨；雖然雨滴尚未飄落，但憑直覺我知道大雨馬上就到。「當然沒關係。你有沒有吃藥？」

「有，可是好像不管用。我看我去客房睡好了，萬一我真的睡著了，妳回來的時候也不會把我吵醒。」

「好主意。」

「妳還沒安全回來，我實在很不願意上床睡覺。」

我一聽這話就笑了。「我沒事，只不過四十分鐘的車程。除非我穿過樹林，走黑水巷回來。」

「絕對不行！」我幾乎能體驗到他拔高音量腦袋立刻被一支利箭穿過的感覺。

「喔，好痛。」他說，我也眨眨眼，感同身受。他把聲音壓低到比較能承受的限度。

「凱絲，答應我妳不會走那條路回來。第一，我不想要妳晚上開車穿過樹林，第二，暴風雨快來了。」

「好，我不走就是。」我匆匆說，坐進駕駛座，把皮包丟在旁邊。

「妳保證？」

「我保證。」我插上鑰匙，發動了汽車，夾在肩膀和耳朵間的手機變熱了。

「小心開車啊。」他叮嚀我。

「好。我愛你。」

「我更愛妳。」

我把手機放回皮包裡，想起他的堅持不禁泛起微笑。我駛出停車位，斗大的雨點打上我的擋風玻璃。**下雨了**，我心裡想。

等我開上了雙線車道，雨勢變大了。前面有輛大卡車擋著，我的雨刷壓根來不及清理大卡車車輪濺起的泥水。我索性超車，忽地閃電劃破了天際，童年的習慣又冒了出來，我開始在腦子裡慢慢數數。剛數到四，就傳來轟隆的雷聲。或許我還是應該回康妮家，在那兒跟大家一起度過暴風雨，聽約翰講笑話說故事。我想起剛才說我不跟他們摻和了，他的那種眼神，我忽然一陣內疚。我真不該提起馬修的，我應該像我們的校長瑪麗一樣，就說我累了。

雨水像是用倒的，快車道的汽車也都減速了，漸漸匯集到我的迷你奧斯汀四周，突如其來的壓迫讓我又開回慢車道。我向前傾，瞪著擋風玻璃，恨不得雨刷能再動得快一點。一輛貨車飛馳而過，接著是又一輛，然後它一下子就切到了我的前面，連個燈號都不打，害得我緊急煞車。剎那間，我覺得開這條馬路太危險了。天空出現更多閃電，緊接著努克角的路標出現在眼前，那就是我定居的小村莊。白底黑字，被車燈照亮，在黑暗中有如燈塔，那麼地溫馨；而就在快掠過之前，我在最後一分鐘切入了左邊，預備抄那條馬修不讓我走的捷徑。後面喇叭聲大作，如影隨形，追著我鑽入了穿林而過的漆黑巷道，感覺像什麼惡兆。

車頭燈全開，前方仍差不多是伸手不見五指，我立刻就後悔離開了那條燈光明亮的大馬路。這條小路儘管白天時很美——穿過了鋪滿圓葉風鈴草的樹林——可是潛藏的起伏彎折在這樣的夜晚卻是步步危機。一想到還有一大段路要走，我的胃就因為焦慮而糾結。可是再開個十五分鐘就到了。只要我不緊張，不魯莽，我很快就到家了。話是這麼說，我還是催了油門。

林間陡地颳了一陣風，衝擊了我的小車，我忙著穩住汽車，誰知路面卻下陷，心驚膽跳的幾秒鐘，車輪離地，我的胃衝上了嗓子眼，害我以為是在坐雲霄飛車。車輪砰的一聲又觸及地面，泥水潑濺上車身，擋風玻璃像被瀑布沖刷，一時間我什麼也看不見。

車子抖動了幾下，在越來越深的水坑裡停住了。「不！」我大喊一聲。唯恐會在樹林裡拋錨，我的腎上腺素飆升，促使我立即行動。我換檔，變速器被我扳得嘎嘎叫，用力踩油門。引擎哼了兩聲，車子前進了，在泥水中跋涉，爬上了斜坡。我的心跳原本就和使勁地來回擦水的雨刷一起跳動，現在卻跳得太厲害，我只得利用幾秒鐘的工夫來讓自己喘口氣。可是我不敢停車，我怕汽車又不聽使喚，於是我繼續開，只是現在要謹慎多了。

幾分鐘後，一聲雷鳴嚇了我好大一跳，害得我連方向盤都握不住，汽車向左打滑，我用力把方向盤轉回來，兩手抖個不停，猛地害怕我可能沒辦法平安回家了。我盡量叫自己冷靜，可是我覺得陷入了十面埋伏，不僅是天氣在攻擊我，還有樹木，它們左右扭動，跳著死亡之舞，隨時想把我的小車子從馬路上掀翻，拋入暴風雨中。雨點敲打著車頂，狂風吹襲著車窗，雨刷砰砰地響著，實在很難專心。

前方有幾處彎路，所以我把身體向前傾，握緊方向盤。路上沒有車子，我過了一處彎路，又一處彎路，我祈禱前方能出現汽車的尾燈引領我穿過剩下的路程。我想打電話給馬修，只為了聽聽他的聲音，只為了知道這世界上還有別人，因為此時此刻油然而生的就是那種孑然一身、無依無靠的感覺。可是我不想吵醒他，因為他正在忍受偏頭痛的折磨。再說了，要是他知道我在哪裡，他會氣瘋的。

前一秒我才覺得這條路永遠也走不完，可是一轉彎，我就看到前方一百碼左右有汽車的尾燈。我顫巍巍地吁了一口氣，稍稍放寬了心，略微加速。我打算追上去，可就在我快咬住它的尾巴的時候，我才發覺車子根本沒在動，而是停在一處小小的避車道上。一驚之下，我用力轉彎，只差幾吋就擦撞到它的右側擋泥板；等我和那輛車並行之後，我轉頭去惡狠狠瞪司機，準備要罵他不把警示燈亮起來，卻看見一個女人望著我，五官被雨水弄得面目模糊。

我以為她的汽車拋錨了，就在她的前方停車，怠速等待。我覺得她得在這種可怕的天氣下離開汽車還真可憐。我一直盯著後照鏡——幸災樂禍地想還有別人笨到會在暴風雨裡穿過樹林——我想像著她慌慌張張地找雨傘。過了整整十秒鐘，我才明白她是不打算下車的，我忍不住氣惱。她總不會是指望我在這種滂沱大雨裡跑向她吧？除非她是有什麼無法下車的理由——若是那樣，她不是也該閃個燈，或是按個喇叭，讓我知道她需要協助嗎？可是什麼動靜也沒有，我只好動手去解安全帶，同時眼睛仍盯著後照鏡。我雖然看不清楚，可是她開著頭燈坐在車裡的樣子也很不對勁，而瑞秋小時候跟我說的故事也紛紛冒了出來：什麼有人停下來幫忙汽車拋錨的人，結果卻發現附近還有個同黨埋伏在旁邊等著偷他的車子；什麼駕駛下了汽車去幫助在馬路上的一頭受傷的鹿，卻遭到殘暴的攻擊，發現一切都是人為的布置。我趕緊又扣上了安全帶。我剛才開車經過時沒看到車子裡還有別人，可是並不等於就真的沒有別人，他們可能躲在後座，隨時會跳出來。

又一道閃電劃破天際，消失在林間。風勢又起，樹枝爭相抓扒著乘客座的車窗，好像有人想闖進來。我的背一陣發麻。我覺得好無助，就放開了手煞車，向前滑行了一點，做出要離開的樣子，希望能刺激那個女人，讓她能採取行動，什麼都好，只要讓我知道她不想要我離開就行。可是照樣是一點動靜也沒有。我不情不願地又停住了汽車，因為丟下她一個人逕自離開好像不太對。可我也不想害自己涉險。仔細想想，我剛才開車經過時，她不像是落難的樣子，她並沒有慌張地揮手，也沒有什麼需要幫助的表示，所以說不定有人——她的先生或是拖吊業者——已經在救援的路上了。要是我拋錨了，第一個就會呼叫馬修，而不是找另一輛車上的陌生人。

我坐在車裡，正心慌意亂呢，雨勢卻加大了，簌簌的雨敲打著車頂——**走，走，走！**

為我作了決定。我放開煞車，以龜速駛離，給她最後一次機會叫我回來。可是她沒反應。

幾分鐘之後，我出了樹林，朝家奔馳，那是一棟美麗的老農舍，前門爬滿了玫瑰，後院有片不規則的花園。我的手機嗶了一聲，通知我電話又能收訊了。再往前個一哩左右，我進了自家的車道，盡量挨著屋子停車，很開心終於平安到家了。我的心裡仍惦著那個坐在汽車裡的女人，不知道是否該打電話給本地的警局，或是修車廠，請他們去看一下。我想起了駛出樹林後收到的簡訊，就從皮包裡拿出手機，查看螢幕。是瑞秋傳的。

嗨，希望妳今晚玩得還開心！我上床睡覺了，明天得直接從機場去上班，怕有時差。只想問妳有沒有給蘇西買那個禮物？明天早上打給妳。

看到最後，我皺起了眉頭——瑞秋為什麼要問我有沒有給蘇西買禮物？我沒買，還沒買，因為期末的這段時間我太忙了。反正派對是明天晚上的事，我打算明天早上再去逛街，買樣禮物送她。我又看了一次簡訊，這一次，「那個禮物」四個字像活了過來，感覺起來倒像是瑞秋指望我代表我們兩個買了什麼。

我回想最後一次見到她的情景。大約是兩週前，她啟程到紐約的前一天。她是顧問，在一家很大的美國顧問公司芬奇雷克斯的英國分公司工作，經常要到美國去出差。

那天晚上，我們去看電影，之後再去喝一杯。很可能就是在那時她請我幫忙買禮物。我極力搜索回憶，想要記起來，想要猜出我們究竟決定要買什麼。什麼都有可能——香水、珠寶、書——可我什麼也想不起來。會是我忘了嗎？倒是對媽的回憶泉湧而出，讓我很不舒服，我立刻就把源頭關掉。**不一樣**，我兇巴巴地告誡自己，**我不是那樣。明天我就會想起來了。**

我把手機塞回皮包裡。馬修說得對，我需要休假。要是我能在海灘上放鬆個幾週，我就沒事了。而且馬修也需要休個假。我們沒度過蜜月，因為一直忙著整修農舍，所以我上一次真正度假，也就是什麼事也不幹，就躺在沙灘上曬太陽，是在爸過世前，十八年前了。那之後，經濟一直拮据，做不了別的事，尤其是我為了照顧媽還得放棄教職。也就是因為如此，在她過世後不久，我發現她並不是什麼身無分文的寡婦，而是個小富婆，我會那麼地驚愕。我不懂她明明就可以活得很舒服，為什麼會甘願過得那麼清貧。我實在太過震驚了，幾乎沒聽見律師說的話，所以等我終於明白媽的財產有多少之後，我只能瞪著律師看，不敢置信。我本來以為爸一點錢也沒有留下。

一聲霹靂巨響，距離更遠了，猛地把我震回了現實。我注視著車窗外，估算著是否能夠衝到門廊上而不會淋濕。我把手提包抱在胸前，開了車門，手上握著鑰匙，拔腿就往大門衝。

我在門廳脫掉了鞋，躡手躡腳上樓。客房的門關著，我很想打開一條門縫，看看馬修睡著了沒有。可是我不敢吵醒他，所以就快手快腳換裝，準備就寢。我的頭尚未沾枕，就睡著了。

七月十八日，週六

隔天早晨我一醒就看見馬修坐在床沿上，手上拿著一杯茶。

「幾點了？」我喃喃問，努力在透窗而入的陽光下睜開眼睛。

「九點。我七點就醒了。」

「偏頭痛好了嗎？」

「好了。」陽光下他沙色的頭髮像金色的，我伸手去耙梳他的頭髮，愛死了他濃密的頭髮。

「那是給我的嗎？」我說，滿懷希望地盯著茶杯。

「當然啦。」

我坐了起來，靠著頭。〈美好的一天〉(Lovely Day)，我最愛的舒心歌曲，在樓下的收音機裡響著，想到了眼前的六週暑假，生活確實很美好。

「謝啦。」我說，接下了茶杯。「你有沒有睡著？」

「有，睡得很死。真對不起沒能等妳回來。路上好走嗎？」

「還行。可是又閃電又打雷的，還下雨。」

「至少今天早晨太陽又露臉了。」他輕推了我一把。「過去一點。」我小心別把茶潑出來，挪位子給他，他就爬上床躺在我旁邊，舉高了一隻手臂，我依偎著他，頭枕著他的肩。「有個女人死了，就在這附近。」他說，聲音輕得我差點沒聽見。「我從新聞上聽見的。」

「真可憐。」我把茶杯放在桌頭几上，轉過去看著他。「你說就在這附近，什麼意思？在布洛伯利嗎？」

他拂開我額上的頭髮，指尖碰到我的皮膚，軟軟的。「不是，還要更近，是在穿過樹林的馬路上，介於這裡和威爾斯堡之間。」

「哪條路？」

「就是黑水巷啊。」他低頭吻我，我卻躲開了。

「別鬧了，馬修。」我看著他，心臟怦怦亂跳，像是被關在籠子裡的鳥。我等著他微笑，說他知道我昨晚是走那條路回來的，所以故意糊弄我。可是他只是擰著眉。

「我知道，很可怕，是不是？」

我瞪著他。「你沒開玩笑？」

「沒啊。」他一臉迷惑，不是裝出來的。「這種事我怎麼可能會瞎說。」

「可是……」我突然覺得想吐。「她是怎麼死的？新聞有沒有說？」

他搖頭。「沒有，只說她死在汽車裡。」

我轉過了頭，不讓他看見我的臉。**不可能是那個女人**，我跟自己說，**不可能**。

「我得起來了。」我說，不讓他用雙臂摟住我。「我得去逛街。」

「幹嘛？」

「給蘇西買禮物。我還沒幫她買禮物，派對就在今天晚上。」我兩腿一跨，下了床，站了起來。

「可是也不用趕嘛，對不對？」他抗議了。可是我已經走掉了，還帶著手機。

到了浴室，我把門鎖上，打開了蓮蓬頭，想要淹沒在我腦子裡的聲音，那聲音一直在說死亡的女人就是昨晚我開車經過看見的同一個女人。我覺得抖得厲害，只好坐在浴缸邊，連接網路，搜尋新聞。是BBC的即時新聞，但沒有細節，只說索塞克斯郡布洛伯利附近發現有一名女性在自己的汽車中死亡。發現時已無生命跡象。難道是她自殺了？那還真是可怕。

我的心思飛轉，想理清情況。如果是同一個女人，那可能她就不是拋錨了，她可能是特意停在避車道上的，因為那裡很隔絕，就不會有人打斷她。難怪她既沒閃燈，也沒請我幫忙——這就對了，如果是拋錨了，她一定會發出什麼信號，要我停下來，而不是坐在車裡木然回瞪著我。我的胃很不舒服。此時此際，陽光從浴室窗戶灑進來，感覺實在很不可思議，我居然沒下車去查看。要是我查看了，結果很可能會不同。她可能會跟我說她沒事，她可能會假裝是拋錨了，有人要來幫忙了。不過就算她這麼說，我也可能會提議留下來陪她等。而如果她堅決拒絕我的好意，我就可能會起疑，我會哄她把心事說出來——那她就可能不會死。可我不是打算要報警什麼的嗎？可是被瑞秋的簡訊一打岔，我忙著去想送蘇西的禮物究竟是什麼，就把車裡的女人給忘得一乾二淨了。

「妳要在裡面很久嗎，甜心？」馬修的聲音從門後傳過來。

「我馬上就好！」我拉高嗓門蓋過浪費的洗澡水。

「那我就去做早飯了。」

我脫下睡衣，進了浴缸。水很熱，卻還沒有熱到能洗去我心中滾燙的愧疚。我用力擦洗身體，盡量不去想那個女人打開一瓶安眠藥，把藥丸倒進手裡，舉到口邊，盡數吞了下去。她究竟是遭遇了什麼恐怖的事情才會逼她走上了絕路？她快要死的時候是不是有那麼一瞬間後悔自己魯莽尋短？我受不了自己老是往這方面想，就把水關掉，出了浴缸。突如其來的寂靜令人發慌，我連忙打開手機上的廣播，希望能聽見某人高唱一首輕快樂觀的歌曲，只要能不讓我去想車裡的女人就行。

「……今天一大早在黑水巷發現一名女子陳屍汽車內。警方認爲她的死因可疑，但暫時沒有披露進一步的細節，不過警方建議住在附近的居民要保持警覺。」

我震驚得喘不過氣來。「**她的死因可疑**」——這句話在浴室裡迴響。出了命案警方不是一向都這麼說嗎？我忽然覺得害怕。我在現場，在同一個地點。兇手是不是也在那裡，潛藏在灌木叢中，伺機殺害某人？那死的可能是我啊！一想到此，我忽然頭暈目眩，連忙伸手去抓毛巾架，硬逼自己深呼吸。昨晚我走那條路，一定是瘋了。

回到臥室，我直接從丟在椅子上的一堆衣服裡拉出了一件黑色棉質連身裙，迅速套上。下了樓，尚未打開廚房門，烤香腸的味道就害我的胃翻騰。

「我覺得我們應該用一頓豐盛的大餐來慶祝妳放假了。」馬修說，一臉的樂不可支，我只得強裝笑臉，不想要掃了他的興。

「好極了。」我想跟他說昨晚的事，我想跟他說我很可能會被殺，我想要把我的恐懼告訴他，因為恐懼大得讓我沒辦法一個人吞下去。可如果我跟他說我穿過樹林回來，尤其是在他特意叮嚀我不要走那條路之後，他會氣得跳腳。我現在平平安安坐在廚房裡，而沒有被殺死在我的汽車裡並不是重點。他的感覺會跟我一樣，一想到可能發生的事，一想到我讓自己陷入險境，他就會驚駭震顫。

「那妳幾點要去逛街啊？」他問我。他穿著灰色T恤和薄棉短褲，換作別的時候，我會覺得自己真是幸運，能嫁給這個男人。可現在我卻幾乎不敢往他那裡看，感覺上我的秘密像在皮膚上燃燒。

「吃完飯我就走。」我看著窗外的後花園，想集中精神欣賞花園的美，可是腦子卻老是被昨晚的事絆住，被我逕自離去的事絆住。那時她還活著，那個車裡的女人。

「瑞秋要跟妳一塊去嗎？」馬修打斷了我的思緒。

「沒有。」冷不防間，這似乎是天底下最好的主意，因為我也許能跟她說說昨晚的事，傾吐一下我的驚駭和疑惑。「說真的，這主意還真不壞。我來打電話問她。」

「別講太久，」他說，「早餐快好了。」

「一分鐘。」

我走到門廳，打家用電話——在我們的房子裡只有樓上才有手機訊號——撥了瑞秋的電話。響了一陣子才有人接，而且她的聲音充滿了濃濃的睡意。

「我把妳吵醒了。」我說，感覺很糟，突然想起她昨天才剛從紐約回來。

「感覺好像是半夜。」她說，脾氣不太好。「幾點了？」

「九點半。」

「那確實是半夜。妳收到我的簡訊了？」

這問題讓我不知所措，我頓了頓，眼睛後面痛了起來。「收到了，可是我還沒幫蘇西買禮物。」

「喔。」

「我一直很忙。」我趕緊說，想起了瑞秋不知為何認為我們要合買禮物。「我是想等到今天，怕我們又改變主意，想買別的給她。」我加上這一句，希望能引誘她說出我們究竟是決定要買什麼。

「怎麼可能會改？大家都說妳的點子最好。還加上今晚的派對，凱絲！」

「大家」兩個字讓我丈二金剛摸不著頭腦。「唉，也很難說啊，」我避重就輕地說。「妳大概不想跟我一起去吧？」

「我很樂意，可是我的時差很嚴重……」

「如果我請妳吃午餐呢？」

停頓。「寇斯特羅嗎？」

「沒問題。我們十一點在芬登的那間咖啡店碰面，我可以順便請妳喝咖啡。」

我聽見她打哈欠，之後是一陣窸窣聲。「我可以考慮一下嗎？」

「不可以。」我堅定地跟她說。「來嘛，起床了。不見不散。」

我掛上電話，感覺輕鬆了一些，把蘇西的禮物拋到腦後。和晨間新聞相比，這點小事似乎不值得擔心。

我回到廚房，在餐桌就座。

「怎麼樣？」馬修問，亮出了一盤香腸、培根、蛋。

感覺上我根本不可能吃得下，可我還是笑得很起勁。「太棒了！謝了。」

他坐在我旁邊，拿起了刀叉。「瑞秋怎麼樣？」

「她很好。她要跟我一起去。」我看著盤子，很納悶該如何下嚥。我吃了幾口，胃卻造起反來，我只好撥了一陣子食物，最後放棄。「我真的很抱歉。」我說，放下了刀叉。「可是我昨晚吃的東西還沒消化呢。」

他伸過叉子來戳了一根香腸。「浪費掉太可惜了。」他說，還嘻嘻笑。

「請，不用客氣。」

他的藍眸定定盯著我，不肯讓我迴避。「妳還好嗎？妳好像有點安靜。」

我連眨了幾下眼睛，把瀕臨潰堤的眼淚逼了回去。「我沒辦法不去想那個女人。」我說。能夠談論這件事實在是像卸下了一塊大石頭，所以我話一出口就像連珠砲似地管不住。「廣播上說警方認為她的死因可疑。」

他咬了一口香腸。「那意思就是她是被殺害的。」

「是嗎？」我問，即使我早知道那個言下之意了。

「他們在鑑識完成之前通常都用這套說法。天啊，真恐怖。我真是不懂她怎麼會讓自己置身險地，晚上走那條路。我知道她不可能會知道她會被殺，可還是一樣。」

「說不定她是拋錨了。」我說，在桌底下握緊了拳頭。

「一定是的。不然誰會在一條鬼影都沒有的馬路上停車？可憐的人，她一定嚇壞了。樹林裡手機打不通，她一定是在祈禱有沒有人會路過來幫忙她——結果有人來了卻做出那種事情。」

我吸了口氣，是無聲的驚呼。好像被一桶冰水當頭潑下，澆醒了我，逼我面對我的罪過。我那時告訴自己她已經打電話求救了——可是我明知道樹林裡收不到訊號。我為什麼會那樣？因為我忘了？或是因為那樣我才能安心離開？唉，我的良心這下子可安不了了。我丟下了她讓她聽憑天命，我丟下了她害她被殺害。

我把椅子向後推。「我該走了。」我跟馬修說，忙著收拾空杯子，暗自祈禱他不會又問我我還好嗎。「我不想讓瑞秋等太久。」

「嗄，妳們約了幾點？」

「十一點。可是你也知道星期六城裡有多擠。」

「我是不是聽到中午妳要跟她一塊吃飯？」

「對。」我在他的臉頰上匆匆一吻，想立刻走人。「晚上見。」

我拿了皮包和門廳桌上的車鑰匙。馬修跟著我到門口，手上還拿著吐司。

「妳大概沒空去洗衣店幫我把外套拿回來吧？那我今晚就能穿了。」

「好啊，收據呢？」

「等一下，我去拿。」他去拿皮夾，給了我一張粉紅色單據。「我已經付錢了。」

我把單子塞進皮包裡，打開了前門。陽光湧入門廳。

「小心喔。」他看著我坐進汽車，高聲說。

「知道了。愛你。」

「我更愛妳！」

通往布洛伯利的道路已經交通繁忙了。我緊張兮兮地輕敲方向盤。我太急著離開家，沒想到再次坐進汽車裡，坐在我看見那個車中女人時的同樣位置，我會有何種心情。我急著轉移自己的心思，就用力去想我建議要送給蘇西的禮物是什麼。她和瑞秋同一家公司，在行政部門上班。瑞秋說大家都覺得我的意見好，我猜她說的是她們在公司的朋友圈。上次我們跟他們聚會約莫是一個月前的事，我記得瑞秋趁著蘇西那晚不能來說起了蘇西的四十歲生日。會不會就是在那個時候我建議該送她什麼？

大概是老天保佑吧，我居然在距芬登百貨公司不遠的街上找到了停車位，順利地上了五樓的茶室。客人極多，不過瑞秋已經到了，一身鮮黃色夏季連身裙，想看不見她也難，她低著頭，黑色鬈髮懸在手機上方。桌上已經擺了兩杯咖啡，我忽地滿懷感激，感謝她總是那麼照顧我。她比我大五歲，就像我沒有的姐姐。我們的母親就是朋友，因為她母親為了扶養兩個孩子，工作時間很長——瑞秋出生不久，她的父親就拋妻棄子，離家出走了——所以瑞秋小時候花在我們家的時間非常多，多到我爸媽總寵愛地叫她是他們的第二個女兒。她十六歲就去工作了，分擔家計，讓她母親的工作時間能減少一些，不過她總記得每週來吃一次晚餐。她跟爸格外親近，後來爸在我們家外面被車撞了，過世之後，瑞秋幾乎跟我一樣傷心。後來媽病了，不能沒人照顧，她就把每週一次的拜訪用來看護她，讓我能出門採購。

「很渴嗎？」我朝桌上的兩杯咖啡點頭，想開玩笑。可我的話說得很假。我覺得每隻眼睛都在看我，彷彿每個人都知道我昨晚看見了那個被害的女人，卻袖手旁觀。
她跳了起來，擁抱了我。「排隊的人太多了，所以我就決定先點了再說。」她說。「我知道妳馬上就會到。」
「對不起，路上很塞。謝謝妳來，我真的很感激。」
她的眼睛閃著光。「妳知道能在寇斯特羅吃飯，叫我做什麼都行。」
我在她對面坐下，滿意地呷了口咖啡。
「昨晚玩得很瘋嗎？」
我微笑，壓力輕了一丁點。「不算瘋，不過是滿好玩的。」
「大帥哥約翰也去了嗎？」
「當然啊。所有的老師都去了。」
她露出牙齒。「我真應該拐過去的。」
「他配妳太年輕了啦。」我笑著說。「再說，人家有女朋友了。」
「唉，妳就有那個福氣被人家看上。」她嘆了口氣，我搖搖頭，假裝受不了，因為我選擇了馬修而不是約翰，她一直都沒法釋懷。
媽過世後，瑞秋一直很體貼。她執意要把我弄出屋子，就開始帶著我出門。她的朋友大多數都是她的同事，不然就是瑜伽課的同學，我剛跟他們認識，他們會問我在哪裡工作。我說我為了照顧媽放棄了教職，說了幾個月之後，有人問我為什麼現在不回去教書。霎時間，我也好想教書，比什麼都想。我已經不再安於日復一日坐在家裡，享受我多年不曾體驗過的自由了。我想要有自己的人生，一個三十三歲女人的人生。

我很幸運。我們那一區缺老師，所以我就被叫去補習，然後才在威爾斯堡的一所學校裡得到了教職，教九年級的歷史。我很滿足能回來教書，後來約翰邀我出去，我的虛榮心破表，他可是教師和學生心目中公認的美男子。如果他不是同事，我就會一口答應，可是我拒絕了，結果他只是變得更殷勤。他實在是太緊迫盯人了，所以後來我認識了馬修，我真是鬆了口氣。

我又喝了一口咖啡。「美國怎麼樣？」

「累死人了。一堆開會，食物也太多。」她從皮包裡點掏出一個扁扁的包裹，推過桌面。

「我的茶巾！」我說，打開包裹，攤開來。這一次，正面是一幅紐約地圖。上一次是自由女神像。這是我們兩個的小玩笑——只要瑞秋出遠門，無論是出差或是度假，她就會帶兩條一模一樣的茶巾回來，我一條，她一條。「謝謝，妳也有一條一樣的吧？」

「還用說。」她的臉忽然一本正經。「妳聽說了昨天晚上死在汽車裡的女人的事了嗎？就在介於這裡和威爾斯堡那條穿過樹林的路上。」

我吞嚥了一口，把茶巾對半折，再對半，彎腰放進我的皮包裡。「有，馬修跟我說了，新聞播了。」我說，頭在桌子底下。

她等到我再坐直，這才打個哆嗦。「好可怕，對不對？警方覺得她是拋錨了。」

「是嗎？」

「對。」她拉長臉。「真恐怖——妳想想，在暴風雨中拋錨，又前不著村後不著店的。我連想都不敢想。」

我費盡了力氣才沒有脫口說出我也在那裡，說我看見了車裡的女人。也不知是什麼阻止了我。這地方太擁擠，而且瑞秋已經在給這件事加油添醋了。我怕她會批評我，會為我坐視不管而感到驚駭。「我也是。」我說。

「妳有時候也走那條路，對不對？昨晚妳沒走吧？」

「沒有，我不會走那條路，不會一個人走。」我覺得皮膚變紅了，我很確定她會看穿我的謊言。

可是她接著說下去，毫不知情。「那就好。不然可能就是妳。」

「不過我是不會拋錨的。」我說。

她哈哈笑，打破了緊張。「說的跟真的一樣！她可能也不是拋錨了，那只是假設。搞不好是有人揮手要她停車，假裝出了問題。看見別人有困難，大家都會停車的，對不對？」

「會嗎？又是暴風雨，路上又沒有人？」我巴不得能聽到「不會」這個答案。

「除非是沒良心的人。誰也不會直接開走，至少會做點什麼。」

她的話像甩了我一耳光，淚水也刺痛了我的眼睛。我心裡的愧疚重得幾乎無法承受。我不想要讓瑞秋看出她的話傷我有多重，所以我低下了頭，眼睛盯著桌上的一瓶橘色鮮花。可讓我尷尬的是，花瓣漸漸變模糊了，我匆忙伸手去皮包裡拿面紙。

「凱絲？妳怎麼了？」

「我沒事。」

「妳看起來可不像沒事。」

我聽見了她聲音中的關切，我擤了鼻子，給自己幾分鐘。說出來的需要大到無法抵抗。「我也不知道是為什麼，可是我沒有……」我打住不說。

「沒有怎樣？」瑞秋一臉迷惑。

我張嘴要告訴她，卻猛地明白如果說了，她不僅會驚駭於我沒去查看那個女人是否沒事就逕自離去，她也會逮住我說謊，因為我已經說我昨晚沒從那條路回家了。

我搖搖頭。「沒什麼。」

「顯然是有什麼。跟我說，凱絲。」

「不行。」

「為什麼不行？」

我捏縐了面紙。「因為我覺得很丟臉。」

「丟臉？」

「對。」

「有什麼好丟臉的？」她看我不說話，就懊惱地嘆了口氣。「好了，凱絲，把話說出來！不可能那麼糟！」她這麼沒耐心只是害得我更緊張，所以我就亂找什麼話說，她會相信的話。

「我忘了蘇西的事了。」我脫口而出，恨自己用這麼俗氣的一件小事來搪塞一個女人死亡那樣的大事。「我忘了我應該要去幫她買禮物的。」

她的眉頭皺了起來。「什麼意思，**忘了**？」

「我想不起來，就這樣。我想不起來我們決定要送她什麼。」

她驚訝地看著我。「可那是妳自己的點子啊。妳說史蒂芬要帶她到威尼斯去，我們應該幫她買一件輕量的行李箱。那一次我們就在我辦公室附近的酒吧裡。」她好心提點。

我做出了放心的表情，雖然她的話聽來很陌生。「對了！我記起來了——天啊，我真是太笨了！我以為一定是香水之類的。」

「資金充足的時候不考慮。我們每人都出了二十鎊，記得嗎，所以妳應該有一百六十鎊。妳帶來了嗎？」

一百六十鎊？這麼一大筆錢我怎麼會忘了？我想要坦白，可是我卻繼續假裝，再也沒自信了。「我打算刷卡。」

她露出笑容，要我安心。「好啦，這件小插曲解決了，把咖啡喝了，免得涼了。」

「可能早就涼了——要我去再買一杯嗎？」

「我去，妳坐在這裡休息。」

我看著她在櫃台排隊，努力想忽略胃裡那種向下墜的感覺。雖然我忍住了沒說看見車中女人的事，我也後悔承認了我忘了要買行李箱。瑞秋並不笨。她目睹了媽每週的退化，我不想害她擔心，或是認為我也朝那條路走了。但最糟的是我一點也不記得曾建議買行李箱，也不記得我把一百六十鎊放哪兒去了，除非是在我的舊寫字檯的小抽屜裡。我倒不擔心那筆錢；就算找不著，也沒什麼要緊。可讓我害怕的是我竟然把和蘇西的禮物有關的事情忘得一乾二淨。

瑞秋端著咖啡回來了。

「妳介意我問妳件事嗎？」她說，一面坐下。

「問啊。」

「我只是覺得妳為了忘記應該買的禮物這種事情那麼難過，實在不像妳。妳是不是還有什麼心事？妳跟馬修沒事吧？」

第一百次，我發現自己在希望瑞秋和馬修能夠更喜歡彼此一點。他們盡量不表現出來，可是兩人之間總是有一股不信任的暗流。這事也不能怪馬修，他不喜歡瑞秋完全是因為他知道瑞秋不贊成我跟他。但是在瑞秋這邊，事情就沒那麼簡單了。她沒有理由不喜歡馬修，所以有時候我的腦子裡會出現小小的聲音，懷疑她是不是嫉妒我現在人生中有了別人。可是我馬上又為這麼想而討厭自己，因為我知道她為我高興。

「沒事，什麼事也沒有。」我跟她保證，想把昨晚從心中驅逐。「真的只是禮物的事。」即使這句話像是背叛了車中的女人。

「那，那天晚上妳確實是喝多了一點。」她說，笑著回憶。「妳不用擔心要開車回家，因為馬修會來接妳，所以妳就多喝了幾杯。可能就是因為這樣妳才會忘了。」

「八成就是這樣。」

「那，乾杯，然後我們就去購物了。」

我們喝完了咖啡，下去四樓。沒多久就挑選了兩件粉藍色的行李箱。要離開百貨公司時，我察覺到瑞秋在打量我。

「妳確定要去吃午餐嗎？如果妳不想去，也沒關係。」

一想到午餐，一想到得天南地北地聊，就是不能說起車中的女人，我忽然覺得好洩氣。「其實呢，我的頭好痛——昨天晚上慶祝得有點過火了，我想。我能不能改下星期請妳吃飯？我現在放假了，隨時都可以進城來。」

「好啊。不過今晚妳能來參加蘇西的派對吧？」

「一定到。可是行李箱能不能讓妳拿，只是預防萬一？」

「沒問題。妳的車停在哪裡？」

「高街的街尾。」

她點頭。「我停在立體停車場，那我就在這裡說再見了。」

我指著兩個行李箱。「妳拿得動嗎？」

「這是輕量的，記得嗎？要是我拿不動，我相信我一定能找到一個善良的年輕人幫我提的！」

我快速地擁抱了她一下，就朝汽車走。我發動引擎，時間亮了起來，一點零一分了。一部分的我——相當大的一部分——不想聽本地新聞，可我還是把收音機打開了。

「昨晚，介於布洛伯利和威爾斯堡之間，一名女子陳屍在停在黑水巷的汽車裡。她被殘忍地殺害了。如果有人在昨晚十一點二十分到今晨一點十五分之間經過那條路，或是知道兇手是誰，請盡快和我們聯絡。」

我伸手把收音機關掉，因為壓力而手抖個不停。**被殘忍地殺害**。這句話懸浮在半空中，我覺得好想吐，身體好熱，非開窗不可，只為了能呼吸。他們為什麼不能就說「殺害」就好？難道「殺害」還不夠嗎？一輛汽車跟我並行，駕駛打手勢，想知道我是否要離開。我搖頭，他就開走了，大約一分鐘後，又一輛車過來，想要這個停車位，然後是又一輛。可是我不想動，我只想坐在這裡，等到命案不再是新聞，等到每個人都繼續過日子，忘了那個被殘忍地殺害的女人。

我知道這麼想很蠢，可我就是覺得她是被我害死的。淚水刺痛了我的眼睛。我覺得罪惡感是絕對不會放過我了，而一想到後半生帶著罪惡感活下去，代價實在太高了，我也不過就是在一瞬間自私了一下。但事實是，要是我沒偷懶，下車去查看，她可能就不會死。

我緩緩開車回家，盡量拖延著不肯離開我這輛保護殼似的汽車。等我回家，命案就會無處不在，在電視上，在報紙上，在每個人的嘴邊，時時提醒我沒有向林中的女人伸出援手。

我下了車，花園傳來的營火味道登時把我送回了童年。我閉上眼睛，在至樂的幾秒鐘內，時間不再是七月一個大太陽的熱天，而是十一月涼爽的晚上，媽跟我拿叉子叉著香腸吃，而爸在花園盡頭放煙火。我睜開眼睛，發現太陽躲到一朵雲後，映照了我的心境。通常，我會直接去找馬修，但今天我筆直朝屋裡走，樂於有一點自己的時間。

「我就覺得聽到車子聲。」幾分鐘後他進到廚房說。「我沒想到妳這麼早就回來了，妳們不是要一塊吃飯嗎？」

「本來是，可是我們決定算了。」

他走過來，在我的頭頂印下一吻。「那好，這下子妳可以跟我一塊吃了。」

「你混身營火味。」我說，從他的T恤上吸進味道。

「我想把上個星期砍下來的樹枝燒掉。幸好用防水布蓋住了，沒讓雨淋濕，可是如果我們拿來生火，會弄得滿屋子都是煙。」他摟住了我。「妳知道妳是我命中注定的女人吧？」他又說，聲音很輕，複述著我們初見時他說的話。

那時我回學校教書大概半年了，一群人去酒吧慶祝我的生日。一到達，康妮就注意到馬修。他獨占一桌，顯然是在等人，康妮就開玩笑說要是他的女伴沒來，她就會毛遂自薦。後來的情況是他的女伴顯然是不來了，康妮就走過去，仗著已經微醺，問他要不要跟我們一塊喝一杯。

「我還在希望不會有人注意到我被放鴿子呢。」他懊惱地說，依照康妮的指示坐在她和約翰之間。也就是說我跟他面對面，而我忍不住去偷看他的頭髮落在額頭上，也在他望向我的時候注意到他的眼睛有多藍，而且他望向我這邊的次數還相當多。我盡量別胡思亂想，這樣正好，因為等我們起身要離開，幾瓶酒下肚之後，他的手機裡已經存了康妮的電話號碼了。

幾天後，康妮在教職員室裡向我走來，臉上掛著大大的笑容，告訴我馬修打電話給她了——跟她要我的電話號碼。我就讓她給了他。等馬修打電話來，他緊張地承認，他說得很窩心：「我一見到妳，就知道妳是我命中注定的女人。」

我們固定見面之後，他承認他不能生育。他說如果我不想再見他了，他能理解，可是那時我已經愛上他了，雖然這個打擊不小，我並不覺得是世界末日。等他跟我求婚那時，我們已經在討論有孩子的其他方式了，而且也決定等我們結婚滿一年之後，我們要認真研究這件事。也就是現在。平常我總是三不五時就會想起這件事，可現在卻感覺好遙遠，不是我搆得著的。

馬修仍摟著我。「妳買到想買的東西了嗎？」他問。

「嗯，我們幫蘇西買了行李箱。」

「妳沒事吧?怎麼垂頭喪氣的？」

剎那間，獨處的需要強過了一切。「我有點頭痛。」我說，抽身離開他。「我看我去吃顆阿司匹靈好了。」

我上樓去，從浴室拿了兩顆阿斯匹靈，接了杯水吞下了藥丸。一抬頭，看見鏡中的臉，焦急地搜尋，尋找會害我露出馬腳的跡象，會讓人知道每件事都離了格的跡象。可怎麼也看不出來我不是一年前嫁給馬修的那個我，仍是一樣的栗色頭髮，同樣的藍眼珠回瞪著我。

我背轉過身去，進了臥室。椅子上我那堆衣服不見了，床也鋪好了，這是馬修婉轉地叫我收拾。換作平常我會覺得好玩，可今天我卻覺得氣惱。我的視線落在曾祖母的寫字檯上，想起了瑞秋說的那筆錢，大夥集資為蘇西買禮物的一百六十鎊。要是我拿了錢，就一定在那裡，我若是想保存什麼東西，總是放在那裡。深吸了一口氣，我打開了左邊抽屜的鎖，拉開來。裡頭亂七八糟堆著一疊鈔票，我數了數，一百六十鎊，一毛也不少。

臥室溫暖又寧靜，我遺忘了一段記憶的事重重地壓上心頭。忘了別人的名字或是臉孔很正常，可是忘了自己出的主意又忘了收了錢就不正常了。

「妳吃了阿斯匹靈了嗎？」馬修在門口說，嚇了我一跳。

我趕緊把抽屜關上。「吃了，而且我覺得好多了。」

「那就好。」他露出微笑。「我要做個三明治，妳要不要？我要配著啤酒吃。」

食物仍會讓我的胃不舒服。「不了，你自己吃吧。我晚一點再吃，我只要喝杯茶就好。」

我跟著他下樓，坐在餐桌上。他擺了杯茶在我面前，我看著他從櫃子裡拿麵包、冰箱裡拿切達起司，做了個三明治，壓了壓，拿起來就吃，連裝盤都省了。

「今天一早上的廣播都是那件命案。」他說，麵包屑掉在地上。「那條路封閉了，到處都是警察，在搜查證據。一想到距離這裡只有五分鐘，真是教人抓狂！」

我忍著不瑟縮，心不在焉地看著陶石地板上的白色麵包屑，好像是擱淺在海裡，孤零無依。「他們查出她是誰了嗎？」我問。

「警方一定是查出來了，因為他們已經通知了她的家屬了，可是他們卻沒有發布消息。想想他們會有多悲慟，真是可怕。妳知道我一直想到什麼嗎？我一直想到如果妳昨晚也笨得走那條路，那死的人很可能就是妳。」

我站了起來，手上握著茶杯。「我看我還是去躺一下好了。」

他看著我，一臉關心。「妳真的沒事嗎？妳看起來不太好。我看今晚就不要去派對了吧？」

我同情地笑了笑，因為他不是個愛熱鬧的人，他寧可請朋友過來吃一頓家常菜。

「我們非去不可，蘇西四十歲生日呢。」

「妳還頭痛也要去？」我聽出了他的弦外之音，我嘆了口氣。

「對，」我堅定地說。「放心吧，你不必跟瑞秋說話。」

「我不介意跟她說話，我介意的是她老投給我那種不敢苟同的眼光。她害我覺得我好像做錯了什麼。對了，妳沒忘了幫我去洗衣店拿外套吧？」

我的心往下沉。「喔，對不起，我忘了。」

「啊，沒關係。那我穿別件好了。」

「對不起。」我又說一遍，想著我現在以及最近忘記的其他事情。幾星期前，他得到超市來解救我以及一推車的食品，因為我把皮包忘在餐桌上了。從那兒之後，他發現洗碗精放進冰箱裡，而牛奶擺在了洗碗精該放的地方，還接到了我的牙醫的憤怒電話，因為我約好了時間又忘了。到目前為止，他都只是一笑置之，說我因為學期末而超載了。可就跟蘇西的禮物一樣，還有其他時候我的記性不靈光，只是他並不知道。我沒帶書就去學校，忘了要做頭髮，忘了和瑞秋的午餐之約，上個月我開了二十五哩路到威爾斯堡，壓根就不知道我把袋子忘在家裡。現在的問題是，雖然馬修知道媽五十五歲過世，而且到後來她失憶了，但是我始終沒勇氣跟他說她過世前三年我得幫她洗澡、幫她穿衣服，餵她吃飯。馬修也不知道媽在四十四歲那年診斷出失智症，比我現在只大十歲。回顧當年，要是他覺得再過個十年左右，我也可能會診斷出同樣的病症，我不敢相信他還會願意娶我。

現在我知道他為了我願意赴湯蹈火，可是時間過去得太多了。我要如何承認我有事情瞞著他？他坦白地告訴我不能生育，而我卻以不誠實來回報他的誠實；我讓自己自私的恐懼阻擋了真相。**看吧，現在我自食惡果了吧**，我心裡想，一面躺在床上。

我想放鬆下來，可是昨晚的事卻一幕幕掠過，像是一幅幅的電影劇照。我看見汽車在我前方，我看見自己轉向避開它，我看見自己回頭看著駕駛。接著我看見一張模糊的女人面孔，從擋風玻璃後回望著我。

◆

下午過了一半，馬修來找我。「我要去健身房幾個鐘頭。還是妳想去散個步什麼的？」

「你去吧。」我說，很感激能自己一個人。「我得把我從學校拿回來的東西整理一遍。要是不現在做，我就永遠也不會做了。」

他點頭。「那等我回來以後，我們都可以喝杯酒，慰勞慰勞自己。」

「好。」我說，接受了他的吻。「玩得開心啊。」

我聽見前門關上，但我沒去書房整理工作的東西，反而待在廚房裡，任由腦子胡思亂想。家用電話響了——是瑞秋。

「妳猜怎麼著？」她說，上氣不接下氣。「妳知道那個被殺的女人嗎？嗐，她竟然是我們公司的。」

「天啊。」我喃喃說。

「我知道，很恐怖，對不對？蘇西難過死了，她的心情很壞，要把派對取消——被害人是我們認識的人，她實在沒心情慶生。」

不必去參加派對讓我稍微鬆了口氣，可也微微覺得噁心，因為被害人越來越真實了。

「她跟我不是同一個部門的，我們不算認識……」瑞秋猶豫了一下才往下說。「其實，我覺得很不安，因為昨天我從機場回辦公室，我為了停車位跟某個人吵架，我覺得就是她。我的話說得很不好聽──都是因為時差──現在我真希望自己那時沒那麼計較。」

「妳又不知道。」我自動地說。

「蘇西說她的同事都很難過。有的人認識她先生，而顯然她先生難過得快崩潰了──唉，那也難怪。這下子只剩下他一個人要把兩個兩歲的雙胞胎拉拔大了。」

「雙胞胎？」三個字在我的腦子裡迴響。

「對，雙胞胎女兒。真是太不幸了。」

我變得全身冰冷。「她叫什麼名字？」

「珍．華特斯，蘇西說的。」

聽見這名字我就像被長柄大鐵錘給狠狠擊中。「什麼？妳說珍．華特斯嗎？」

「對啊。」

我的心思飛轉。「不，不可能，不可能。」

「蘇西是這麼說的。」瑞秋堅持。

「可是……我才跟她吃過飯。」我驚訝得幾乎說不出話來。「我跟她一塊吃午餐，她還好好的。一定是弄錯人了。」

「妳跟她吃飯？」瑞秋搞不清楚狀況。「幾時？我是說，妳怎麼會認識她？」

「妳帶我去參加那個餞行派對，我在派對上認識的。就是那個你們公司的男的——柯林。就是那個妳說我跟著去也沒關係，因為反正人很多，誰也不會注意到我不是芬奇雷克斯的員工。我在吧台跟她聊天，還交換了電話，幾天以後，她打電話給我。妳從紐約打來的時候我就跟妳說了：我說我隔天要跟她一塊吃飯——至少我記得是跟妳說了。」

「沒有，我不記得。」瑞秋溫和地說，知道我有多難過。「就算妳說了，就算妳跟我說了她的名字，我也不知道她是誰。對不起，凱絲，妳一定心情很差。」

「我們本來約好了下星期再去找她的。」我說，漸漸恍然大悟。「去見她的小女兒。」淚水湧上了眼睛。

「好可怕，對不對？而且兇手還逍遙法外，想想都讓人害怕。我不想害妳擔心，凱絲，可是妳家距離她被殺的地點只有幾哩路，而且，嗯，妳家又有點偏僻，在那條路的盡頭，只有那一棟屋子。」

「喔。」我擠出聲音，覺得想吐。因為在混亂與擔憂之中，我壓根沒想到兇手仍然逍遙法外。而且我們這裡只有在樓上的窗邊才有手機訊號。

「你們沒有警報器吧？」

「沒。」

「那答應我妳一個人在家的時候會把門鎖起來？」

「好——好，我一定會鎖。」我告訴她，急著想逃脫，想不去談那個被殺的女人。

「對不起，瑞秋，我得掛電話了。」我急急忙忙地說。「馬修在叫我。」

我把電話用力放下，眼淚潰堤。我不想相信瑞秋說的話，我不想相信那個在汽車中遇害的年輕女人是珍，我的新朋友，我有種感覺，她會是我的一個很要好的朋友。我們偶然相遇，在我偶然去參加的派對裡，我們就彷彿是注定要認識的。我仍哭個不停，但是那一幕卻清清楚楚浮現在我的眼前，我看見她在比德爾斯從人叢中向吧台鑽來。

◆

「請問，妳是在等點酒嗎？」她問，對著我微笑。

「不是，妳只管請，我是在等我先生來接我。」我挪出一點位置給她。「妳可以插進來。」

「謝謝。幸好我沒那麼飢渴。」她開玩笑說，指的是在排隊等酒的那些人。

「我都不知道柯林請了這麼多的人。」她探詢地看著我，我發覺她的眼睛好藍。「我沒看過妳。妳是剛到芬奇雷克斯的嗎？」

「其實我不是芬奇雷克斯的員工。」我不好意思地承認。「我是跟朋友來的。我知道這是私人聚會，可是她說反正人會很多，不會有人發現多了一個人出來。我先生今晚跟朋友去看球賽，她不肯讓我一個人待在家裡。」

「聽起來她倒是位很好的朋友。」

「對，瑞秋很棒。」

「瑞秋．貝利托？」

「妳認識她？」

「不，不算認識。」她笑得很燦爛。「我先生今晚也在看球賽，順便帶我們的兩歲雙胞胎。」

「哇，雙胞胎，眞好！叫什麼名字？」

「夏綠蒂和露易絲，小名叫綠綠和露露。」她從口袋裡拿出手機，點閱相簿。「亞歷斯——我先生——一直叫我別這樣，至少不要秀給陌生人看，可是我就是忍不住。」她拿照片給我看。「妳看。」

「好漂亮喔。」我說，完全沒說謊。「她們穿著白衣服，好像小天使喔。哪個是哪個？」

「這個是綠綠，那個是露露。」

「兩人長得一模一樣嗎？我覺得一模一樣。」

「其實不是，可大多數人都分辨不出來誰是誰。」

「一定的。」我看到酒保在等她點酒。「啊，輪到妳了。」

「喔，好。一杯南非紅酒。」她轉向我。「妳要不要喝什麼？」

「馬修馬上就到了，不過……」我略一遲疑，「……我又不開車，怕什麼？那，我要一杯不甜的白酒，謝謝妳。」

「對了，我叫珍。」

「我是凱絲。請不要覺得妳有義務站在這裡陪我，妳點了酒了，妳的朋友可能在等妳回去呢。」

「我不見個幾分鐘他們也不會想我的。」她舉起了酒杯。「敬我們的邂逅。今晚能喝酒實在是太好了。自從雙胞胎出生之後，我就很少出門，每次出門也都不敢喝酒，因爲我得開車回家。可是今晚有個朋友會送我。」

「妳住在哪裡？」

「海斯頓，在布洛伯利的另一邊。妳知道嗎？」

「我去過那邊的酒吧幾次。酒吧對面就有一個很漂亮的小公園。」

「還有非常適合孩子遊戲的遊戲區，」她笑著附和我的話，「我現在好像在那裡花費了相當多的時間。妳住在威爾斯堡嗎？」

「不，我住在布洛伯利這邊的一間農舍裡。努克角。」

「我有時從威爾斯堡回家會穿過努克角，如果我走穿過樹林的捷徑的話。妳住在那邊眞幸運，那裡的風景很美。」

「是啊，可是我們的房子有點太偏僻了。不過離高速公路只有幾分鐘。我在威爾斯堡的高中教書。」

她微笑。「那妳一定認識約翰．羅根了。」

「約翰？」我驚訝地笑。「認識啊。他是妳的朋友嗎？」

「我以前都跟他打網球，幾個月前才不打了。他還是那麼愛說笑話？」

「說個不停。」我一直握在手上的手機突然嗶了一聲，提醒我有簡訊。「馬修。」我跟珍說，讀了一遍。「停車場客滿了，他在路上雙排停車。」
「那妳最好快點。」她說。
我幾口喝完了酒，然後眞心實意地說：「跟妳聊天眞愉快，謝謝妳請我喝酒。」
「別客氣。」她頓了頓，又開口了，像連珠砲一樣。「妳想不想改天喝杯咖啡，或是吃個午餐？」
「好啊！」我說，眞的很感動。「那我們交換電話吧？」
於是我們記下了彼此的手機號碼，我還給了她家用電話的號碼，向她說明家裡收訊不良，她答應會打電話給我。
而且不到一個星期她就打了，建議下個週六吃午餐，那天她先生會在家照顧孩子。我記得那時雖詫異卻很高興她這麼快就打來了，心裡不免納悶她是不是需要找個人說說話。
我們在布洛伯利的一家餐廳碰面，兩人輕鬆地閒聊著，感覺起來她好像已經是我的老朋友了。她跟我說是如何遇見亞歷斯的，我也跟她說如何認識馬修以及我們希望很快就能成家。等我看到馬修站在餐廳外面，因爲他說好要來接我，我簡直不敢相信已經三點了。
「那個就是馬修。」我說，朝窗户點頭。「他一定是早到了。」我看看手錶，驚訝地笑了一聲。「喔，不對，他很準時。我們眞的坐了兩個小時了嗎？」
「一定是的。」她的聲音有點心不在焉，我抬起頭，看見她瞪著馬修，忍不住心裡覺得得意。他不止一次聽到別人說他長得就像年輕的勞勃．瑞福，而一般人，尤其是女人，在街上和他路過，往往會回頭再看他一眼。

「要不要我去叫他進來？」我問，站了起來。「我想讓他見見妳。」

「不、不，不用了，他好像還有事的樣子。」我瞄了馬修一眼；他掏出了手機，正在點擊，忙著寫簡訊。「還是改天吧。反正我也得打電話給亞歷斯了。」

於是我就離開了，我和馬修手牽手離開，還回頭對著餐廳窗後的珍揮手。

◆

回憶漸漸變淡，但我的淚水就變多了，而且內心深處我知道媽死的時候我也沒流這麼多眼淚，因為那是預料中的事。可是珍遇害的這個消息卻讓我震撼到骨子裡，我被震動得過了好一陣子腦子裡才慢慢塵埃落定，而我驚恐地了解到週五晚上我在車子裡看見的是珍，在我駕車經過時是珍從擋風玻璃後看著我，被我丟下從而遇害的人是珍。我心中的恐怖唯有壓在我心頭的罪惡感可相比擬，兩樣相加令我窒息。我盡力讓自己平靜，告訴自己要不是下那麼大的雨，要是我能看清她的面貌，要是我知道是她，我就會下車冒著雨跑回去，連一秒鐘的遲疑都不會有。可要是她認出了我，在等著我去幫忙呢？這想法太過可怕，可如果她認出了我，她總會閃個燈，或是下車來走向我吧？緊接著我又想到了一件事，比上一個更可怕：萬一那個兇手已經在那裡了，而她讓我開過去是因為她想保護我呢？

◆

「怎麼回事，凱絲？」馬修從健身房回來，看見我臉色蒼白，趕緊問我。

我控制不了的眼淚湧出了眼眶。「你知道那個被殺的女人嗎？是珍。」

「珍？」

「對，幾個星期前跟我一起在布洛伯利吃飯的女生，我在瑞秋帶我去的派對上認識的。」

「**什麼？**」馬修一臉驚訝。「妳確定嗎？」

「確定。瑞秋打電話來跟我說的，說是跟她同公司的人。我問她叫什麼名字，她說是珍・華特斯。蘇西取消了生日派對，因為她也認識她。」

「真是太遺憾了，凱絲。」他說，摟住了我，抱得很緊。「妳一定非常非常難過。」

「我不敢相信會是她。不可能是真的。說不定是弄錯了，說不定是同名同姓。」

我察覺出他的猶豫。「他們公布了她的照片。」他說。「我在手機上看到的。我不知道是不是……」他的話沒說完。

我搖搖頭，因為我不想看，如果照片是珍，我不想面對真相。但至少我會知道。

「讓我看。」我說，聲音發抖。

馬修放開了我，我們上樓去，他好用手機上的網路。他搜尋最新的消息，我閉上眼睛，祈禱：**拜託，上帝，拜託，上帝，不要是珍。**

「吶。」馬修的聲音很低。我的心畏懼地跳著，可是我睜開了眼睛，發現自己看著一張遇害的女人的照片。她的金髮比我們一起吃飯時短，眼睛似乎沒那麼藍。可是錯不了，是珍。

「是她。」我低聲說。「是她。是誰這麼殘忍？是誰做得出這麼可怕的事來？」

「是個瘋子。」馬修說得很嚴肅。

我轉頭把臉埋進他的胸膛，忍著不哭，因為他會奇怪我跟珍根本就不算認識，怎麼會這麼難過。

「兇手還沒落網。」我說，突然害怕了起來。「我們需要裝警報器。」

「妳明天何不打電話給幾家公司，叫他們來看看，順便估價？可是在我們把每個細節都梳理過之前，可別隨便答應。那些人就是那樣——會讓妳買一堆妳根本不需要的東西。」

「好。」我說。但整個下午和晚上，我都心緒消沉。我滿腦子都是珍，坐在她的車裡，等著我去救援。「我很抱歉，珍。」我低聲說。「我真的，**真的**好抱歉。」

七月二十四日，週五

珍陰魂不散。她的命案過了一個星期了，我卻想不出有哪天腦子裡沒有她的。我心中的愧赧並沒有隨時間沖淡，反而是與時俱增。雪上加霜的是新聞仍時時報導她的命案，媒體不斷臆測她為何在暴風雨中取道那麼一條荒僻的道路。檢驗結果發現她的汽車並沒有拋錨，但因為車輛老舊，雨刷的功能極差，一般的推測是她看不清前方，所以就停下來等候暴風雨過去，然後再上路。

漸漸地，一幅圖畫成形了。就在十一點之前，她在她先生的手機上留了話，說她正要離開威爾斯堡的一家酒吧，馬上就會到家。那晚她參加朋友的告別單身派對。據餐廳的員工說，珍和朋友一起離開，五分鐘後又折回，借用了餐廳的電話，因為她發現自己的手機忘在家裡了。她先生在沙發上睡著了，沒聽見電話響，所以他一直等到警察來敲門才發現太太還沒回家。三名證人說週五晚他們也行經黑水巷，卻沒看見她的車。因此警方縮小了她的遇害時間，鎖定十一點二十分——因為從威爾斯堡到避車道需要十五分鐘的時間——到十二點五十五分之間，這時一名經過的機車騎士發現了她。

我的腦子裡有個聲音在勸我和警方聯絡，告訴他們我在十一點半經過時她還活著，可是另一個聲音，就是那個說他們發現我袖手旁觀之後會瞧不起我的聲音，卻更洪亮。再說了，把時間再縮小對於破案也不會有什麼實質的幫助。至少我是這麼告訴自己的。

下午，優越保全的人來了，為裝警報器估了價。他提早了二十分鐘到，而且一到就問我先生在不在家，立馬就惹惱了我。

「他不在。」我跟他說，盡量不被落在他黑套裝上的頭皮屑分散了心神。「不過如果你跟我說明你認為這棟屋子需要什麼保全系統，我確定我也能聽得懂。只要你別說得太快。」

他沒聽出我的譏刺。而且也不等我請他進來，就直接走入門廳。「妳常常一個人在家嗎？」他問。

「並沒有。」他的問題害我緊張。「我先生馬上就回來了。」我再加上這句。

「嗯，從外面看你們的房子，我得說那可是竊賊的頭號目標，馬路底就這麼一家。你們的窗戶、門、車庫、花園都需要裝上感應式警報器。」他環顧門廳。「樓梯上也要──你們可不想半夜三更有人偷溜上樓吧？那我就到處看一看嘍？」

他一轉身就朝樓梯走，一次跨兩級。我跟著他上樓，看見他迅速地檢查了平台盡頭的窗戶。他消失在我們的臥室裡，我立在門口，對於他就這麼闖進去心裡很不舒服。我忽然想到，我沒請他出示身分證明，我嚇壞了，珍的命案並沒有讓我提高警覺，我竟然隨隨便便就讓陌生人進了門。仔細再一想，他並沒有說他是保全公司的人，我只是自己認定他就是，即使他提早來了。他很可能是別人。

這個想法在我的腦海中下了錨，我對他在屋子裡的不安感逐漸攀升到近似驚慌的程度了。我的心臟漏了一拍，然後瘋狂加速，趕進度似的，害得我全身發抖。我一隻眼睛緊盯著臥室門，偷偷溜進客房，拿手機打電話給馬修，很慶幸這裡起碼有訊號。他並沒有接，但是一分鐘後，我收到他傳來的簡訊：

抱歉，開會中。沒事吧？

我回傳給他，笨拙地按鍵：

不像保全。

那就叫他走。

我離開了客房，卻和保全公司的人撞個滿懷。我驚呼一聲向後跳，開口正要跟他說我改變主意了，卻又被他搶先。

「我只是需要看看這個房間跟浴室，然後我就要檢查樓下了。」他說，硬擠了過去。

我不等他，只是匆忙下樓，站在大門口旁，罵自己怎麼這麼笨，沒事自己嚇自己。可是他下樓來之後，我仍待在原地不動，任由他一個人到處走動。漫長的十分鐘過去了他才又現身。

「好了，我們坐下談一談吧？」他問。

「我看不用了。」我說。「我們應該根本就不需要裝警報器。」

「我不想這麼說，可是最近有個年輕女人就死在這附近，不裝警報器的話就太冒險了。別忘了兇手還沒抓到呢。」

這個陌生人提起了珍的命案更讓我心神不寧，我急著要他離開。「你有聯絡方式嗎？你們公司的？」

「當然。」他伸手到外套口袋裡，我退了一步，本以為他會掏出一把刀。可是他只是亮出了名片。我接過來，研究了一會兒，上頭說他叫愛德華．賈維。他像是叫愛德華的人嗎？我的疑心越重了。

「謝謝。」我說。「不過等我先生在家的時候你再來比較好。」

「也可以啊，只是不確定是什麼時候了。我知道我不應該這麼說，可是命案對生意很好，妳懂我的意思吧？所以，如果妳肯再給我十分鐘，我可以很快地說明一遍，等妳先生回來，妳可以再轉告他。」

他朝廚房走，站在門口，伸出一隻手，邀請我過去。我想提醒他這是我家，可是我發現自己還是走進了廚房。難道就是這樣……？大家就是這樣被引入潛藏危險的情況的，像是羔羊走向屠夫？他在餐桌坐下，卻不坐在我對面，反而坐在我旁邊，困住我，我的焦慮大增。他翻開了手冊，可是我太緊張了，沒辦法專心聽他在說什麼。我適時地點頭，假裝對他加總的數字感興趣，其實冷汗卻從後背往下流，我能忍著沒跳起來，命令他出去，完全是因為我的中產階級教養。難道珍在明白她其實並不想載兇手一程之際，沒有把窗子匆匆關上，駕車離開，也是出於禮貌嗎？

「好，就是這樣。」他最後說，而我瞪著他，昏頭昏腦的，看著他把文件都塞進公事包裡，把一本手冊推給我。「妳今天晚上把這個拿給妳先生看，他一定會很中意的，等著瞧。」

我送了客，把門關上之後才鬆了口氣，可立刻又像被澆了盆冰水，明白自己做了件蠢事，居然不看看身分證明就放人進來，尤其是附近剛發生了命案，我不由得懷疑起自己的判斷力。突然全身發冷，我跑上樓去拿件毛衣，一進臥室就發現窗子開著，我瞪著看了一會兒，胡亂猜想這是什麼意思，胡亂猜想這樣究竟有沒有別的意思。**妳太神經質了，**我嚴厲地罵自己。我拿了披在椅背上的開襟毛衣穿上。**就算是優越保全的人打開的——可能就是他，他想看看警報器該安裝在哪裡——也不等於他讓窗子開著，方便他再回來殺害妳啊。**

我把窗子關上，下樓時，手機響了。我以為是馬修，結果是瑞秋。

「妳想不想一起喝一杯？」她問。

「好！」我說，很高興有理由能出門去。「妳還好嗎？」我說，察覺到她不像平常那麼活潑。

「嗯，我只是需要喝一杯。六點可以嗎？我可以去布洛伯利。」

「好。酸葡萄見？」

「好極了。不見不散。」

回到廚房，優越保全的小冊子仍放在餐桌上，我就把它放到一邊，等我們吃完晚餐馬修就能瀏覽。已經五點半了——保全公司的人花的時間沒想到那麼久——所以我抓起了車鑰匙就出門了。

城裡人很多，我快步朝酒吧前進，聽到有人喊我的名字，一抬頭就看見了我的朋友漢娜穿過人群而來。她是馬修的網球球友安迪的太太，剛認識沒多久，可是她實在是非常風趣的一個人，我覺得有點相見恨晚。「我好久沒看見妳了。」她說。

「我知道，真的很久了。我正要去找瑞秋，不然的話我會建議我們去喝一杯，不過妳一定要來暑假烤肉。」

「一定很好玩。」漢娜笑著說。「安迪前天才在說他最近沒在俱樂部看到馬修。」她頓了頓。「上個星期一個年輕女人被殺了，真是太恐怖了。」

珍這朵烏雲又籠罩了我。「對，真可怕。」我說。

她輕輕打了個冷顫。「警察還沒查出兇手是誰。妳覺得會不會是她認識的人？聽說大多數的兇手都是被害人認識的人。」

「是嗎？」我說。我知道我應該跟漢娜說我認識珍，說我幾個星期之前才跟她吃過飯，可是我沒說，因為我不想讓她問東問西，問我她是什麼樣的人。而我沒說又像是另一次的背叛。

「很可能只是隨機殺人。」她往下說。「可是安迪覺得是本地的人，清楚地理環境的人。他覺得他們就藏匿在附近。他說命案不會就這麼一樁。真是教人擔心，對不對？」

一想到兇手藏匿在附近，我就全身發冷。她的話在我的腦子裡震盪，我覺得好不舒服，沒辦法專心聽她在說什麼。我讓她又說了幾分鐘，左耳進右耳出的，喃喃回應幾句，暗自祈禱時機抓得剛好。

「對不起，漢娜，」我說，看著手錶，「我快遲到了！我真的得走了。」

「喔，沒問題。跟馬修說安迪很期待再見到他。」

「好。」我答應了。

◆

酸葡萄高朋滿座，瑞秋已經來了，面前擺著一瓶紅酒。

「妳來早了。」我說，擁抱了她。

「不對，是妳遲到了，不過沒關係。」她倒了酒，拿給我。

「對不起，我遇到了一個朋友，漢娜，我們就聊了起來。我最好不要整杯喝完，我還要開車。」我朝酒瓶點個頭。「妳顯然不用開車。」

「等一下約了幾個同事吃飯，所以我們兩個要喝完。」

我啜了一口，品嘗酒勁。「那，妳好嗎？」

「其實不太好。這幾天警察去過辦公室，詢問每個人。今天輪到我。」

「難怪妳會想喝一杯。」我同情地說。「他們想查什麼？」

「問我認不認識她。我就說不認識，因為我們本來就不認識。」她玩著酒杯的杯腳。「問題是，我沒跟他們說我在停車場跟她吵架，現在我在考慮是不是該跟他們說。」

「妳為什麼沒說？」

「我也不知道。不對，我知道。我猜我是覺得說了會讓我像是有動機。」

「動機？」她聳聳肩。「殺害她的動機嗎？瑞秋，沒有人會為了搶停車位殺人的！」

「我確定還有人為了更微不足道的理由被殺。」她譏誚地說。「可是我現在擔心的是萬一有別人——她在辦公室的朋友，因為她一定會跟別人說的——告訴了警察我們吵架的事。」

「應該不會有人說。」我說。「不過既然妳那麼擔心，幹嘛不打電話給警察，自己跟他們說？」

「因為他們可能就會懷疑我為什麼一開始不說。我會變得很可疑。」

我搖搖頭。「妳想太多了。」我想給她一抹笑。「我覺得這件命案對大家都產生影響了。今天下午我找了保全公司的人過來估價，我一個人跟他在屋子裡，就覺得好危險。」

「我能想像。我希望他們能動作快一點，查出兇手到底是誰。珍的先生一定很不好受，知道殺死他太太的人還逍遙法外。他現在一定是請假在家裡照顧孩子。」她拿起酒瓶，給自己斟酒。「那妳呢？妳還好嗎？」

「喔，就那樣嘛。」我聳聳肩，不想去想珍那兩個沒媽的孩子。「我老是惦著珍的事，很難靜得下來。」我緊張地聳聳肩。「我都快希望沒跟她一塊吃過飯了。」

「也難怪。」她同情地說。「妳去找了保全公司來裝警報器了嗎？」

我的肩繃緊了。「我是想裝，可是馬修好像不是很願意。他老是說那樣就像在自己家裡坐牢。」

「總比在自己家裡被殺強吧。」她沒好氣地說。

「別這麼說。」

「我說的是實話啊。」

「我們聊點別的吧。」我建議道。「妳最近又要去哪裡出差嗎？」

「沒有，要等我休過假以後。再等兩個星期，我就要去義大利的西恩納了。我都等不及了！」

「我不相信妳居然選西恩納，而不是法國的雷島。」我調侃她，因為她總說她除了雷島之外絕對不會到別的地方度假。

「我會去西恩納還不是因為我的朋友安琪拉邀請我到她的別墅去嘛，記得嗎。雖然她是想撮合我跟她的大伯艾爾飛。」她又說，還翻了個白眼。她又喝了一口酒。「說到雷島，我在想四十歲生日去，只限女性。妳會來吧？」

「那還用說！」想到有離開的機會，我覺得好多了，而且在那裡把我已經買好的禮物送給她再適當不過了。有一會兒，我忘了珍，而沒多久瑞秋就說起了她到西恩納要去玩的地方。接下來一個小時，我們迴避了命案和警報器這個話題，可是等該回家的時候到了，我卻覺得心神俱疲。

「妳跟瑞秋玩得還愉快嗎？」馬修問我，坐在餐桌上伸長脖子給了我一個吻。

「嗯。」我說，脫掉了鞋子。地磚很是清涼。「而且我在去找瑞秋的路上還遇見了漢娜，滿幸運的。」

「我們好久沒跟她和安迪見面了。」他沉吟著說。「他們還好嗎？」

「很好。我叫他們一定要來烤肉。」

「好主意。保全公司的人怎麼樣？妳有沒有甩掉他？」

我從櫥櫃裡拿了兩只馬克杯，按下電壺開關。「好不容易甩掉了。他留了本小冊子給你看。你呢？今天還好嗎？」

他把椅子向後推，站了起來，伸個懶腰，鬆弛肩膀肌肉。「忙死了。下個星期出門正好休息一下。」他走過來，拱我的頸子。「我會想妳的。」

我驚詫之餘扭身躲開。「等一等！你什麼意思，你要出門？」

「妳知道的啊，去鑽油塔。」

「不，我不知道。你根本就沒說過什麼去鑽油塔的事。」

他驚訝地看著我。「我說了啊。」

「幾時？」

「我不記得了，一定是幾個星期前，我一知道就跟妳說了。」

我頑固地搖頭。「你沒說。如果你說了，我就會記得。」

「喂，妳那時還說正好利用我不在家的期間準備九月的課程呢，等我回來以後我們兩個都能好好地輕鬆輕鬆了。」

懷疑慢慢爬上了我的心頭。「不可能。」

「就是妳說的。」

「我沒說，好嗎。」我說，聲音緊繃。「不要一直說你跟我說了你要出門，因為你明明就沒說。」

我感覺到他的視線落在我身上，就忙著泡茶，不讓他看見我有多不安。而且不止是因為他要出門。

七月二十五日，週六

我的生理時鐘仍沒有調適成放假模式，所以儘管是週末，我仍一大早就在花園裡拔草，整理花床，直到馬修去買了現烤麵包和起司回來當午餐，我才停工。我們在草坪上吃野餐，吃完之後，我割草，掃露台，擦桌椅，把吊籃裡枯萎的植物拔除。通常我對整理花園並不這麼熱中，可我現在卻有種非讓每樣東西都十全十美不可的癮頭。

近黃昏時，馬修來找我。

「我去健身一個小時好嗎？我現在去，而不是早上去，就能睡懶覺了。」

我微笑。「順便在床上吃早餐。」

「答對了。」他說，吻了我。「我七點前會回來。」

他走後，我開始做咖哩，把朝花園的門打開通風。我把洋蔥切絲，把雞肉切丁，一邊烹飪一邊隨著收音機唱歌。我在冰箱裡找到了那瓶幾個晚上前開的酒，立刻就拿了出來，把剩餘的酒都倒進杯子裡，繼續煮咖哩，一面喝酒。等到廚房的事都做完了，也差不多六點了，我就決定去洗個長長的泡泡浴。我感覺好輕鬆，很難想像上星期我還被無情的焦慮壓得喘不過氣來。今天還是頭一天我不去想珍，我倒不是不想去想她，只是我受不了那種罪惡感。無論我多想，我都沒辦法讓時間倒轉，我不能因為不知道車裡坐的人是珍，就連日子都不過了。

我還沒上樓，收音機就插播了新聞快報，可是我立刻把它關掉了。少了收音機的聲音，房子靜得讓人頭皮發麻——也許是因為我剛好想到珍，我突然意識到家裡只有我一個人。我到客廳去把開了一整天的窗子關好，再去關書房的，再鎖上了前後門。我立了一分鐘，豎耳傾聽。我只聽到了屋外一隻斑鳩柔柔的咕咕聲。

上了樓，我放了熱水，還沒跨進浴缸前，我發現自己在猶豫是否該把浴室門鎖上。我討厭那個保全公司的人往我腦裡灌的毒素，為了表示反抗，我就讓門開著，跟平常一樣，卻對著門縫寬衣。我爬進浴缸，沉入水裡。泡沫圍住了我的頸子，我往後躺，貼著泡泡墊，閉上眼睛，享受著午後的寧靜。我們鮮少被鄰居的噪音打擾——去年夏天距我們最近的一家的十幾歲孩子上門來，事先為他們那晚要開的派對致歉，結果我們什麼聲音也沒聽見——這就是我跟馬修會看中這棟房子，而不是更大、更豪華——當然也更貴——的房子的原因，不過我覺得價格在馬修也是一個因素。我們同意合資買房，他非常堅持我出的錢不能比他多，即便我付得起，而且我在半年前在雷島買了一棟房子，誰也不知道，連馬修也不知道。瑞秋當然也不知道，還不知道。

我把胳膊抬到泡沫表面，想著瑞秋的生日——那天我終於能夠把她夢中的房子的鑰匙交給她了。要守住這個秘密實在很難。她想到雷島去過生日實在是太完美了。媽過世後幾個月，她帶我去過一趟，倒數第二天，我們看見了一棟漁夫的房子，樓上的窗戶掛著「出售」牌。

「好美喔！」瑞秋低聲輕呼。「我需要看看裡面。」她也不等仲介同意，大步就踏上小徑，敲了門。

屋主帶我們參觀，我看得出瑞秋已經愛上了這棟屋子，雖然她買不起。在她，這只是一場白日夢，但我知道我能讓她的夢想成真，於是我偷偷進行。我閉上眼睛，想像著等她發現房屋是她的時候她會有的表情。我知道爸媽會希望我這麼做。要是爸活著時寫下了遺囑，他絕對會贈予什麼給瑞秋的。而媽如果心智夠正常，她也會一樣。

啪的一聲，打斷了我的思緒。我飛快張開眼睛，全身都緊繃起來。直覺知道不對勁。我盡可能不動，豎起耳朵，從開著的門諦聽，尋找屋子裡不是我一個人的聲響。漢娜說殺害珍的兇手一定是潛藏在附近，她的話又鑽回了我的腦海。我屏住呼吸，我的肺因為缺氧而縮緊，好痛苦。我等待著，可是又什麼聲音也沒有了。

我把動作放到極慢，以免弄出更大的水聲，我小心翼翼抬起一條胳膊，突破了泡沫，伸長了去拿手機，手機就放在水龍頭附近的浴缸邊緣上。可我搆不著，我在浴缸裡向下滑，伸長了手，水拍打著浴缸壁，聲音猶如海浪拍打海岸。唯恐我吸引了闖入者的注意，又驚駭地發現自己裸體，我一下子就從浴缸裡跳了出來，衝到門邊，把門關上。關門聲在屋子裡迴盪，我把門閂拴好，手指發抖。我又聽見了一個聲音，聽不出是哪個方向，我的恐懼大增。

我的眼睛死盯著門，後退了幾步，摸索浴缸邊緣找我的手機。誰知我一個沒抓好，手機就掉到了地上。我僵住，伸長著一隻手。可是仍是什麼動靜也沒有。我緩緩曲膝，撿起了手機。螢幕上顯示時間，六點五十，而我忘了還憋著的一口氣吁的一聲吐了出來，因為馬修快回來了。

我撥打他的號碼，祈禱能有訊號，因為浴室在房子的後部，訊號不穩定。他的手機響了起來，我感激得都頭暈了。

「上路了。」他輕快地說，以為我是想問他還要多久。「妳是不是要我順便帶什麼回來？」

「我覺得屋子裡有人。」我顫巍巍地說。

「什麼？」他因為擔心而聲音變得尖銳。「妳在哪裡？」

「浴室裡。我把門鎖上了。」

「好，待在裡面。我來報警。」

「等等！」我發現自己遲疑了。「我不是很肯定。我是說，如果沒人呢？我只是聽到了兩個聲音。」

「什麼聲音？有人闖進來，說話聲？」

「不是，不是那種……只是啪一聲，然後是像吱吱聲。」

「聽著，妳待在浴室裡別出來，我兩分鐘就到。」

「好，」我說，「快一點！」

馬修要回家了，我的焦慮減輕了一些。我在浴缸邊緣坐下來，光裸的肌膚一碰到就讓我想起我還沒穿衣服，我就把晨袍從門後扯過來，套上了。我沒辦法不去琢磨不讓馬修報警究竟對不對。萬一**真**有人闖進來，他回家來也會遇上危險。

我的手機響了。「我回來了。」馬修說。「妳還好嗎？」

「還好。」

「我停在馬路上。」他接著說。「我去四周圍看一看。」

「小心啊。」我說。「手機別掛。」
「好。」
我緊張地聽著他的腳踩在碎石地面上，然後繞過了屋子。
「看到什麼了嗎？」我問。
「一切都很正常，我去檢查花園。」大概一分鐘過了。「沒事。我進來了。」
「小心點！」我在斷訊前又一次警告他。
「放心，我從小屋拿了一把鏟子。」
手機斷訊了，我聽見他檢查樓下的房間。我聽見他上了樓，就去開鎖。
「我先檢查臥室！」他高聲說，顯然聽見了我的動靜。沒多久他就回來了。「可以出來了。」
我打開了門，看見他握著鏟子站在外面，我突然覺得好蠢。
「對不起。」我彆扭地說。「我真的以為有人進來了。」
他把鏟子放下，摟住了我。「嘿，小心一點總是比較好啊。」
「你大概不會想幫我調一杯你的琴東尼吧？我需要來一杯烈酒。我先穿衣服。」
「酒會在花園裡等妳。」他答應了，放開了我，朝樓梯走。
我套上了牛仔褲和T恤，跟著他下樓。他站在廚房裡切萊姆。
「好快啊。」他說。可是我太忙著瞪著窗戶了。
「窗是你開的嗎？」我問。
「嗄？」他轉身看。「不是，我進來時就是開著的了。」

「可是我把窗子關了啊。」我說，皺著眉頭。「我上去洗澡以前把窗戶都關了。」

「妳確定嗎？」

「確定。」我搜尋記憶。我記得我把客廳的和書房的窗關了，可我不記得有沒有關這一扇。「至少我覺得我關了。」

「可能是妳沒關好，它自己又開了。」他說。「可能妳聽見的聲音就是這個。」

「大概就是你說的這樣。」我說，鬆了口氣。「來吧，我們來小酌一下吧。」

◆

晚餐過後，我們把剩下的酒帶到客廳，預備邊看電影邊喝。可是要找到我們沒看過的電影還真難。我們搜尋著節目單。

「《鴻孕當頭》怎麼樣？」他問。「妳知不知道劇情？」

「一個青少年發現自己懷孕了，就開始物色完美的夫妻來領養她的寶寶。我覺得這部不適合你。」

「不一定啊。」他拿走了我手上的遙控器，放到一邊。「我們有一陣子沒談養孩子的事了。」他說，把我抱在懷裡。「妳還想要孩子，是不是？」

我把頭棲在他的肩上，愛極了他給我的安全感。「當然是啊。」

「那也許我們應該動起來了。領養的過程顯然非常漫長。」

「我們說結婚一年以後，」我說，雖然喜悅，卻進退兩難，因為我可能在孩子還不到青少年期就診斷出失智症，跟媽一樣，我又怎能想著要養孩子呢？我知道我可能是杞人憂天，可是近來我的記性不好，忽略這個問題就太愚蠢了。

「幸好我們的結婚一週年快到了。」他輕柔地說。「我們何不改看一部動作片？」

「好。來看看有什麼片子。」

我們就一直看電影看到新聞開始。幾天來都一樣，珍的命案占了大篇幅，我會看下去完全是因為急於想知道警方有沒有兇手的線索了，可是他們沒多少進展。後來有名警員出面說：

「如果你，或是你認識的人，上週五晚上或是上週六凌晨在黑水巷附近，看見了珍．華特斯的汽車，一輛暗紅色的雷諾克利歐（Clio），無論是在行駛中或靜止不動，都請打下列這支電話。」

他說話時似乎直勾勾看著我，後來他又說可以打匿名電話，我才如夢初醒，我的難題解決了。

新聞結束了，馬修想上床了，就作勢要把我拉起來。

「你先睡，我還有別的節目想看。」我說，伸手拿遙控器。

「好吧。」他輕鬆地說。「待會見。」

我一直等到他上樓才又重看新聞，把號碼抄在一張紙上。我不想讓警方追查到我，所以我得去打公用電話，也就是說我得等到星期一，等馬修去上班。而等我打過電話之後，但願我的罪惡感就會稍微減輕。

七月二十六日，週日

家用電話響了，馬修在廚房裡，忙著做早餐好端回床上吃。

「你接一下好嗎？」我在臥室裡喊，更往被子底下鑽。「如果是找我的，就說我等會兒會打給他們！」

過了一會兒，我聽見他在跟安迪問好，我就猜是和漢娜的偶遇讓他打了這通電話。想起了我倉卒地跑掉去跟瑞秋見面，我忍不住有點心虛。

「我來猜猜看——安迪今天早上想跟你打網球。」我一見馬修回來就說。

「不是，他想知道他們該幾點到。」他困惑地看著我。「我不知道妳請了他們今天來吔。」

「什麼意思？」

「妳忘了說是今天請他們過來烤肉。」

「不對啊。」我坐了起來，從他那邊拿走一個枕頭，墊著我的背。「我說他們一定得過來烤肉，可我沒說是哪天啊。」

「安迪好像覺得就是今天。」

我微笑了。「他是在跟你開玩笑。」

「不是，他非常認真。」他頓了頓。「妳確定沒有請他們今天過來嗎？」

「我當然確定！」

「我這麼問是因為妳昨天才整理了花園。」

「那跟這有什麼關係？」

「安迪問我妳是不是把花園整理好了。妳顯然是跟漢娜說如果他們過來烤肉，妳就有個好理由把花園好好地收拾一下了。」

「那他們怎麼會不知道該幾點來？要是我跟漢娜說好了，我會把時間都敲定。是她弄錯了，不是我。」

馬修輕輕搖頭，動作非常小，我差點也沒看到。「我總算應付了過去，沒讓他知道我完全搞不清楚他在說什麼，然後我就約了十二點半。」

我看著他，愣住了。「什麼，那他們是要來了？帶孩子一起來？」

「恐怕是的。」

「可是我沒邀請他們啊！你能不能打電話給安迪，跟他說是弄錯了？」

「應該可以吧。」又是一頓。「只要妳確定妳沒跟他們說是今天來。」

我瞪著他，竭力不讓他看出我突然有多麼地沒把握。雖然我記不得我邀請了漢娜和安迪今天過來，我卻記得在我們分別時漢娜說了什麼安迪很期待能再見馬修。我不禁一顆心往下沉。

「嘿，別擔心。」馬修說，緊盯著我。「又不是什麼大事。我隨時都可以出去買幾塊牛排來烤啊，再買一些香腸給孩子們吃。」

「我們還得弄兩份沙拉。」我說，覺得快哭了，因為我真的沒那個心情招待他們，尤其是在我滿腦子都想著珍的時候。「還有甜點呢？」

「我去農莊商店買肉的時候順便買冰淇淋回來。安迪說漢娜會帶生日蛋糕來——明天安迪過生日——所以應該就夠了。」

「現在幾點了？」

「剛過十點。妳去洗澡，我去做早餐？不過沒辦法在床上吃了。」

「沒關係。」我說，努力掩飾我的沮喪。

「等妳做沙拉的時候，我就去買東西。」

「謝謝。」我感激地咕噥。「對不起。」

他摟住了我。「嘿，沒什麼好對不起的。我知道妳這陣子有多累。」

我很慶幸能用這個當擋箭牌，可是在他說出什麼難聽話之前還能拖多久？因為我已經忘了他週一要出遠門，現在為了烤肉我又丟了一次臉，我實在是受夠了。我進了浴室，極力忽視腦子裡的聲音：**妳快瘋了，妳快瘋了，妳快瘋了**。假裝是漢娜想過來烤肉，就自行竄改了我的口頭邀請，那就太容易了。可是她從來沒做過那種事，我連想都不該這麼想。再說了，我為什麼又非得把花園收拾得十全十美不可？我一直很肯定那是要讓自己分心，讓自己忙碌，可或許，在內心深處，我知道是我邀請了他們。

回想之後，我約莫能猜出個大概。話題扯到珍我就心神不寧了，漢娜說的話我左耳進右耳出，可能就是在那時，在那茫然的幾分鐘裡，我邀請了漢娜和安迪今天過來。

這種情況在媽身上是司空見慣。她會對我說的話點頭回應，提出她的看法，甚至還給我建議，可是幾分鐘後，她完全記不起我們說了什麼。「我一定是去找仙女玩去了。」她會這麼說。來查看她的護士說這叫做「間歇性失憶」。我是不是也一樣，找仙女玩去了？生平第一次，仙女似乎變成了邪惡的生物。

◆

漢娜和安迪在十二點半過後一會兒就到了，閒聊不多久，話題就轉到了珍的命案上。

「你看到了嗎？那件年輕女人的命案，警方在請相關人等出面提供線索。」漢娜說，一邊遞盤子給馬修。「你不覺得很奇怪嗎？居然都沒有人看見？」

「大概吧，可是我想深夜不會有很多人走那條路。」馬修說。「尤其是還有暴風雨。」

「我要是從威爾斯堡回來，我都走那條路。」安迪開心地說。「不管是白天或晚上，不管有沒有暴風雨。」

「那你上個星期五晚上在哪裡？」馬修問，大家都笑了起來，我卻想大叫，叫他們不要笑。

馬修發現了我的臉色。「對不起。」他悄悄說。他轉向漢娜和安迪。「凱絲有沒有跟你們說她認識她？」

他們瞪著我看。

「我們不是很熟。」我趕緊說，暗罵馬修說了出來。「我們一塊吃過一次飯，就這樣。」珍搖著頭責怪我這麼隨口打發我們的友誼，我立刻把心中的這個畫面關掉。

「我真的好抱歉，凱絲，妳一定很難過。」漢娜說。

「對，我是很難過。」一陣沉默，大家好像都不知道該說什麼。

「咳，我相信警察一定很快就會抓到兇手的。」安迪說。「一定有人知道什麼。」

我好不容易熬過了這個下午，可是他們一走，我又希望他們回來。他們不間斷的閒話家常是很累人，可總比寂靜要好，寂靜會讓我有太多時間去想在我的心裡翻攪的事情。

我收拾桌子，把盤子拿進廚房，從門口進來時，我停下了腳步，瞪著昨天我上樓洗澡前不記得有沒有關的窗子。因為現在，回想昨天，我在煮咖哩，後門是開著的——可窗子沒開。

七月二十七日，週一

馬修去上班了，被遺棄的感覺害得我緊張兮兮的，但我終於能夠去打那通我一直懼怕的電話了。我找到了抄下電話號碼的那張紙，正在找皮包，電話響了。

「喂？」

沒有回應，我就想大概是訊號中斷了。我又等了十秒，就掛上了。如果是馬修，我知道他有事會再打。

我上樓去拿皮包，套上一雙鞋子，離開了家。我本來想開車進布洛伯利或是威爾斯堡，使用那邊的公用電話，可是距離這裡五分鐘的公車亭旁邊就有一具電話，還大老遠跑去那裡也未免太誇張了。

我向電話亭走，感覺像有人在監視我。我左看右看，又偷偷轉身看後面。但附近並沒有人，只有一隻貓坐在矮石牆上曬太陽。一輛汽車經過，女駕駛想著自己的心事，連看也沒看我一眼。

我站在電話前，閱讀使用說明——因為我有好幾年沒打公用電話了——我在皮包裡找零錢，抖著手把一鎊塞進去。我拿出了抄著電話的紙，按下號碼，心跳如雷，不確定自己做的事是否正確。可我正想變卦，有人接了電話。

「是珍．華特斯的事。」我緊張地透不過氣來。「我在十一點半在黑水巷經過她的車，她那時還活著。」

「謝謝妳提供消息。」說話的女人很鎮定。「我能不能——」可是我已經把電話掛斷了。

我急忙離開，匆匆沿著馬路走向家，被監視的感覺又出現了。進屋之後，我讓自己冷靜下來。沒有人在監視我，是我自己良心不安，做這種偷偷摸摸的事讓我以為有人在監視我。而且因為我做了一開始就該做的事情，我的心情也有了好轉。

星期六忙了一天，花園裡也沒什麼事可做了，可是家事還有一大堆得做。我開著收音機，把吸塵器拖到樓上，又抱著清潔劑和亮光劑，開始打掃每一間臥室。我按部就班，專注在手邊的工作上，不讓自己去想珍。真的見效了——直到正午的新聞廣播：

「警方請求今天稍早跟他們聯繫，提供珍．華特斯命案線索的人士再和他們聯絡。珍．華特斯在七月十七日在自己的汽車中遇害……」

我的心臟咚咚跳，我什麼也聽不見了。我的耳鼓裡只有咚咚聲，震得我耳聾。我在床上坐下來，顫巍巍地深吸了幾口氣。警方為什麼還想要跟我說話？我知道的都告訴他們了啊。驚慌逐漸爬升，我極力把它往下撳，可它還是不斷往上漲。雖然誰也不知道電話是我打的，可警方對外公布就意味著我不再感覺匿名了，我反而覺得極度地暴露。警方說跟他們聯繫的人提供了命案的線索，聽起來好像我說了什麼重大的消息、什麼關鍵似的。要是殺害珍的人也聽了新聞，他一定會覺得我是個大威脅。萬一他以為那晚我看見了他埋伏在珍的汽車四周怎麼辦？

我這一激動可不得了了，我站了起來，在臥室裡踱步，思索著該如何是好。我經過窗戶，漫不經心地瞥了眼外面，猛地僵住！有個男人，我沒見過的人，從我們的屋子走開。瞎操心，可是他一定是從樹林來的。瞎操心，可是有人從我們家走過是很罕見的。開車經過是有，走路，沒有。去樹林裡散步，沒有人會徒步走黑水巷，除非他們是想被車撞到。到樹林的小徑路口是在我們屋子對面的田野，而且標示很清楚。我看著他一直到他消失了蹤影。他一點也不慌張，也沒有回頭，可我的心臟就是止不住地瘋狂亂跳。

◆

「瑞秋今晚留下來過夜嗎？」馬修晚一點從鑽油塔打電話給我。我沒跟他說稍早看到的男人，因為實在沒什麼可說的。更何況他可能會報警，那我能跟警察說什麼？

「我看到一個男人從我家這邊走開。」

「他長得什麼樣子？」

「中等高度，不胖不瘦。我只看到他的背影。」

「妳當時在哪裡？」

「臥室裡。」

「他做了什麼？」

「什麼也沒有。」

「那妳是沒看見他有什麼可疑的舉動嘍？」

「對，可是我覺得他好像有抬頭往上看。」

「妳覺得？」

「對。」

「所以妳其實並沒有看到他抬頭往上看。」

「對。」

「沒有。」我跟馬修說。「我決定還是不要麻煩她了。」

「真可惜。」

「怎麼了？」

「我只是不喜歡讓妳一個人在家裡。」

他的擔心也害我更擔心了。「真希望你早點說。」

「妳沒問題的啦，只要上床之前別忘了把門都鎖好。」

「已經鎖好了。真希望我們有警報器。」

「等我回去我會把小冊子看一遍。」他保證道。

我掛上了電話，又打給瑞秋。

「妳今晚有什麼計畫嗎？」

「睡覺。」她答道。「我已經上床了。」

「才九點？」

「妳要是週末過得跟我一樣，那妳早就在床上睡死了。所以如果妳是打電話來叫我出去的，我恐怕要說不了。」

「我是想請妳過來，跟我共享一瓶美酒的。」

我聽見電話的另一端有打哈欠聲。「怎麼，妳一個人啊？」

「對，馬修得到鑽油塔去巡查，整個星期都不在家。」

「那我星期三來跟妳作伴怎麼樣？」

我的心涼了半截。「明天怎麼樣？」

「沒辦法，抱歉。我已經有計畫了。」

「那就星期三了。」我無法掩飾聲音中的失望。

「妳沒什麼事吧？」她問，聽出了我的情緒。

「沒事。好了好了，去睡吧。」

「星期三見了。」她說。

我晃到客廳。要是我跟她說我自己一個人覺得很緊張，她一定立馬就趕過來。我打開了電視，看了一集我沒看過的影集。後來覺得累了，就上樓睡覺了，希望自己能一覺睡到大天亮。

可是我放鬆不下來。屋子裡太黑了，夜晚太靜了。我伸手把燈打開，可是睡眠就是不肯光臨。我戴上耳機聽音樂，又摘了下來，因為我發現耳機會遮掩住某人鬼鬼祟祟上樓的聲音。我忘了關的那兩扇窗，一扇是臥室裡的，在星期五保全公司的人離開之後，另一扇是廚房的，在星期六，又浮現在我的腦海，還有今天早上看見的那個男人。東方漸白，我終於睡著了，我不去抗拒，只告訴自己我要是被殺也比較可能是在晚上，而不是大白天。

七月二十九日，週三

我被門廳的電話吵醒了。我睜開眼睛，瞪著天花板，希望打電話的人能自己放棄。昨天早上八點半電話持續響了好一陣子，我去接了卻又沒有人應聲。我看著時鐘：快九點了，那八成是馬修，在上班之前打來的。我一躍下床，跑下樓去，趕在答錄機啟動之前抓起了電話。

「喂？」我上氣不接下氣地說。沒有人回答。「喂？」我等待著，因為鑽油塔那邊的訊號往往很差。

「馬修？」我再問一次。仍然沒有人回話，我就掛上了電話，再撥他的手機。

「剛才是你打電話來嗎？」他一接聽我就問。

「早安啊，達令。」他的語氣尖銳，但聲音裡帶著笑意。「妳今天好嗎？」

「對不起。」我急匆匆地說。「我重來一遍。哈囉，達令，你好嗎？」

「這樣好多了。我很好。不過這邊滿冷的。」

「你剛才打電話給我嗎？」

「沒有。」

我皺起了眉頭。「喔。」

「怎麼了？」

「電話響了，可是沒人說話，我就猜是鑽油塔那邊的訊號太弱了。」

「不是我，我打算吃午餐的時候才打。我得走了，甜心，晚點再說。」

我掛上了電話，很氣惱被吵起來，打斷了睡眠。應該要立一條法律禁止打錯電話的人一大早就打的。眼前還有漫長的一天，而我忽然發覺我不想今晚再一個人過。晚上，我起床上廁所，會望著窗外，有那麼一會兒的工夫，我以為看到有人。當然不是真的，可是之後我就睡不著了，一直到快天亮了才闔眼。

馬修中午打電話來了，我跟他說我差不多有兩個晚上都沒睡好了。他就說：「那就出門玩個幾天吧。」

「搞不好還真該去。」我說。「我看我就去幾年前的那家飯店好了，媽過世以後我去過。有游泳池和ＳＰＡ。可是不知道還有沒有房間。」

「妳乾脆打電話去問問看嘛。有房間的話，妳可以今天就去，我星期五去找妳。」

我立刻就來了精神。「好主意！你真的是天底下最棒的先生了。」我感激地說。

我打電話到飯店，等著他們接聽時，我拿了牆上的掛曆，只是想確認我要訂房的日期。我在計算如果我們要住到週日，就需要訂四晚，這時星期一的方格裡寫的「馬修去鑽油塔」幾個字躍入眼底，像在指責我似的。我閉上眼睛，希望再睜開時字會消失。可是字仍在，「馬修去鑽油塔」幾個字就寫在三十一日——星期五——的方格上，後面還畫了個笑臉。我的心往下沉，憂慮又像螞蟻一樣啃嚙我的胃，所以飯店的櫃台終於回覆我說除了一間套房之外全部客滿，我連價錢都沒問就訂了。

我把月曆掛回牆上，翻到八月，等我們從飯店回來就不必再翻了——馬修也就不必知道他是對的，他是跟我說過要去鑽油塔。

◆

等我到了飯店，預備辦理入住，我才感覺舒服一點。套房棒極了，床鋪是我見過最大尺碼的，等我把行李都拿出來之後，我就傳簡訊給馬修，讓他知道我的去向，再換上泳衣，朝游泳池前進。我剛要把個人的物品推進置物櫃裡就收到了簡訊，不過是瑞秋發的：

嗨，通知妳我今天會早下班，六點左右到妳家。妳要煮飯還是出去吃？

我的心咚的一聲往下墜，活像是我失足落下了斷崖。我怎麼會忘記瑞秋今晚要來過夜？我們星期一才說定的啊。我想到了媽，恐懼像利爪撕開了我的胃。我不敢相信我居然忘了。是珍的命案和我的良心不安害得我心不在焉，可是忘了瑞秋要來過夜？我慌忙找手機，按下了撥號鍵，急著跟某人吐露我越來越多的恐懼。

瑞秋雖然才發過簡訊，卻沒接電話。更衣室空蕩蕩的，我在一張濕濕的木條凳上坐下。我既然下定了決心要跟瑞秋說我很擔心自己的短期記憶，我就急著想要付諸行動，怕的是一耽擱我又失去了勇氣。我又打給瑞秋，這次她接了。

「妳應該會想住在豪華的飯店裡，而不是在我家裡吧？」我說。

一陣停頓。「那得看是哪裡了。」

「西溪公園。」

「有很棒的SPA的那一家嗎？」她壓低了聲音，所以我猜她八成是在開會。

「對。其實，我已經來了。我覺得需要放個假。」

「有的人就是這麼幸福。」她嘆氣道。

「那妳是要來嘍？」

「只去住一晚有點遠吔——我明天得上班，記得嗎？那我星期五去找妳吧？」

「妳可以……」我才開口就又趕緊補上，「馬修會直接從鑽油塔過來，所以會是我們三個。」

她低低地笑了一聲。「真彆扭。」

「抱歉今晚放妳鴿子。」

「沒事。那下星期見了？」

「等等，瑞秋，我還有事……」

可是她已經掛斷了。

七月三十一日，週五

終於等到了下午，我急著想見馬修。天氣不是很好，我就待在自己的房間裡，等著他打電話來跟我說他幾點抵達。我看了一下電視，沒有珍的命案，我鬆了口氣，但又覺得惱怒，她的命案不過才發生兩個星期，大家就把她拋到腦後了。

電話響了，我一把抄起來。

「我在家裡。」馬修說。

「太好了。」我開心地說。「那你可以趕來吃晚餐。」

「問題是，我一到家，就看到一個保全公司的人坐在台階上。」他頓了頓。「我不知道妳居然自己就決定了。」

「決定什麼？」

「裝警報器啊。」

「我聽不懂。」

「這個人說他跟妳說好了昨天會有人來裝警報器，可是技師來了家裡卻沒人。他們好像是每隔半個小時就打一次電話。」

「我什麼也沒同意啊。」我說，很是氣惱。「我只說我們會再跟他聯絡啊。」

「可是妳簽了合約。」馬修說，似乎是一頭霧水。

「我才沒有咧！小心點，馬修，他是騙人的，他謊稱我同意了，其實我根本就沒有。一定是詐騙，就是這樣。」

「我也是這麼想的。可是我說我們還沒有決定，他就拿出了一張合約來，上面有妳的簽名。」

「那一定是他假造的。」一片沉默。「你以為是我自作主張叫人來裝的，對不對？」我說，一下子醒悟了。

「不是，當然不是！只是簽名很像是妳的字。」我察覺到他的遲疑。「我打發他走以後就看了妳放在廚房的小冊，裡頭有一張給客戶的合約。要我拿去飯店給妳看嗎？如果有什麼問題，我們再來想辦法解決。」

「你是說告得他當褲子嗎？」我說，想要讓氣氛輕鬆一些，盡力不讓我的心裡籠罩上疑雲。「那你幾點會到？」

「等我洗完澡、換身衣服——六點半吧？」

「我在吧台等你。」

我掛了電話，一時間很氣惱他會以為我不跟他商量就自行決定裝設警報器。可是心裡有個小小的聲音嘲弄我：**妳確定嗎，凱絲，妳真的確定？**對，我堅定地反駁，我確定。再說，那個保全公司的人長得就不老實，他是那種為了合約可以不擇手段的人，即使是要欺騙作弊。我百分之百確定我沒有錯，所以下樓去吧台，我點了一瓶香檳。

馬修抵達時，香檳就在冰桶裡冰鎮著。

「這星期很辛苦嘍？」我問，因為他的樣子極為疲憊。

「是啊。」他說，吻了我。看見了香檳。「真周到。」

服務生過來開瓶，為我們斟酒。

「敬我們。」馬修說，舉起了酒杯，對我微笑。

「敬我們，還有我們的套房。」

「妳訂了套房？」

「只剩下這個房間了。」

「好可惜唷。」他說，咧嘴一笑。

「床好大喔。」我接著說。

「不會大到我找不到妳吧？」

「不可能。」我把酒杯放下。「你有沒有把那張所謂我簽了名的合約帶來？」我問，想立馬就把它處理掉，省得壞了我們的週末。

他慢吞吞地從口袋裡掏出來，我就知道他並不真的想讓我看。

「妳看了也會說跟妳的簽名很像。」他道歉似地說，隔著桌子遞給我，我發現自己瞪大眼睛，倒不是瞪著底下的簽名，而是瞪著合約本身。上頭布滿了我的筆跡，至少我是這麼覺得的。任何人都可能偽造我的簽名，卻沒法一行又一行寫得一模一樣，每一個大寫字母都像出自我手。我掃描合約，尋找蛛絲馬跡來告訴自己寫的人不是我，可是看得越久，我就越深信是我，最後我竟然差不多能看見自己在寫字，我幾乎能感覺到手上握著筆，另一隻手輕輕按著紙張，不讓它滑動。我張口，準備說謊，想告訴馬修絕對不是我的筆跡，可是令我驚恐的是我哭了起來。

他馬上就坐到我的身邊，緊緊摟著我。「妳一定是被他的花言巧語哄得簽了合約。」他說，我也分不清他是真相信或是在給我台階下，就像幾天前，他說他一定是忘了跟我說他要去鑽油塔。無論如何，我都非常感激。「我明天一早就跟那家公司聯絡，跟他們說我們不會履行合約。」

「可是不就變成他們的業務員跟我各說各話。」我顫巍巍地說。「我們就先別管了。他只會矢口否認，最後只會什麼都耽擱了。其實，我們也需要警報器。」

「不管怎樣，我們都應該先想辦法撤銷合約。他是怎麼說的，只是報價單之類的？」

「我不確定他究竟說了什麼，可是對，我好像是只同意要他報價。」我回答，緊抓住這個理由。「我覺得我好笨。」

「不能怪妳。他們使用那種伎倆，不應該讓他們得逞。」他遲疑了一下。「老實說，我現在不確定該怎麼辦。」

「我們能不能就讓他們裝好了，因為這件事有一半錯在我？」

「我還是想跟他說清楚。」馬修的聲音嚴肅。「不過很有可能我明天不會見到他，因為他們會派技師來。他只是業務員。」

「我真的很抱歉。」

「不過從大局來看，也不算是太壞的結果。」他把香檳一飲而盡，渴望地看著酒瓶。「可惜不能再喝一杯。」

「為什麼？你又不必開車。」

「我要開車。因為我以為沒有問題，我就同意要他們明天早上來裝警報器。所以如果我們不想毀約，我就得回去等他們。」

「那你也可以在這裡過夜，明天早上再走啊。」

「嗄，叫我早上六點半就走？」

「你不必那麼早走嘛。」

「他們八點就到，我還非得那麼早走不可。」

我忍不住懷疑他不肯留下來過夜是不是在懲罰我，因為他不肯為了我自行同意裝設警報器的事跟我生氣。

「那等他們裝完，你明天晚上可以過來吧？」我說。

「當然啊。」他說，握住了我的一隻手。

他沒多久就走了，我起身回房間，看電影，一直看到眼皮都睜不開，可是我睡不著。一想到我簽了一張合約，卻完全想不起來，我受到的震撼直搗我的核心。我跟自己說我並沒有做出跟媽一樣糟糕的事情，在我明白媽真的不對勁的時候。那是在二〇〇二年的春天——她到當地的商店去，回家途中迷路了，三個小時後才回來。在警報器事件之前，我只忘記小事情。忘了我該為蘇西買什麼禮物，忘了馬修要出差，忘了我邀請了漢娜和安迪來烤肉，忘了瑞秋要來過夜——這些事情已經夠糟糕的了。可是訂了警報器卻自己毫不知情卻更事態重大。我巴不得相信是被業務員哄騙了，可是回想起我們在廚房的情景，我才明白我記得的不多——只記得最後他把手冊交給我，跟我說我先生一定會很中意。

八月二日，週日

我們退房時沒什麼交談，我建議到別的地方吃午餐，可是馬修說他寧可回家。我知道我們兩個都很失望，這週末並不符合我們的期待。即使馬修對週五晚不想在飯店過夜的說法成立，我仍免不了擔心他是受夠了我的忘性引起的混亂，所以昨天趁他在家裡等人來裝警報器，我就鼓起勇氣上網查了「間歇性失憶」，結果查到了「短暫性全盤失憶症」。因為媽的關係，我對這個詞彙很熟，可一行一行往下讀，我的一顆心仍跟著往下沉，沒多久我就把網頁關閉了，忙著把心中逐漸攀升的驚惶往下壓。我不知道我是否得了這個病，但更重要的是，我不想知道。眼前，無知就是幸福。

馬修昨晚終於在七點現身，剛來得及在晚餐之前到吧台去喝杯酒，我發覺他比平時更密切地觀察我，我一直在等他跟我說他很擔心我，可他什麼也沒說，反倒讓情況更糟。我想他可能是在等，等我們回到房間，較有隱私。可等我們終於上樓了，他不說有話要跟我說，只打開了電視，我真恨不得他沒開，因為剛好有新聞報導，珍在今天下葬了。他們播出了她覆滿鮮花的棺木被抬往海斯頓的小教堂，她傷心欲絕的父母尾隨在後，我看了也忍不住掉眼淚。

接著螢幕出現了珍的照片，跟他們之前用的那張不同。

「她真漂亮。」馬修說。「真是太不幸了。」

「如果她沒那麼漂亮就不會那麼不幸嗎？」我搶白他，突然生起氣來。

他詫異地看著我。「我不是那個意思，妳也知道。有人被殺了，當然不幸，可是她這件案子又特別可憐，因為她還有兩個小女兒，她們長大以後早晚會發現她們的母親是被殘忍地殺害的。」他回頭去看電視，螢幕上是警察在黑水巷臨檢，搜索車輛，那條馬路現在又開通了。「他們是不可能在某人的車廂裡找到兇器的。」他接著說。「與其找兇器，還不如去找兇手。一定有人知道兇手是誰，他那晚一定渾身是血。」

「你能不能不要再說了？」我嘟囔著。

「是妳先說的啊。」

「電視可不是我開的。」

我感覺他看著我。「是不是因為兇手仍然逍遙法外，所以妳才心煩？如果是的話，妳現在可以放心了，因為我們裝了警報器了。再說，不管兇手是誰，現在早就不知逃到哪兒去了。」

「我知道。」我說。

「那就別擔心了。」

我領悟到這就是我一直在等待的契機，是我向他開誠布公的絕佳時機，告訴他我是在擔心我自身的情形，我的心智，說明媽和她的失智症。但我卻讓這一刻溜走了。

我希望洗個澡能讓我鎮定下來，可是我卻一直在想著珍的先生。但願我能做點什麼讓他的痛苦比較容易承受，但願我能告訴他我有多高興認識珍，她有多可愛。需要做點什麼的衝動讓我腦門發燙，我決定要問瑞秋是否知道他的地址，好讓我寫信給他。我躺在浴缸裡，在心裡起草，很清楚寫這封信是為了他也為了我自己。等我洗完澡，水都涼了，後來馬修和我躺在床上，誰也不碰誰，我倆的距離似乎從沒有這麼遠過。

此刻我瞄他一眼，站在櫃台前我的旁邊，我真巴不得他能把我的失憶端到檯面上來談，而不是假裝一切順利，因為顯然不順利。

「你確定不要去哪裡吃午餐嗎？」我問。

他搖頭，面帶微笑。「我不餓。」

我們駕車離開，各開各的車，到家後，我看著他把新裝的警報器關掉。

「你要教我怎麼操作嗎？」我問。

他堅持要讓我選密碼，我選了我們的生日，顛倒了順序，我才能輕鬆記住。他讓我練習了幾次，教我如果我一個人在家該如何個別控制每個房間，我突然想到我跟那個業務員說過我要這個功能，也就是說我跟他的談話比我自認為的要深入。

「好，我懂了。」我說。

「好。我們來看電視吧？」

我們進了客廳，可是現在是新聞時間，我就逃進了廚房。

「刺別人一刀是一回事，可是拿一把大菜刀割斷別人的脖子就太病態了。」馬修立在門口，一臉震驚。「她顯然是那樣死的——她的喉嚨被割斷了。」

我心裡像有根弦綳斷了。

「**住口！**」我大喊，用力把水壺摜在一邊。「住口！」

他愕然看著我。「天啊，凱絲，冷靜點！」

「我怎麼冷靜得了，你一天到晚在講那件恐怖的命案！我受夠了！」

「我只是以為妳會想知道罷了。」

「我不想知道，行了吧？我一點興趣也沒有！」我作勢要離開廚房，憤怒的眼淚刺痛了我的眼瞼。

「凱絲，等等！」他抓住我的胳膊，把我拉回來，拉進他懷裡。「別走。對不起——我實在是太遲鈍了。我一直忘了妳認識她。」

我洩了氣，軟軟地偎著他。「不，是我不好。」我疲憊地說。「我不應該對你吼的。」

他吻我的頭頂。「來吧，我們來看電影。」

「只要沒有命案就好。」

「我來找一部喜劇片。」他保證。

我們就看了電影，應該說是馬修看，而他笑我就跟著笑，不讓他知道我有多絕望。實在是太難以置信了，在那個致命的週五晚上我在電光石火的一瞬間決定要抄捷徑穿過樹林，對我的人生卻有毀滅性的衝擊。珍或許在錯誤的時間跑到了錯誤的地方，可我也一樣。我也一樣。

八月四日，週二

我正把碗盤往洗碗機裡放，電話響了，我以為是瑞秋打來問我在飯店住得還愉快嗎，可是我去接聽，卻沒有人——不，應該說是沒有人說話，因為我敢說**一定**有人。一時間，我想起了昨天接的一通電話，上星期接的幾通電話，在我去飯店度假之前。沉默。我屏住呼吸，豎著耳朵搜尋最輕微的聲響，讓我能聽出是否有打電話的人，可是什麼也沒有——沒有靜電，沒有呼吸，什麼聲音也沒有——就彷彿他就跟我一樣，屏住了呼吸。**他**。緊張像螞蟻一樣爬過我全身，我趕緊掛斷了電話。我檢查了答錄機，想知道我不在家時有沒有人打電話來，但只有週三保全公司的人打過一通，確認隔天要來裝警報器，還有週五三通，兩通是保全公司打的，要我立即回電；一通是康妮打的。

我本打算著手準備九月的課程計畫，卻無法專心。電話又響了，我的心立刻就怦怦跳。**沒事**，我跟自己說，**是馬修，不然就是瑞秋，或是別的朋友打電話來聊天**。可是我查看來電號碼，卻未顯示。

我不知道為什麼會接起來，可能我已經知道了那是我該做的事。我想說什麼，問他是誰，可是令人發毛的沉默把我的話凍結在口中，所以我只能聽。但這一次仍然一點動靜也沒有，我用力掛上電話，兩手抖個不停。剎那間，我的家像座監獄。我匆匆上樓，到臥室抓起手機和皮包，跳進汽車，就馳往威爾斯堡。到咖啡店的路上，我停下來買了張卡片要寄給珍的先生，可收銀台附近一疊一疊的報紙讓人不想看見也難，報紙的頭條醒目地報導命案有了新的進展。我並不怎麼想看，可是警方破案的腳步又近了，我還是買了一份。我到隔壁的咖啡店找了張角落的桌子，攤開報紙，讀了起來：

迄今為止，警方一直認為珍的命案是隨機殺人，但現在有人證說週五大約十一點半他曾經過珍的汽車，大致就停在她遇害的地點。調查方向因而改變，因為這表示珍很可能認識兇手，而在她遇害當晚，她是在避車道上跟兇手見面，而且前一週也是如此碰面的。媒體在挖她的私生活，暗示她有秘密情人，她的婚姻有問題，我的心思立刻飛向了她的先生——儘管也有人暗示珍的先生很可能殺害自己的妻子。報上指出他的不在場證明——他說他在家裡照顧兩個小女兒——但他很可能把兩個孩子丟在家裡，自己跑出去犯案。

文章的旁邊是一把刀的相片，跟警方認為是兇器的刀子類似，我瞪著那把黑柄鋸齒刀看，覺得驚懼到了骨子裡。

我的心臟就像跑車衝出起跑線，瞬間加速，害得我頭暈。我閉上眼睛，再睜開來，恐懼仍在，而且動能反而越大。說不定兇手早就埋伏在樹林裡了，正要犯罪，我卻開上了避車道。要是他看見了我，他可能會以為我也看見了他。說不定他記下了我的車牌，以免我變成了威脅。而現在在他的眼裡，我可能就是個威脅。他知道有人去找了警察，因為警方公布了我的電話內容，很可能他猜到了是我。他不知道我其實沒跟警察說什麼，不知道我什麼都不知道。重要的是他知道我的存在。他是不是查出了我是誰，所以打電話來卻不吭聲，當作恐嚇？

我東張西望，悽悽惶惶地想找到能讓我定下來的錨；我的視線落到菜單上頭，就數起了第一個項目的字母：一、二、三、四、五、六。有效了：數數的穩定節奏讓我的心跳慢了下來，很快我的呼吸就又正常了。可是我覺得全身發抖，而且孤零零的。

我拿出手機，撥給瑞秋，很慶幸她的辦公室離城中心不遠。

「我在威爾斯堡，妳的午休可以拖長一點嗎？」我問。

「我來查查日誌。」她的聲音乾脆，也就是說她聽出了我聲音中的焦慮。「我看看──我三點要開會，得趕回來，要是我動作快一點，我一點可以去找妳。可以嗎？」

「那就太好了。」

「要在斑點母牛見嗎？」她說。

「好極了。」

「城裡車很多嗎？妳停在哪裡？」

「我在格蘭哲街的小停車場找到了位子，可是妳可能得去立體停車場。」

「好。一點見。」

◆

「怎麼回事，凱絲？」瑞秋關切地問。

我呷了一口酒，不太確定該說什麼。「我只是覺得在家裡不安全了。」

「為什麼？」

「都是那件命案。報上說珍可能是被認識的人殺害的，也就是說他可能是本地人。」

瑞秋伸出手，捏了我的手一下。「她的死給妳的衝擊很大，是不是？」

我悲慘地點頭。「我知道我只跟她吃過一次飯，可是我知道我們很合得來，將來會是很好的朋友。」我說。「而且我討厭他們說她有情人，我一點也不信。她滿口都是她的先生，他人有多好，她有多幸運能嫁給他。我買了張卡片要寄給他——妳能幫我查到他的地址嗎？」

「可以啊，我去問問同事。」她朝我剛才買的報紙點頭。「妳看見那把刀的照片了嗎？好恐怖。」

「不要。」我顫巍巍地說。「我受不了去想。」

「等妳把警報器裝上了，就不會這麼怕了。」她說，脫掉了紅色開襟毛衣，披在椅背上。

「我們裝好了，星期五裝的。」

她伸手拿杯子，銀手環少了袖子的束縛，叮叮響。「妳在家裡能設定警報器嗎？」

「可以，隨便哪一扇窗或是哪個房間都可以。」

「可是妳還是覺得不安全？」

「對。」

「為什麼？」

「因為我一直接到奇怪的電話。」我脫口而出。

她鎖緊了眉頭。「怎麼個奇怪法？」
「沒人說話，而且也沒顯示號碼。」
「妳是說電話另一頭沒有人？」
「不，有人，只是不出聲。我真的嚇得魂都沒了。」
她想了想。「這些電話——一共多少通了？」
「我不知道……五、六通吧？今天早上就有兩通。」
她愣了愣才恍然大悟。「妳就是因為這樣害怕？沒顯示號碼的幾通電話？凱絲，那種電話我都不知道接到多少次了！通常是有人想推銷，或是想問我買的東西的使用評價。」她想了一會兒。「這些電話打的都是妳的家用電話吧？」
「對。」我把玩著酒杯杯腳。「我實在沒辦法不覺得那不是針對我的。」
「針對妳的？」瑞秋一臉不解地看著我。
「對。」
「得了，凱絲，不過是幾通電話罷了。我實在不懂妳有什麼好怕的。」
我聳聳肩，想輕鬆帶過。「我猜是珍的命案……妳知道嗎？離我家那麼近。」
「馬修怎麼說？」
「我沒跟他說。」
「為什麼？」她眼中的關懷讓我決定要把心事告訴她。
「因為我最近做了幾件蠢事，我不想讓他以為我真的瘋了。」我坦白說。
她啜了一口酒，可是目光始終在我臉上。「哪種蠢事？」

「嗯……首先，我忘了我請了漢娜和安迪來家裡烤肉。那天我跟妳約了到酸葡萄喝酒，在路上遇見了漢娜……」

「我知道。」她說。「我記得妳說那就是妳遲到的原因。」

「我跟妳說過？」

「對。妳跟我說妳邀請他們去烤肉，因為妳們有一陣子沒見面了。」

「那我說了邀請他們哪天來嗎？」

「妳說妳請他們星期日去，就是那個週末。」

我閉上眼睛，吸了口氣。「唉，我忘了。」我說，又看著她。

「忘了？」

「對，我忘了我請了人家。不，應該說我不知道我請了……我也不太確定是哪個。安迪早上打電話來問應該幾點到，我們匆匆忙忙準備，才沒開天窗。可是還不止這樣……我還預訂了裝警報器，卻一點也不記得。我填了表格，簽了名——可是我一點都不記得。」我決定不提忘了馬修跟我說他要到鑽油塔出差的事，隔著桌子望著瑞秋。「我好害怕，瑞秋，真的。我不知道我是怎麼了。而因為媽——」

「我沒聽懂警報器的事。」她打斷了我。「究竟是怎麼回事？」

「妳還記得嗎，我們在酸葡萄見面，我跟妳說我找了個保全公司的人來估價？」

「記得，妳說他讓妳有點發毛。」

「沒錯。嗯，馬修上個星期五從鑽油塔回來，他發現那個人坐在門階上。所以馬修就跟他說我們並沒有同意裝警報器，可是那人抽出了一張我簽了名的合約。」

有。」

「那也不代表什麼啊。」瑞秋打岔說。「簽名可能是他偽造的，詐騙集團到處都有。」

「我一開始也是這麼想的，可是還不止是簽名，瑞秋，是其他的部分。整張合約都填好了，而且絕對是我的筆跡沒錯。馬修說我一定是被他的花言巧語騙了，我也順著他的說法演下去，因為我剛好有台階下。可是我想我們都知道不是那樣的。」

她沉吟了一會兒。「妳知道我是怎麼想的嗎？我覺得妳可能是被操弄了。妳說妳不喜歡那個人，他害妳覺得不舒服，所以妳可能是為了擺脫他才同意裝警報器的，事後，妳下意識地把整件事都掩埋了起來，因為妳覺得上了他的當很丟臉。」

「我倒沒這麼想過。」

「我敢說一定就是這樣的。」她肯定地說。「所以別瞎操心了。」

「可是其他的事也沒法解釋啊。我忘了應該買給蘇西的禮物呢？忘了邀請漢娜和安迪來吃飯呢？」我沒提我還忘了瑞秋本來要來我家過夜的，我卻跑去訂了飯店。

「妳媽媽過世多久了，凱絲？」

「才兩年多一點點。」

「而妳不但回去工作了，還結了婚，搬了家。基本上，妳是改頭換面了。一個人整整三年的時間日夜不停地照顧一個有失智症的人，我覺得妳是一下子做太多事情，現在是筋疲力盡了。」

我慢吞吞點頭，一面思索——想得越多，我就越覺得瑞秋說的有道理。

「我確實是有點急驚風。」我承認。

「看吧。」

「可是如果不是這個原因呢？」

「什麼意思？」

要把我最怕的恐懼說出口實在很難。「萬一我變成跟媽一樣呢？萬一我開始忘掉每一件小事，跟她一樣呢？」

「妳就是在擔心這個嗎？」

「說實話，瑞秋，妳有沒有注意到什麼不對勁？」

「沒有，什麼也沒有。有時候妳是有點心不在焉——」

「我有嗎？」

「妳知道嗎？妳會去想別的事情，我說的話一句也沒聽見。」

「我會嗎？」

「別那麼擔心的樣子——誰不會呢！」

「那妳是覺得我並不是朝那個方向走嘍？」

瑞秋使勁搖頭。「對，我不覺得。」

「那，那種電話呢？」

「只是隨便亂打的，沒什麼好害怕的。」她真心地說。「妳需要休息，妳應該叫馬修帶妳到什麼地方，讓妳能放輕鬆。」

「我才剛度了五天假。再說，要他八月帶我去度假也太難了。妳馬上就要去度假了，是不是？」

「星期六。」她開心地說。「我都等不及了！喔，好極了，午餐來了。」

等到瑞秋離開，比她預計的時間晚了十五分鐘，我也感覺好多了。她說得對，媽過世後，我可以說是從一種非常沒有刺激、非常固定的生活一下子換到了有各種新經驗的生活中。我過去的經歷突然追了上來，打我一個措手不及，也是很正常的事情。這只是一個小小的警告，不是什麼天大的災難。我需要的是把珍的命案逐出腦海，不要再以為那種無聲的電話是有什麼陰謀，專心在對我重要的人事上，也就是馬修。我忽然有了個點子，所以我沒繼續朝停車場走，反而折了回去。

◆

我在「寶貝精品店」的櫥窗外立了一會兒，看著陳列的漂亮衣服。然後我推開門走了進去。裡頭有一對年輕夫妻，女的挺個大肚子，看著嬰兒車，顯然是為了迎接他們即將出生的寶寶。我想到將來有一天站在這裡為孩子挑選嬰兒車的會是馬修和我，我的心裡就充滿了渴望，連呼吸都忘了。我開始瀏覽一架架的嬰兒服，找到了一件好小的睡衣，上頭有很多粉彩氣球。店員是個嬌小的年輕女郎，一頭長髮，我還沒見過誰的頭髮像她這麼長的，她過來看是否需要她服務。

「我想買這件。」我說，把睡衣拿給她。

「這件好可愛，對不對？要包成禮物嗎？」

「不用了，是我要的。」

「好棒喔！預產期是什麼時候？」

我一下子就被問倒了，我覺得很尷尬，為了根本不存在的寶寶買睡衣。

「喔，我才剛懷孕。」我聽見自己說。

她笑得很愉快，拍拍自己的肚皮。「我也是！」

「恭喜！」我轉身看見那對年輕夫妻向我們走來。「妳知道是男孩還是女孩了嗎？」年輕太太問，看著我。

我立刻搖頭。「還早呢。」

「我懷的是男孩。」她得意地說。「下個月就要生了。」

「恭喜。」

「我們不知道該買哪一輛才好。」她接著說。

「也許我們能幫忙。」店員說，我還沒回過神來，就已經在挑揀那一排嬰兒車，討論每一輛的優缺點了。

「我會選那一輛。」我說，指著一個漂亮的藍白色推車。

「妳何不試試看？」店員慫恿我們。於是那對夫妻跟我就輪流推著嬰兒車在店裡走來走去，都同意這是絕佳的選擇，因為嬰兒車不但樣式漂亮，還容易操作。

我們移向收銀台，店員堅持要把睡衣裝在一個漂亮的盒子裡，即使我已經說過不是要送人的了。我們談論著給寶寶取什麼名字，我覺得對於當媽媽我的心態沒有這麼積極過。瑞秋斷言我的情況完全是因為筋疲力盡，讓我又恢復了信心，我等不及今晚要告訴馬修我們可以開始人工受孕了。也許我可以把小睡衣拿給他看，當作暗示。

「我們有個貴賓專案妳也許會有興趣。」笑臉迎人的店員給了我一張表格。「妳只需要填寫姓名住址，等累積到一定的點數，以後購物都可以享有折扣。」

我接下表格就填了起來。「聽起來滿棒的。」

「妳也可以用來購買孕婦裝。」她往下說。「我們有一些漂亮的牛仔褲，褲腰是鬆緊的，肚子大了也可以穿。我已經相中一件了。」

她的話猛地把我帶回了現實，因為我並**沒有**懷孕，我把表格還給她，匆匆道別，快到門口了，她又把我叫住。

「妳還沒付錢！」她笑著提醒我。

我心慌意亂，回到櫃台把信用卡給她。等我真的出了門，我只覺得累壞了，說了那麼多的謊，而我剛恢復的信心一下子又棄我而去了。我不想回家，我也不想留在城裡，怕會又遇見店裡的那對夫妻，聽他們又說起我的孕事，所以我急急忙忙回去開車。

我還沒走多遠就聽見有人喊我的名字。一回頭，就看見學校的同事約翰匆匆向我走來。

「我看到妳從後面那家店裡出來，就一直想追上妳。」他解釋道，給了我他最迷人的微笑。他擁抱了我一下，黑髮落在額頭。「妳好嗎，凱絲？」

「很好啊。」我沒說實話。我看見他眼睛飄向了我提的袋子，我立刻就覺得難堪。

「我不是好管閒事，可是朋友生了孩子，我需要買個禮物，可我又不知道該買什麼。我正要進那家店，就看見妳出來了，所以我希望妳能幫我個忙。」

「我幫朋友的孩子買了套睡衣，你也許也可以買一套。」

「好，那我也去買一套。怎麼樣，暑假過得還好嗎？」

「也好也不好。」我坦白地說，很感激能改轉話題。「能休息幾天確實不錯，可是發生了命案以後，我就覺得很難放鬆下來。」

他的臉罩上了烏雲。「我以前跟她一起打網球，我們是同一個俱樂部的。我聽到消息的時候簡直不敢相信。我覺得好難過，現在還是一樣。」

「我都忘了你也認識她。」我說。

他一臉驚訝。「咦，妳也認識她嗎？」

「不是很熟。我在瑞秋帶我去的派對上認識她的，我們聊了一會兒，我跟她說在高中教書，她就說她認識你。幾個星期之後，我們一起吃飯。」我的腦筋轉了轉，想找別的話說。「你很快就要去希臘了，是不是？」

「不去了。」我看著他。「這麼說吧，我的女朋友告缺了。」

「啊……」

約翰聳聳肩。「這種事在所難免。」他看了看手錶。「妳有時間喝一杯嗎？」

「咖啡就好。」我說，很高興能再多殺一點時間。

於是我們就邊喝咖啡邊聊學校的事，以及在九月新學年開始之前八月底的在職進修日。半個小時後，我們離開了咖啡店，道別之後，我看著他過馬路，走向寶貝精品店，我的壓力指數上升。萬一他跟店員說他要買那套他的朋友半小時前來買過的睡衣呢？她會知道他說的是我，她可能會說我懷孕了，等我們回學校後他可能會當著每個人的面恭喜我。到時我該怎麼辦？假裝是弄錯了？他說不定今天還會打電話給我，那我就只好承認我跟店員說謊，不然就是跟他說店員一定是誤會了。我的頭開始像有人在敲，我真後悔遇見了他。

我到家了，開門進屋，鍵板上的紅燈一直閃，提醒我要關掉警報器，所以我關好前門，鍵入密碼。誰知綠燈不但沒亮，紅燈反而閃得更快。我想是我按錯了，就再按一次，用力地按九、二、九、一，可是紅燈閃得更快了。時間在倒數，我提心吊膽，因為我只有三十秒的時間關閉警報器，我努力思索是哪個環節出錯。我非常肯定我沒弄錯密碼，就再按了一遍——結果大錯特錯。

幾秒鐘的工夫，地獄像炸了開來。警報聲刺破了雲霄，接著是又一聲，間續地鳴叫。我杵在那兒，在鍵板前發抖，忙著思索是否有別的方法能關掉警報器，這時我聽見後面有電話鈴聲，我的心已經因為弄錯密碼的壓力而跳得紊亂，現在跳得更快，因為我滿腦子想到的是那個用無聲電話折磨我的人知道我剛剛到家了。我丟下警報器不管，跑向院門，來來回回搜尋馬路，想找人來幫忙。可是除了吵死人的警報聲之外，沒有人過來查看，這種諷刺的情景讓我覺得有點歇斯底里。

正沒個開交，馬修的車子出現在我的眼簾，讓我猝然清醒。我這才發現抓著寶貝精品店的提袋，我趕緊把我的車子打開，把袋子丟進座椅之下，以免被他看見。他開過院門，臉上的困惑讓我知道他已經聽見了警報聲了。

他猛地停下車，跳了出來。

「凱絲，發生了什麼事？妳沒事吧？」

「我關不掉警報器！」我拉高嗓門壓過警報聲。「密碼沒有用！」

他知道不是有人闖入，表情就放鬆了，但立刻又變成了詫異。

「什麼意思？為什麼沒有用？昨天還有用啊。」

「我知道，可是就是沒用了！」

「我去看看。」

我跟著他進屋，他在鍵板上輸入密碼，噪音立刻就停止了。

「我不相信。」我說，完全迷糊了。「為什麼我按就不行？」

「妳確定輸入的密碼正確嗎？」

「是啊，我按了九二九一，跟昨天一樣，跟你按的一樣啊。我還按了兩次，可是就是沒用。」

「等一下——妳說密碼是多少？」

「九二九一啊，我們的生日倒過來啊。」

他失望地搖頭。「是九一九二，凱絲，不是九二九一。妳的生日，然後是我的。妳剛好顛倒了，妳把我的生日放在妳的前面了。」

「天啊。」我呻吟了一聲。「我怎麼這麼笨？」

「哎，這種錯大家都會犯。可是第一次不對，妳難道沒想過第二次把數字倒過來按嗎？」

「沒有。」我說，覺得更笨了。我從他的肩膀看見一輛警車駛上院門。「警察來幹嘛？」

馬修轉過去看。「不知道。可能是保全公司通知了他們——因為命案現場離這裡很近吧。」

一名女警下了車。「有什麼問題嗎？」她隔著籬笆喊。

「沒有，沒事。」馬修跟她說。

她還是走上了車道。「那沒有人闖空門嘍？我們接到通知，你們的警報器響了，而且你們也沒有接詢問的電話，所以我們就想應該過來看看。」

「對不起——害你們白跑了一趟。」馬修說。「警報器是剛裝的，我們對密碼還不太熟。」

「你們要我去檢查一下嗎，只是預防萬一？你們到家的時候警報沒響吧？」

「沒有。」我不好意思地說。「對不起，都是我的錯，我把密碼弄錯了。」

女警對我微笑，要我安心。「不要緊。」

我發現她在場反倒讓我安心，我知道那是因為我怕和馬修在一起。他或許決定要忽視我最近做的蠢事，或是幫我找各種藉口，可是警報器的事他是不可能不管的。

女警回到車上，我跟著馬修進了廚房。

他幫我們倆泡茶，屋裡的寂靜很彆扭，我巴不得他能說點什麼，即使是我不願聽的話也好。

「凱絲，我們能談一談嗎？」他問，把杯子遞給我。

「談什麼？」

「妳最近好像有點魂不守舍——就是，忘東忘西的……」

「訂了警報器，又搞錯密碼。」我說，點點頭。

「我只是在想，妳是不是有什麼心事。」

「我最近一直接到不出聲的電話。」我說，因為我寧可承認我的恐懼也不要跟他說我快失智了。我知道瑞秋不認為那些電話值得擔心，可是我倒想聽聽馬修的反應。

「什麼？什麼時候？」

「總是在早上。」

「打妳的手機還是家裡的電話？」

「家裡的。」

「妳查看號碼了嗎？」

「查了，沒有顯示。」

「那可能是從世界的另一端的某個電話服務中心打來的。說真的，妳只有這個煩惱嗎？因為接到了幾通沒顯示號碼的電話？」

「對。」

「怎麼會呢？妳不可能沒接過這種電話，大家都接過啊。」

「我知道，可是感覺上是針對我來的。」

「針對妳？」他蹙眉。「怎麼說？」

我猶豫了，不確定該說什麼。可是反正話頭已經開了。「他們好像知道我是誰。」我說。

「嗄，他們叫了妳的名字嗎？」

「沒有。他們什麼也沒說，問題就在這裡。」

「那是有人故意在喘氣？」

「不，他們連氣都不喘。」

「那他們到底做了什麼？」

「什麼也沒做。可是我知道電話另一頭有人。」

「怎麼會？」

「我感覺得出是個男的。」

這下換他一臉迷糊了。「他們不知道妳是誰，凱絲。妳只不過是一長串電話號碼裡的一個罷了。他只是想要做民調，或是推銷東西。再說，妳怎麼知道是個男人？」

我一驚，抬頭看著他。「什麼？」

「妳剛才說妳感覺得出是個男的。所以妳怎麼知道是個男人？也可能是女的啊。」

「不是，絕對是男的。」

「他們不是沒出聲嗎，妳又怎麼知道？」

「我就是知道。我們有辦法追蹤電話是哪裡打來的嗎？即使沒有顯示號碼？」

「可能吧。可是妳並不真的以為是衝著妳來的，對不對？我是說，這樣沒道理啊。」

要把我的恐懼說出來很難。「這附近發生了命案。」

「那跟這個有什麼關係。」

「我不知道。」

他的眉頭深鎖，竭力釐清情況。「妳的意思是打電話的人就是兇手？」他問，盡量不要聽起來太荒唐。

「不，不盡然。」我敷衍似地說。

「甜心，我能了解妳為什麼會害怕，換作是誰都會害怕，尤其是命案現場距離這裡那麼近，兇手又還沒落網。可如果那些電話打的是家裡的號碼，而他們就不是特別針對妳，對不對？」他想了想。「妳覺得我星期四、五在家工作怎麼樣？如果我在家裡幾天，會不會比較好？」

我覺得好像心裡一塊大石頭落地。「好，真的比較好。」

「能放幾天假來過生日一定很不錯。」他接著說，我跟著點頭，心裡卻在想我怎麼會連他的生日快到了都不記得。

「反正呢，」馬修說，「我早上聽到收音機說警察認為珍認識兇手。」

「她可能認識，可是我不相信是她的情人。」我說。「她根本不是那種人。」

「對，可是妳對她的認識有多少？妳只見過她兩次。」

「我看得出她很愛她的先生。」我固執地說。「她不可能會出軌。」

「咳，如果她認識殺害她的人——而且警方是認為她認識——那兇手就不太可能會盯上別人，更不可能會打電話給別人了。」

照他這麼一說，我也無話可說了。「你說得對。」

「答應我妳不會再擔心了？」

「我答應。」我說。我真心希望能有這麼簡單。

八月五日，週三

隔天我坐在李樹下的長椅上，看著花園的盡頭，突然靈機一動，想出了該送馬修什麼禮物：搭個棚屋。我都忘了他說過多少次他想要有個棚屋了。要是今天訂貨，週末前可能就能收到，他就可以利用週末把棚屋搭起來了。

我正要回屋裡用電腦搜尋，電話響了。儘管我並不怎麼意外，我還是停住了腳步，腳上像生了根，杵在屋子和花園中間，在逃跑和鬥爭之間舉棋不定。最後是憤怒贏了，我飛奔進門廳，一把抄起電話。

「不要再騷擾我了！」我大喊。「你再打來，我就報警了！」

話一出口我就後悔了。驚愕之餘，我深吸口氣，幾乎不敢相信我居然拿他最恐懼的事情威脅他，因為這下子他鐵定會認為那天晚上我看見了他。我想跟他說我不是那個意思，說我根本就沒有什麼線索能跟警方說，說我只是想叫他不要再打電話來了。可是恐懼卻奪走了我的聲音。

「凱絲？」他果然知道我是誰，我簡直是嚇癱了。「凱絲，妳沒事吧？」另一端傳來了聲音。「我是約翰啊。」

我的腿軟了。「約翰。」我顫抖地笑了一聲。「對不起，我以為你是別人。」

「妳還好嗎？」

「現在好了。」我努力鎮定下來。「只是有一家電話公司一直在騷擾我，我還以為又是他們打來的。」

他輕聲笑。「他們真的很煩，對不對？不過放心好了，如果妳像剛才那樣吼他們，他們是絕不敢再打給妳的！不過呢，希望妳不介意我這麼說，」他往下說，口氣帶著好笑，「用報警來威脅他們好像有點太嚴厲了吧。」

「對不起，」我又說，「我大概是口不擇言了。」

「我不怪妳。嘿，我不耽誤妳的時間了，我只是打來問問星期五晚上要不要來喝一杯，學校裡的幾個同事要聚一聚。我到處打電話問誰有空。」

「星期五？」我的腦筋亂轉。「嗯，馬修要休兩天假，我們可能會出門。我到時再通知你好嗎？」

「好啊。」

「那我再給你電話。」

「好，那就再見了，凱絲，希望妳能來。對了，如果那家公司又打來，千萬別忘了要展現一下妳的雌威喔。」

「我會的。」我說。「再見，約翰，謝謝你通知我。」

他掛了電話，我立在那裡，感覺全身力氣都抽光了，也覺得很蠢，不知道他會怎麼想。就在這時，話筒還握在我的手上，電話卻又響了，而這一次，一股恐怖的顫慄似乎攫獲了我。我急切地想相信是約翰又打過來說他忘了告訴我確切的時間，所以我接了電話。不過這一次，清清楚楚傳過來的卻是沉默，而我恨透了我又做出了他想要的反應。

但也可能不是。說不定我的沉默也讓他洩氣，說不定他想要的就是讓我對著電話大吼，像我對約翰那樣，說不定他想要我放話說要報警，他就有理由來殺我，跟他殺死珍一樣。我保持著這個想法，很慶幸我把挫折感發洩到約翰身上了。我掛上電話，感覺一絲絲的得意。同時也放下了心，電話既然來了，我就能繼續過日子了。

但我並沒有如願。屋子感覺好壓迫，所以我匆匆為馬修挑選了一個棚屋，比較關心的是在週六前送貨，而不是棚屋的尺寸。回到樓下，我拿了本書和一瓶水就到花園裡。我花了一番工夫才挑中坐的地方，因為我不想讓人悄悄掩進，我也知道那是不可能的事，因為無論是誰都得翻過六呎高的樹籬。除非是從院門進來。我選的地方在屋側，能看見車道，心裡很氣惱我的家不再是從前的避風港了。可是除非警察抓到兇手，否則我也沒什麼法子。

我正打算去做午餐，就收到了瑞秋的簡訊，她傳來了我要的地址，於是我從皮包裡拿了卡片，坐下來寫信給珍的先生。撰稿比我預期得要容易，因為我完全是發自內心的，寫完之後，我再看一遍，確定自己很滿意。

親愛的華特斯先生：

我希望您不會覺得我這封信來得太冒昧，我只是想說聽見珍的不幸遭遇我有多難過。我和她只是萍水相逢，可是對她印象深刻。我們是一個月前相識的，在爲某個離開芬奇雷克斯的人開的歡送會上，幾個星期後我們一起在布洛伯利午餐。我希望您能了解我說我失去了一位朋友是發自內心的話，因爲感覺上就是如此。

謹向您和您的家人致上無限的哀思。

凱絲．安德森

很高興有理由能出門個幾分鐘，我找了張郵票，走了五百碼到馬路頭的郵筒去寄信。四周無人，可是，我把信投入郵筒，卻感覺有人在監視我，就像那天我用公共電話打電話給警察時一樣。我頸子上的寒毛倒豎，我一踅身，心臟咚咚跳，卻一個人也沒看見，只有約莫二十呎外的一棵樹的樹枝搖了搖，只不過今天並沒有風。

我感覺到的不是畏懼，而是恐怖。我的臉上血色盡失，也忘了呼吸，五臟六腑糾結，四肢軟得像果凍。緊接著，我像失去了理智，拔腿狂奔，閃離了路頭的房屋，奔向路尾的我家，和樹林接近。我的腳拍打著柏油路面，在寂靜的下午噠噠響，我猛地轉彎跑上車道，胸膛起伏，呼吸急促，在碎石路上滑了一跤，土地迎面撞上來，榨乾了我肺裡的空氣。我躺在地上，拚命想喘氣，雙手和膝蓋刺痛，腦子的聲音卻嘲笑我：**根本就沒人！**

我緩緩起身，蹣跚走向前門，小心翼翼地用食指和大拇指捏出口袋裡的鑰匙，唯恐又碰到擦破皮的掌心。進了門廳我就走向樓梯，很慶幸剛才出門沒設定警報器，因為憑我現在的狀況，我可能又會觸動警鈴。我上了樓，盈滿的淚水刺痛了眼睛。我一直等到清理傷口時才讓眼淚落下，因為我可以假裝是為了弄傷了手和膝蓋而哭。可是說真的，我不知道我還能忍受自己多久。自從珍的命案發生之後，我為自己變得有多軟弱而感到羞恥。要是我不是記性已經出了問題，我知道我會處理得更好。可是痴呆的可能揮之不去，我對自己完全失去了信心。

八月七日，週五

我們正懶在床上，這時我聽見了貨車停在院門外。

「垃圾車不是今天來吧？」我故作無辜地問，心知肚明馬修的禮物應該今天到。

馬修下了床，走到窗邊。「是送貨的。可能是給那個剛搬到路頭的那個人的。」他說，套上了牛仔褲和T恤。「最近送來了滿多家具的。」

「誰剛搬到路頭？」

「就是那家要出售的房屋啊。」

我的心怦怦跳。「那一家不是賣給一對夫妻，九月底才要搬進來嗎？」

「不對，不是他們。」

有人走在車道上，接著門鈴響，馬修就急忙下樓了。我躺回去，靠著枕頭，想著馬修說的話。說不定我在屋子外頭看見的男人就是我們的新鄰居。我應該覺得放心，卻沒有，因為在我內心某個幽暗的角落裡，我已經在懷疑打電話的人是不是他了。昨天我在馬路上狂奔可能並沒有人在追逐我，可是我站在郵筒前卻鐵定是有人在監視我。我希望能跟馬修說，可是不行，至少今天不行，我沒有證據。我的失魂落魄已經讓他夠困擾的了。

我忽然沒了耐性，因為他還沒回來，我就掀了被子，準備下去找他，卻聽見他的腳步在樓梯上響。

「大驚喜！」我一見他進房間就說。

他困惑地看著我。「原來真的不是在開玩笑？」

「當然不是啊。」我說，被他的興趣缺缺嚇了一跳。「你為什麼覺得是開玩笑？」

他坐在床沿上。「我只是不明白妳為什麼現在買。」

「因為我覺得那是我的心意？」

「我還是不懂。」

他的表情太迷惑了，我的好心情也迅速蒸發了。

「這是你的生日禮物啊！」

他緩緩點頭。「對。可是為什麼是送給我的？應該是送我們兩個的吧？」

「嗄？我又用不著。」

「為什麼？」

「因為是你一直在說想要一個的啊？不過沒關係，如果你不想要，我就退回去。」

「我從來沒說我要，沒清楚說過，再說，問題不在要不要，我只是搞不懂而已。我們都還沒有開始詢問生孩子的事，所以等到真的有孩子可能也要幾年後呢。」

我瞪著他。「怎麼會扯上生孩子？」

「我放棄了。」他說，站了起來。「我完全搞糊塗了，我要下樓了。」

「我還以為你會很高興呢！」我高聲喊。「我還以為你會很高興有個花園棚屋！真抱歉是我搞錯了！」

他回房間來。「花園棚屋？」

「對啊。我以為你想要。」我責備似地說。

「我當然想要啊。」

「那還有什麼問題？是尺寸嗎？如果是的話，隨時可以換啊。」

他的眉心出現了一道深溝。「等一下——妳是買了一個花園棚屋給我？」

「對啊——怎麼了，送來的不是嗎？」

「不是。」他說，笑了起來。「難怪我都搞糊塗了！他們送錯了，甜心。他們送的不是花園棚屋，他們送的是嬰兒車！天啊，剛才我還真的好擔心呢，我還以為妳的腦筋秀逗了。」

「嬰兒車？」我看著他，難以置信。「他們怎麼會弄錯的？」

「誰知道。不過我得承認，車子很漂亮，藍白色的，正好就是將來我們會買的那種。唉，我最好打電話給貨運公司，看他們能不能過來收走。他們應該還沒走多遠。」

「等一下。」我把被子推開，下了床。「東西在哪裡？」

「門廳。不過就算妳愛上了它，我也不能讓妳留下來。」他開玩笑說。「那很顯然是屬於別人的。」

我跑下樓，胃裡有種恐怖的感覺。立在前門邊，包裝紙散落在地上，是我在威爾斯堡的商店看中的嬰兒車，我選中的最實用的那一輛。

馬修摟住了我。「這下子妳知道我為什麼那麼驚訝了吧？」他拱我的脖子。「我不敢相信妳訂了花園小屋給我當生日禮物。」

「我知道你一直都想要。」我漫不經心地說。

「我愛妳。」他在我的耳邊呢喃。「謝謝妳，太謝謝妳了。我等不及要快點看到了。不過妳不得不為那個收到小屋的傢伙難過，因為他只是空歡喜一場。」

「我不懂。」我喃喃說，看著嬰兒車。

「妳是上網訂的嗎？」

「對。」

「那就是他們弄錯了。我們拿到了別人的嬰兒車，而他們拿到了我們的小棚屋。我來打電話給貨運公司，運氣好的話，今天下午我就會拿到棚屋了。」

「可是我星期二在威爾斯堡的一家店看過這輛嬰兒車。那天還有別人，一對年輕夫妻，他們問我對那麼多嬰兒車有什麼看法，我就看了看，跟他們說這一輛是最好的。」

「那他們買了嗎？」

「一定買了。」

「那就對了，結果誤打誤撞送到這兒來了。」

「可是店裡怎麼會有我的地址？」

「不知道。那是一家什麼店？如果是百貨公司，妳在那邊買了東西，也許妳就把地址給了他們。」

「不是百貨公司，是賣嬰兒服的店。」

「嬰兒服？」

「對。我幫我們未來的寶寶買了一套睡衣。我本來想要拿給你看的，結果我觸動了警報器，一慌亂就忘了。一定還在車子裡。我想跟你說我們可以開始詢問生孩子的事了。當時似乎是個好主意，不過你現在一定覺得是餿主意。」

他摟緊了我。「不，一點都不餿。這是個好主意，而且妳還是可以拿給我看啊。」

「已經不是驚喜了。」我可憐兮兮地說。「每一件事都搞砸了。」

「怎麼會。」他說。「嘿，妳買嬰兒服的時候，沒給店裡我們家的地址嗎？」

「我填了一張申請貴賓卡的表。」我說，現在想起來了。「上面得寫姓名和地址。」

「看吧，問題解決了！那家店叫什麼？」

「寶貝精品店。一定有發票什麼的。」我注視嬰兒車裡面。「看，在這裡。」

他伸手拿電話。「把號碼給我，我來打給他們。我打電話的時候，妳可以去做早餐。」

我唸出了電話號碼，進了廚房去煮咖啡。我把咖啡機打開，聽見他在說明有輛嬰兒車被誤送到我們家了，他還接著開玩笑說如果那是週二跟他太太一起出現在店裡的那對年輕夫妻訂的，那店裡應該為我鼓勵他們買下而付給我佣金。我忍不住覺得開心，他們聽了我的建議。

「我來猜猜——他們說我們可以留下來，給我們未來的寶寶。」我看見他走進廚房，就笑著說。

「那是真的了。」他訝異地搖頭。「我起初不敢相信，我以為她一定是弄錯了。」他走過來擁住了我。「妳真的懷孕了，凱絲？我是說，如果妳懷孕了，那真是太好了，可是我不懂是怎麼懷孕的。」他狐疑地看著我。「除非是醫生搞錯了。他們說我不能生育，可是也許是他們弄錯了，說不定我能生育，說不定問題不在我身上。」

他的表情讓我從來沒這麼痛恨自己過。

「我沒有懷孕。」我小小聲地說。

「什麼？」

「我沒有懷孕。」

「可是跟我說話的女人還恭喜我，她記得妳，她記得妳為我們的孩子訂了嬰兒車。」

他的失望讓人很難招架。「她一定是把我跟別人弄混了。我說過，店裡還有一對年輕的夫妻……」

「她說是妳跟她說妳懷孕了。」他挪開了。「這是怎麼回事，凱絲？」

我坐在餐桌上。「我跟她說睡衣是我要買的，因為本來就是，她就以為我懷孕了。」我木然地說。「我也沒糾正她，因為，那個時候，這樣好像比較方便。」

「那嬰兒車呢？」

「我不知道。」

他掩飾不了沮喪。「什麼意思，妳不知道？」

「我不記得了！」

「妳是不是被店員說得心動了，就買下了？」

「我不知道。」我又說一遍。

他坐在我對面，握住了我的手。「聽著，甜心，讓妳跟別人談一談會不會有幫助？」

「什麼意思？」

「妳最近不太對勁，而且，呃，這件命案對妳好像影響得太大了。再說還有那些電話。」

「電話怎麼了？」

「妳對那些電話好像有點想太多了。我沒接過，所以不知道該怎麼判斷，可是……」

「你在家就沒有電話，又不能怪我！」我不客氣地說，因為我莫名其妙地氣惱這兩個早上都沒有電話響。他詫異地看著我。「對不起。」我嘆口氣。「我只是很氣，只要你跟我在一起，他就不打來。」「他」這個字在空中飄浮。

「妳去看看狄金醫生也沒什麼損失嘛，就算是去做個檢查好了。」

「幹嘛？」我說，又像隻刺蝟了。「我累了，就是這樣。瑞秋覺得我是心力交瘁了，因為媽過世以後發生了太多事情。」

他的眉頭皺了起來。「她幾時又成了專家了？」

「我覺得她說得有道理。」

「也許吧。可是去看看醫生也不會有什麼不好。」

「我沒事，馬修，真的。我只是需要休息。」我看見了他眼中的懷疑。

「那拜託妳讓我預約掛號好嗎？如果妳不願為自己，就算是為我好了。我沒辦法再這樣下去了，我真的沒辦法。」

我打起精神來。「要是他們發現我有什麼毛病呢？」我說，想先給他心理建設。

「什麼毛病？」

「我不知道。」我實在是說不出口。「失智症之類的。」

「失智症？妳這麼年輕怎麼可能會有失智症，壓力太大還比較有可能。」他輕輕搖了搖我的手。「我只是想讓妳得到妳需要的協助。那，我可以預約嗎？」

「如果能讓你高興。」

「我是希望能讓妳高興。因為我覺得目前妳不是很開心，對不對？」

我好像永遠也甩不掉的眼淚這會兒又充滿了眼眶。「對，」我說，「我不是很開心。」

八月八日，週六

狄金醫生今天早上的門診有人取消掛號，馬修好不容易掛上了。我很緊張。馬修跟我在搬家之後就選中了他，而我還沒看過他，因為我一直沒生過病。我以為馬修也一樣，可等我們進了診間，教我意外的是醫生好像認識他——而更意外的是狄金醫生已經知道我會喪失記憶了。

「我不知道我先生已經跟你談過了。」我說，覺得慌亂不安。

「他是關心妳。」狄金醫生說。「妳能不能說說第一次發現自己不記得事情是在什麼時候？」

馬修捏了捏我的手，幫我打氣，我抗拒著把手抽開的衝動。我盡量不去理會被出賣的感覺，可是他們背著我談論我讓我覺得屈居劣勢。

「我不確定。」我說，因為這時我還不想讓馬修知道我還瞞著他一些事情。「幾個星期前吧。馬修得到超市來解救我，因為我把錢包忘在家裡了。」

「可是之前妳跑到威爾斯堡卻沒帶皮包——還有那次妳把買的東西一半都忘在超市裡了。」馬修靜靜地說。

「喔，對，我忘了。」我說，話一出口才發覺我剛剛又承認了兩次的失憶。

「那種事情誰都有可能會發生。」狄金醫生安慰我說，而我很高興他是那種祖父型的醫生，見多識廣，知道一般人的日子是怎麼過的，而不是那種直接從醫學院裡出來，只會照本宣科的人。「我覺得這種事不必擔心。不過呢，我想問問妳的家族史。」他接著說，粉碎了我以為診斷結束的希望。「我知道妳的父母親都過世了，我能問問他們的死因是什麼嗎？」

「我父親出了車禍——他在我們家外面過馬路，被汽車撞了。我母親死於肺炎。」

「他們兩位在生前有沒有其他的疾病？」他問。

「我母親有失智症。」我旁邊的馬修吃了一驚，他的反應雖然很小，我還是察覺到了。

「妳能告訴我是幾時診斷出來的嗎？」

我的皮膚發紅了，我敢說狄金醫生也注意到了。我低下頭，頭髮遮住了臉。「二○○二年。」

「那時她幾歲？」

「四十四。」我悄悄說，不敢看馬修。

從那時開始，情況急轉直下。我的臉更燙了，因為我逐漸明白了馬修一點也沒被我的各種託辭騙倒，他遠比我想像中更清楚我的情況。狄金醫生寫在病歷上的各種小事件越積越多，我一心只想快點離開，以免更加不可收拾。

可是他和馬修還沒完呢。還有命案沒談，雖然兩人都認為我因命案而心情低落是很正常的事，畢竟我認識珍，我也有理由擔心，誰教命案現場距離我們家那麼近；馬修說明我認為兇手一直在打電話給我，我覺得狄金醫生如果撥電話叫精神科的人來把我帶走，也絕對是合情合理的事。

「妳能說說看那些電話嗎？」狄金醫生鼓勵地看著我，我別無選擇，只能說了，即便是我知道他會說我有偏執狂，尤其是因為我沒辦法說明我為什麼認為是兇手打來的。

一個小時後我們離開了醫院，走向停車場時，我的心情惡劣到不想牽馬修的手。坐進汽車，我別開臉不看他，只瞪著窗外，盡量不因為受傷與羞辱而落淚。可能是他感覺到我已經在臨界點上了，因為他一聲不吭，後來他停在藥店去拿狄金醫生開給我的藥，我坐在車子裡，讓他自己一個人去。回家的路上我們也都沉默不語，一到家我就自行下了車，也不等他把引擎關掉。

「甜心，不要這樣。」他懇求我，跟著我進廚房。

「不然你是想怎樣？」我憤怒地轉向他。「我不敢相信你居然背著我去找狄金醫生。你不覺得是在出賣我嗎？」

他縮了縮。「我從來沒有出賣過妳，以前沒有，以後也不會，我對妳一直都是忠實的。」

「那你幹嘛非得把我忘掉的每件小事都說出來？」

「狄金醫生要我們舉例子，我不能說謊吧？我一直在擔心妳，凱絲。」

「那你幹嘛不直接跟我說，反而幫我找藉口，假裝一切正常？而且你幹嘛非要說我跟寶貝精品店的店員說我懷孕了？那跟我的記性出毛病有什麼關係？沒關係，一點關係也沒有。你那樣一說，又把我說成了一個有妄想症的人了！我跟你解釋過了，我說是店員誤會了，我跟她說睡衣是我自己要的，她就以為我懷孕了，我就想算了，免得還得多費口舌。你偏偏要跟狄金醫生舉這個例子，我就是不懂。」

他在餐桌坐下，兩手抱著頭。「妳訂了嬰兒車，凱絲。」

「我沒有訂嬰兒車！」

「妳也沒訂警報器。」

我憤憤地抓住水壺，拿去裝水，用力撞上了水龍頭。「你自己不是說我是被花言巧語騙了嗎？」

「聽著，我只是想讓妳得到妳需要的協助。」略一停頓。「我不知道妳媽在四十四歲就診斷出失智症了。」

「失智症通常是不會遺傳的。」我不客氣地說。「狄金醫生說的。」

「我知道，可是假裝妳沒有類似的問題也不是辦法。」

「怎樣，假裝我沒有失憶，沒有愛幻想，沒有疑神疑鬼嗎？」

「別這樣。」

「哼，不管他開的是什麼藥，我絕對不吃。」

他抬頭看著我。「那些只是抒壓的藥。不過妳如果覺得不需要，那就不要吃。」他乾笑了一聲。「我看還是我來吃算了。」

他的語氣驀地讓我無言以對，我看見他有多緊繃，心裡好難受，我從來沒有幫他設身處地想一想，從來沒有想過他看著我這樣像一隻遊魂會是什麼心情。我走過去，蹲在他的椅子邊，伸手抱住了他。

「對不起。」

他吻我的頭頂。「又不是妳的錯。」

「我不敢相信我竟然這麼自私；我不敢相信我從來沒替你想一想，你得容忍這樣的我。」

「無論怎麼樣，我們都會一起度過的。也許妳只是需要這陣子輕鬆一點。」他把我的手拿開，看了看手錶。「我們就從現在開始。我在家裡，妳就什麼也不要做，所以妳何不坐下來，讓我來弄點午餐？」

「好。」我感激地說。

我在餐桌坐下，看著他從冰箱裡拿出做沙拉的材料。我覺得好累，坐在這裡就可以睡著。雖然讓我犯的錯攤開在我的眼前是很丟人現眼，可是回想起來，我還是很慶幸去看了狄金醫生，尤其是因為他認為我只是壓力太大了。

◆

我看著狄金醫生開的那一盒盒的藥，就擺在水壺旁。我實在不想走上這條路，可是知道萬一我處理不了壓力，還有藥物可以幫我，我的心裡就覺得安慰，尤其是現在馬修要回去上班了，而瑞秋今天也要飛到西恩納了。不過未來幾週我有一大堆的課程要準備，我會忙到沒時間擔心。

我坐在那兒，想到那天我發現媽坐在廚房裡，瞪著水壺，我問她在做什麼，她說她不記得有沒有按下開關燒水。忽然間，我好想好想她。痛苦很劇烈，幾乎連身體都痛，害得我喘不過氣來。我巴不得能握住她的手，告訴她我愛她，讓她能抱住我，告訴我一切都會沒事。因為有時候，我很懷疑真的會沒事。

八月九日，週日

我從來就不知道自己是個能自己做勞作的人，可是我很喜歡幫馬修搭他的花園棚屋。能專心做點不一樣的事，在一天結束時覺得完成了什麼，感覺真好。

「琴東尼時間。」他說，跟我站著欣賞我們的勞動成品。「在棚屋裡。我去弄飲料，妳去拿椅子。」

我就拖了兩把椅子到棚屋裡，我們用馬修的特調琴東尼——新鮮萊姆汁加一點薑汁啤酒——給棚屋洗禮。我們吃了頓悠哉的露天晚餐，夜幕降臨，我們進屋去看一部旅行紀錄片，晚一點再洗碗。馬修沒多久就打起了哈欠，我就叫他上床睡覺，我來整理後緒。

他上樓了，我就到廚房去，走向裝滿了盤子的洗碗機。我就快走到了，忽然，我的眼睛瞄到了它，放在廚房的另一頭，靠近花園門，我步子剛跨出了一半就僵住了，一條胳膊也一半停在半空中，動都不敢動。危險的氣氛在空中瀰漫，落在我的皮膚上，叫我快跑，逃出廚房，逃出屋子，可我的四肢太沉重，我的心太混亂，沒法逃跑。我想叫馬修，聲音卻和我的身體一樣，被恐懼癱瘓了。幾秒鐘過去了，他可能隨時會從後門衝進來的想法讓我的腿恢復了生氣，我跌跌撞撞跑到門廳。

「馬修！」我放聲大喊，跌在樓梯上。「**馬修！**」

聽見了我的聲音中充滿了恐懼，他從臥室衝了出來。

「**凱絲！**」他大喊，跑下樓，幾秒之內就趕到了我身邊。「怎麼了？怎麼回事？」他說，在我身邊坐下，緊緊抱著我。

「廚房！」我的牙齒格格響，幾乎說不出話。「廚房裡，在、在邊邊上！」

「什麼東西？」

「刀子！」我急急忙忙地說。「在那裡，廚房裡，在邊邊上，靠門的地方！」我攫住了他的胳膊。「他在外面，馬修！你得報警！」

他放開了我，兩手按住我的肩膀。

「冷靜一點，凱絲。」他的聲音穩定，起了鎮定作用，我吸了一大口氣。「好，重來一遍——發生了什麼事？」

「刀子，擺在廚房的邊上！」

「什麼刀子？」

「殺死珍的刀子！我們得報警，他可能還在花園裡！」

「誰？」

「兇手！」

「妳說的一點道理也沒有，甜心。」

「報警就對了。」我懇求他，兩手扭絞。「刀子在那裡，在廚房裡！」

「好，好，我去看一下。」

「不行！快點報警就對了，他們會知道該怎麼辦！」

「我先去看一下。」

「可是……」

「我會報警的，我保證。」他停下來，給我時間。「可是在報警之前，我需要看一下，因為他們會要我描述刀子，也會想知道刀子確切的位置。」他輕輕掙脫，從我身邊走開。

「萬一他在裡面呢？」我害怕地問。

「我就站在門口看。」

「好。千萬別進去！」

「我不會進去。」他朝廚房門走。「妳說是在哪裡？」他問，在門口伸長了脖子。

我的心臟咚咚跳。「在邊邊，靠近後門的地方。他一定是從花園進來的。」

「我看到了我剛才用來切萊姆的刀子，」他平靜地說，「沒別的了。」

「刀子在那裡，我看見了！」

「妳過來指給我看好嗎？」

我把自己從樓梯上撐起來，緊緊抓著他，害怕地看著廚房裡。在門那邊，邊邊上，放著我們家的一把有柄小刀。

「妳說的是那個嗎，凱絲？」馬修問，盯著我的臉。「妳看見的是那一把嗎？」

我搖頭。「不是，不是那一把，是大的，有黑色刀把，跟照片裡的那把一樣。」

「嗯，現在好像不見了。」他理性地說。「除非是放在別的地方。我們進去看看好嗎？」

我跟著他進廚房，仍緊緊抓著他。他很誇張地東看西看，故意做給我看，我知道他根本就不相信還有一柄刀。而我可憐兮兮地哭了起來，出於絕望，以為自己快瘋了。

「沒關係，甜心。」馬修的聲音親切，可是並沒有抱住我，而是留在原地，好似他實在沒辦法來安慰我。

「我看見刀子了。」我哽咽著說。「我知道我看見了，不是這一把。」

「那妳的意思是有人進了廚房，用一把比較大的刀子換了我之前用的那把，然後又再換回去了？」

「一定是的。」

「如果妳真的這麼想，那妳最好去報警，因為這附近絕對是有個瘋子。」

我淚眼婆娑地看著他。「我一直就跟你這樣說啊！他是想嚇我，他想讓我害怕！」

他走向餐桌，坐了下來，彷彿在思考我說的話。我等他說點什麼，可是他只是瞪著前方，我這才醒悟到他是無話可說，因為他實在想不出能用什麼話來形容我一口咬定有個殺人兇手鎖定了我。

「如果有理由，無論是多小的理由，能說明為什麼殺人兇手會鎖定妳，也許我能了解。」他靜靜地說。「可是根本連個鬼都沒有。我很抱歉，凱絲，可是我不知道再這樣下去我還能忍多久。」

他聲音中的絕望讓我恢復了理智。要讓自己鎮定下來很難，可是馬修離開我的恐懼強過了兇手逮住我的恐懼。

「我一定是看錯了。」我顫巍巍地說。

「那妳不想報警了嗎？」

我強抑衝動，不說要，要報警，我想讓警察來搜索花園。「不用了，沒事了。」

他站起來。「我可以給妳一個建議嗎，凱絲？吃醫生開給妳的藥，這樣我們兩個也許都能得到一點平靜。」

他走開了，雖然沒有把門摔上，可也差不多了。在緊接而來的寂靜中，我看著放在邊邊的那把小刀。即使是用眼角看，也不可能會眼花到把它看成是什麼更鬼氣森森的東西。除非是妳瘋了，產生幻覺了，神經兮兮了。這件事幫我作了決定。我走向水壺，伸手去拿藥。狄金醫生說一開始吃一顆，每天三次，可如果我覺得非常焦慮，可以吃到兩顆。非常焦慮不足以形容我的感覺，可是兩顆也比什麼都沒有強，所以我擠出了兩錠藥，用一杯水吞了下去。

八月十日，週一

有條人形矗立在我上方，把我從睡鄉拖出來。我張開嘴要尖叫，卻發不出聲音。

「妳不必睡在下面的，妳知道。」馬修的聲音像從遠方傳來。我愣了一會兒才發現我睡在客廳的沙發上。起初，我不確定是為什麼，但馬上就想起來了。

「我吃了兩顆藥。」我咕噥著說，想坐起來。「然後就過來坐下，一定是藥效太強了。」

「也許妳應該一次吃一顆，妳還不習慣。我只是來跟妳說我要去上班了。」

「好。」我又倒回靠枕上。我察覺到他還在生氣，可是睡神又把我拖回去了。

「晚上見。」

等我再次睜開眼睛，我還以為他回來了，或是他壓根沒走，因為我能聽到他說話。原來是他在答錄機上留了言。

我站起來，怪的是覺得分不清東南西北。我一定是睡死了，才沒聽到電話響。我看著時鐘，九點十五分。我到門廳去啟動了答錄機。

「凱絲，是我。妳顯然還在睡，不然就是在洗澡。我等一下再打。」

就這樣，真掃興。我花了幾秒鐘讓頭腦清醒，這才回撥給他。

「對不起，我在洗澡。」

「我只是想問問妳怎麼樣。」

「我很好。」

「妳又睡回籠覺了嗎？」

「睡了一會兒。」

他頓住，我聽見了一聲輕嘆。「昨晚的事我很抱歉。」

「我也是。」

「我會盡量早一點回來。」

「不必啦。」

「我下班的時候再打給妳。」

「好。」

我放下電話，知覺到這是我們有過最不自然的對話。現實像棍子一樣敲中我的腦門，這一切已經影響了我們的關係，我真後悔在他說要提早回來時那麼沒心沒肺。急於修好，我伸手拿電話要打給他，都還沒撥號，電話卻響了，我知道他也跟我一樣覺得很不好過。

「我正要打給你呢。」我說。「對不起，我一副不知好歹的口氣。那些藥害得我還昏昏沉沉的。」

他一聲不吭，我以為我的道歉沒能感動他，我決定要再接再厲。但是我猛地明白電話另一頭的人並不是馬修。

我的嘴巴發乾。「你是誰？」我兇巴巴地問。「喂？」充滿了脅迫感的沉默證實了我最大的恐懼，並不是他又回來了，而是他始終沒走開過。他不在週四或週五打電話來是因為馬修在家裡。而他今天打過來是因為他知道我又一個人在家了。也就是說他在監視這棟屋子。也就是說他就在附近。

恐懼爬滿了我的全身，刺痛我的皮膚。如果我需要證據來證明昨晚在廚房看見的刀子是真的，而不是我看走眼了，那這個就是。我丟下電話，跑到前門，抖著手把門閂拴好。我轉向警報器，極力回想要如何分離某個房間，我的心思飛轉，拚命把空氣送進肺裡，讓呼吸能穩定下來，竭力思忖哪個地方最安全。廚房不行，因為他昨晚從後門進來過，有一間臥室不行，因為萬一他進去了，我會被困在樓上。那就是客廳了。設定好警報器，我跑進了客廳，關上了門。我仍然覺得不安全，因為沒有鑰匙可以把門鎖死，我就尋找什麼能抵住門的東西。最近的就是一張扶手椅，我又推又扛，用椅子頂住了門，這時電話又響了。

恐懼把我肺裡的空氣都榨乾了。我滿腦子只想著昨晚看見的刀子。上頭有血嗎？我記不得了。我掃描客廳，尋找自衛的武器，眼睛落在壁爐旁的一支鐵鉗上。我跑過去，一把抓起來，再到窗前把窗簾拉上，先是面向後院的窗，然後是面向前庭的窗，唯恐他在監視我，唯恐他就在外面。突如其來的黑暗越發助長了我的恐怖，所以我又趕緊把燈打開。我幾乎無法理性思考。我想打電話給馬修，可是警察趕來的速度比較快。我到處找電話，這才想到一支也沒有，被我留在門廳了，而我的手機，即使在手邊，在樓下也收不到訊號，我像洩了氣的皮球。我只能坐以待斃。我不能去門廳拿電話，怕他已經在那裡了。我只能等著他來找到我。

我踉蹌走向沙發，蹲在後面，緊抓著鐵鉗，全身發抖。而電話，本來已經不響了，這會兒又響了起來，嘲弄著我。害怕的眼淚落了下來，我哭得連電話鈴聲停了都不知道。我屏住呼吸——電話又響了。眼淚又掉了下來，接著鈴聲靜止，我再度屏住呼吸，期望這一次他真的不打了。可是電話又響了，粉碎了我的希望。被陷入了他的邪惡循環，恐懼，希望，恐懼，希望，我忘了時間。然後，他倦於玩弄我的情緒了，終於不再打了。

起初的寧靜令人欣喜，可漸漸地，寧靜也像不肯中斷的鈴聲一樣變得威嚇。因為寧靜表示什麼可能都有。他或許還沒有把我折磨夠，他不打電話了可能是因為他來了，就在屋子裡。

門廳有動靜——前開打開，又關上。輕柔的腳步聲接近。我驚駭地瞪著客廳，門把動了，畏懼當頭罩下，像一床毯子，裹脅了我，窒息了我，嚇得我無法呼吸。我現在大聲嗚咽，一躍而起，跑到窗戶，急於把窗簾拉開，急於把窗台上的幾盆蘭花推開。我用力推開了窗，同時想到了抵著門的扶手椅，正打算爬窗到花園裡，尖銳的警報聲穿破雲霄。而在狂嘯之中，我聽見了馬修在客廳門外喊我。

我把扶手椅推開，死命抓著他，歇斯底里地說著兇手在外面，那個光景實在很難形容。

「等等——我先把警報器關掉！」

他想拉開我的手，可在拉開之前，電話又響了。

「是他！」我哭喊著。「是他！他打了一早上了！」

「我先把警報器關掉！」馬修又說一次，隨即掙脫了我，他走向鍵板，把警笛聲關掉了，只剩下電話仍響著。

馬修接了起來。「喂？對，我是安德森先生。」我張大眼睛瞪著他，不知道他為什麼要跟兇手報上姓名。「對不起，警官，這次又是誤觸警鈴。我回家來查看我太太，因為她一直沒接電話，我不知道她設定了警報器，所以我一進門就觸動了警鈴。很抱歉驚擾了你們。不，真的，沒事。」

時間一分一秒過去，慢得讓人痛苦。一波波的羞愧淹沒了我，我的皮膚滾燙。我一屁股坐在樓梯上，痛苦地意識到我又一次弄錯了。我努力振作，為了馬修，也為了我自己，可我就是沒辦法不顫抖。我的手似乎有了自己的主意，為了不讓他看見，我環抱住身體，把手藏起來。

馬修再次向警方保證他們不需要過來，然後又打了一通電話，這次也是跟對方保證沒有問題，沒什麼好擔心的。

「你打給誰？」我木然地問。

「辦公室。」他一直背對著我，彷彿沒辦法看著我。我不怪他。如果我和他易地而處，我會筆直走出大門，再也不回頭。「薇樂莉要我告訴他們妳是不是沒事。」說完，他轉過來，而我真恨不得他沒有，因為他臉上的表情困惑到了極點。「怎麼回事，凱絲？妳為什麼不接我的電話？我擔心得要死。我一直打一直打，打了快一個小時。我甚至打了妳的手機，怕妳是在樓上。我還以為妳出事了。」

我乾笑了一聲。「怎麼，怕我被殺了嗎？」

他一臉震驚。「妳就是要我這麼想的嗎？」

我立刻就後悔了。「不是，當然不是。」

「那妳為什麼不接我的電話？」

「我不知道是你打來的。」

「妳一定知道；來電顯示是我！」他一手抓頭髮，想要了解。「妳是故意的，想給我什麼教訓？如果是的話，我不知道我能不能原諒妳。妳知不知道我有多著急？」

「那我呢？」我大喊。「我受的折磨呢？你為什麼要一直打電話？你明明知道我一直接到那種無聲電話啊。」

「我一直打是因為妳沒說再見就掛斷了，我知道妳不高興，我想確認妳是不是沒事！妳為什麼不看看號碼就認定是那種電話？妳說的話一點道理也沒有，一點道理也沒有！」

「我沒去看來電顯示是因為你一掛電話我就又接到了那種無聲電話！然後我就嚇得不敢接了，怕又是他。」

「妳嚇得把自己關在客廳裡？」

「起碼你知道那些電話把我嚇到什麼程度了吧。」

他疲憊地搖頭。「不能再這樣了，凱絲。」

「你以為我想要這樣嗎？」他走向門口。「你要去哪裡？」

「回去上班。」

我沮喪地看著他。「你不留下來？」

「不。妳不接電話，我只好讓他們重新安排開會時間。」

「那你能不能開完會就回來？」

「恐怕不行。有太多人不在。」

「可是你早上不是說你會盡量早點回來嗎！」

他嘆氣。「我才剛利用上班的一個小時趕回來看妳是不是沒事，所以我會照平常的時間回來。」他耐著性子說。從口袋裡掏出汽車鑰匙。「我得走了。」

他走了，穩穩地關上了門，我禁不住猜想他還能忍耐多久。我恨自己，我恨自己變成了這樣的人。

我渴望喝茶，就走進廚房，打開了水壺的開關。要不是昨晚看見了那把刀，我今天早晨不會這麼焦躁。電話仍然會讓我心煩，但是我不會嚇到連查看下一通是誰打來的都忘了。要是我查看了，我就會發現是馬修打的，我就會接起來，就不會有接下來的事。現在回想起來，我把自己關在客廳裡，似乎是太荒謬了。**妳快瘋了**，我的腦子裡有個聲音唱歌似地說。**妳快瘋了**。

我端著茶走到客廳。我剛才想爬的窗子仍開著，我就走過去關，這才想到觸動警鈴的可能是我而不是馬修。不過也可能是我們兩個——我開了窗，馬修想開客廳門——想到此，我笑了出來，笑的感覺真好，我也不想去壓抑了。我走向另一扇窗，也就是面對前庭的窗，我仍在笑，我知道笑聲瀕臨歇斯底里了。我把窗簾拉開——笑聲卡在我的喉嚨。因為那個人站在外面的馬路上，那個我之前看過走過我家的人，那個可能是我們的新鄰居的人，那個可能殺害了珍的人。我們瞪著彼此一會兒，然後他走掉了，不是朝路口的屋子走，而是另一個方向，樹林的方向。

我僅存的力量刷地流乾了，我走進廚房，不是去拿電腦，而是吞下了幾顆藥。藥效讓接下來的時間尚堪忍受。我抱著身體窩在沙發上，只在馬修到家前一個小時起來。等他回來後，我們吃了最沉默的一餐。

八月十二日，週三

無情的雨聲驚散了我的睡眠，我的四肢沉重，彷彿剛涉水而過。我勉強睜開了眼睛，覺得奇怪，怎麼每樣東西都不一樣了，這才想起我在半夜吃了藥，我像個小童偷溜去吃消夜。真是神奇，藥物這麼快就成了我的支柱。我昨天已經吃了兩顆，一等馬修出門去上班，就匆匆忙忙用茶吞了兩顆，因為我知道我萬萬不能再重複前天的那一幕，把自己關在客廳裡。藥物非常有用，因為無聲電話打來，我並沒有慌得腦筋空白，我接起來，聽了聽，就掛斷了。換句話說，我做了他期望我做的事。雖然沒能阻止他再打來，但是等電話再響，我已經整個人昏昏沉沉，沒能接下一通和下下通的電話了。我睡得很死，根本連電話鈴聲都聽不見。等我終於清醒，就在馬修到家前，我驚愕於這樣子過日子有多輕鬆，再一次以睡眠度過一天，於是我發誓不要再吃藥了。

可是昨晚，新聞說珍的命案有了新的進展。警方現在認為她先載了兇手然後才停在避車道上——也就是說我開車經過時，兇手就在她的車子裡。

「那她確實是有情人了。」馬修說。

「你為什麼這樣說？」我質問他，努力掩飾我的激動。「也許她只是讓別人搭便車。」

「那她就是失心瘋了。我不敢相信有哪個年輕女人會傻到停下來載陌生人。我是說，妳會嗎？」
「不會。可是那天晚上天氣很壞，可能是他把她攔下來了。」
「可能是。可是我覺得如果警方稍微去挖一下她的背景，就會發現他們剛開始的預測是對的，她有情人。所以殺了她的人就不會去盯上別人了，就跟我以前說的一樣，那是衝著她來的。」
雖然我仍然不相信珍有情人，他的話卻讓我像吃了定心丸。「但願你是對的。」我說。
「我知道我是對的。妳不用再擔心了，凱絲。不管兇手是誰，很快就會落網的。」
但畫面上出現了珍的先生，一名對他糾纏不清的記者問他是否能證實他的太太有情人。他拒不作答，沉默卻有尊嚴，正如他在妻子葬禮上的表現，而我只要想到珍就會感覺到的恐怖罪惡感立刻增加了一百倍，像堵牆一樣向我壓過來，把我壓成了肉泥。我們上床睡覺了，可是一想到我駕車經過珍的汽車時，兇手就在車窗後監視我，我就睡不著了。我就像上緊的發條，最後只有在半夜三點溜下樓，又吃了兩顆藥，只求能平安度過夜晚。所以我現在才會感覺這麼地懶惰遲緩。
我看著躺在我身邊的馬修，他的臉在睡眠中完全放鬆。我的眼睛落在時鐘上：八點十五分，也就是週六了，否則的話他早就起來了。我伸出手，以手指撫摸他的臉頰，心裡想我有多愛他。我痛恨讓他看見連我都不知道的另一面，我痛恨讓他懷疑他娶了我究竟是倒了什麼楣了。要是我誠實地跟他說媽在四十四歲就得了失智症，他還會娶我嗎？這個問題不停地折磨著我。而問題的答案我也不確定是否想知道。

我需要讓他知道我有多感激他，這個想法讓我的精神一振。我打算要幫他把早餐送到床上來，就掀開被子，雙腿下了床，坐了一會兒，因為真的要站起來實在不是簡單的事。我的視線飄到了馬修上班穿的衣服上，整整齊齊折好，擺在椅子上——乾淨的襯衫，跟昨天不一樣的領帶——我這才明白不是星期六，是……星期三；我認識馬修以來，這大概是他頭一次鬧鐘響過卻沒起床的。

我知道他一定會很慌張，就伸出手去，想把他搖醒——卻倏然打住，手停在半空中。要是他仍在睡，無聲電話打來時他可能就還在家，到時就能讓他自己聽一聽了。

我的心臟怦怦跳，因為我又來了，又打算要欺騙他。我躺回床上，悄悄把被子蓋上。我面對著時鐘，幾乎不敢呼吸，唯恐會吵醒了他；我盯著指針如老牛拖車般移向八點半，然後是八點四十五。我覺得很心虛，害他上班遲到，可是我告訴自己要不是他不把那些電話當一回事，我也不會被逼得使出這一招。可我至今仍瞞著他我在那晚看見珍坐在汽車裡，又怎麼怪他不把電話當一回事呢？要是我說了，他就會了解我為什麼認為電話是兇手打來的了。

他在九點之前自己醒來了，驚呼一聲跳下了床。

「凱絲！凱絲，妳看時間了嗎？快九點了！」

我做了場好戲，假裝睡得很沉被人吵醒了。

「嗄！不，不可能。」

「真的！看！」我揉著眼睛坐起來。「你的鬧鐘呢？你忘了撥鬧鐘嗎？」

「一定是鬧鐘響我沒聽見，妳聽見了嗎？」

「沒有，不然的話我就會叫你。」謊言輕輕鬆鬆就出了口，聽起來好假，我確定他會立時醒悟是我在搗鬼。可是他心不在焉，看著時鐘和衣服之間，一手抓頭髮，竭力理清是怎麼回事。

「就算再怎麼趕，我也沒辦法在十點前趕到辦公室。」他呻吟著說。

「真的很要緊嗎？你從來沒有遲到過，而且你又常常超時工作。」我說。

「哎，應該不要緊吧。」他勉強承認。

「那你去洗澡，我來做早餐？」

「好吧。」他伸手拿手機。「我還是先通知薇樂莉一聲。」

他撥給薇樂莉，跟她說十點才會到。我讓他去淋浴修面，下樓到廚房，儘管馬修在家裡，我依舊像平常一樣緊繃。我沒想到居然會真的希望無聲電話打過來，可是一想到他可能不會打，我就焦慮得想吐。因為如果他不打，就表示他知道馬修在家裡。

「妳不餓嗎？」馬修邊吃早餐邊說，看著我的空盤子。

「現在還不餓。要是電話響了，」我囁嚅地說，「你去接好嗎？如果是那種電話，我想讓你親耳聽一聽。」

「只要電話在十分鐘內打來。」

「如果沒有呢？」

他皺著眉，然後就盡量做出同情的表情，卻沒辦法撐多久。「我不能整天在家裡，甜心。」

不到十分鐘後，我的祈禱應驗了。電話響了起來，我們一起到門廳。他拿起聽筒，檢查了來電顯示。無法顯示。

「別說話，」我以嘴型說，「聽就好。」

他做了個同意的動作。

他接了電話，聽了幾秒之後，伸手去按擴音，讓我也聽一聽。我看得出他巴不得說話，問對方是誰，所以我就一手按住嘴唇，示意他掛斷。

「就是這樣嗎？」他問，並不覺得如何。

「對，不過有點不一樣。」話自動出口，我沒攔得住。

「什麼意思，『有點不一樣』？」

「我說不上來，只是有點不一樣。」

「怎麼說？」

我聳聳肩，臉紅了。「通常，我能感覺到有人。今天，卻沒有。那種沉默——不一樣。」

「沉默就是沉默，凱絲。」他看了看手錶。「我得走了。」我啞口無言站在那裡，他捏了捏我的肩膀。「會不會是因為轉成了擴音器才聽起來不一樣？」

「大概吧。」

「妳不相信。」

「那種電話通常比較有威脅的味道。」

「威脅？」

「對。」

「嗯，也許聽起來有**威脅感**是因為通常電話來的時候妳都一個人在家裡。那種電話沒有什麼好怕的，甜心，不要再多心了。只是哪家公司的總機想接通電話而已。」

「大概讓你說對了。」我說。

「我是說對了。」他堅定地說，而且因為他的語氣是那麼地篤定，突然間，我決定要相信他，我決定要相信這些電話就是世界的另一頭的某個總機撥過來的。我肩上的大石頭拿掉了。「妳今天何不到花園裡弄弄花？」他建議道。

「我得去買東西，家裡都快沒東西吃了。」

「妳今晚要做妳拿手的咖哩嗎？」

「好主意。」我說，想到在廚房消磨一下午就覺得開心。

他臨走前吻了我一下，我跑上樓拿皮包，想在購物人潮湧現之前去布洛伯利的農夫市集。我把前門關上，電話又響了。我在門階上徘徊，躕躕不定。萬一他知道剛才接電話的不是我，現在又打來呢？念頭才一轉，我立刻就氣起自己來了。我不是已經決定要把它當成是某家公司的總機打來的嗎？**去啊**，有個聲音揶揄我，**回去接啊，到時妳就知道了**。可是我不想把我剛找到的信心拿去試驗。

決定了，我駕車到布洛伯利，在市集裡逛了一會兒，買蔬菜和香菜做咖哩，買無花果當甜點。到了鮮花攤，我買了一大把百合，再到酒店去買了一瓶晚餐的佐餐酒。然後我花了一下午開心地烹飪。在某個時段，我在收音機聲中覺得聽見了電話在響，可是我沒有驚慌，我反而把收音機的音量調高，決心要一心一意相信我決定要相信的說法。

◆

「我們要慶祝什麼嗎？」馬修看見我從冰箱拿出香檳就這麼問我。

「對。」

他微笑。「可以請問是什麼嗎？」

「我感覺好很多了。」我說，因為今天不靠藥物就度過了一天而非常興奮。

他拿走我手上的香檳，把我摟在懷裡。「我已經好久沒聽過這麼好的消息了。」

他拱我的脖子。「妳覺得妳的感覺有多好？」

「好到開始在想生孩子了。」

他喜悅地看著我。「真的？」

「真的。」我說，吻了他。

「我們把香檳帶上床怎麼樣？」他喃喃說。

「我做了你最愛吃的咖哩呢。」

「我知道，我聞到了。我們可以等一下再吃嘛。」

「我愛你。」我嘆息著說。

「我更愛妳。」他說，把我抱了起來。我覺得好長一陣子沒這麼開心過了。

八月十三日，週四

隔天我很晚才醒，馬修已經去上班了。想起了共度的昨夜，我愉快地全身輕顫。我下了床，腳步輕捷，進浴室去淋浴，悠哉游哉。今天又出太陽了，而且陽光熾烈，所以我換上了短褲和T恤，套上一雙帆布鞋，下樓去拿筆電。今天，我得做點事。

我吃過早餐，從上課的皮包裡拿出我需要的文件，打開了電腦。可是很難專心，因為，讓我氣惱的是，我一隻耳朵在等電話響。另外滴答的鐘聲也害我無法專注，而且每過一秒，滴答聲似乎就變得更響，把我的目光吸到指針上，看著指針一寸一寸挪向九點，然後是九點半。指針來來去去，平靜無波，我也開始相信真的沒事了，誰知電話卻響了起來。

我從廚房瞪著走廊，心臟咚咚跳。今天是新的一天，我堅定地提醒自己，新的我，不再害怕電話響了。我把椅子推開，果斷地走到門廳，還沒接，答錄機就啟動了，瑞秋的聲音瀰漫了房間。

「嗨，凱絲，是我，從陽光普照的西恩納打來的。我打過妳的手機，我待會兒再打。我一定得跟妳說說艾爾飛不可，天啊，他眞的是悶死人了！」

我鬆了口氣，笑了出來，上樓去用手機打電話。我才走到一半，家用電話又響了，我就猜是她，急忙跑下樓，一把抓起了電話。可是我一把聽筒貼到耳朵上，就知道……就知道不是她，就像我知道昨天我出門時的電話是他打的，雖然我選擇相信不是他。我氣壞了，氣我的希望就這麼被他奪走，我立馬掛斷，而且還使勁摜。他立刻又撥回來，我就知道，於是我接了再掛斷，跟之前一樣。一分鐘後——彷彿他不太敢相信我會掛他的電話——他又打了。我接起來再掛斷，他又打來，我又接起來再掛斷，他又打來，我們就這麼相持不下了一陣子，因為不知如何，這個小小的遊戲讓我很開心。可是後來我明白了我是贏不了的，因為除非我讓他遂心如意，否則他是不會不煩我的。所以我就拿著電話聽他沉默的威脅從另一端傳來。然後我撥給馬修。

電話立刻就接上了他的語音信箱，我就打到他們公司，請總機轉給他的助理。

「嗨，薇樂莉，我是凱絲，馬修的太太。」

「嗨，凱絲。妳好嗎？」

「我很好，謝謝。我打電話給馬修，可是轉進了他的語音信箱。」

「那是因為他正在開會。」

「開很久了嗎？」

「九點就開始了。」

「那他大概非得等會開完了才會出來吧？」

「嗯，只出來喝杯咖啡什麼的。不過如果是急事，我去幫妳叫他。」

「不用了，沒事，沒事。我稍後再打好了。」

嗯，至少我有過一天的休養生息，我悶悶地告訴自己，弄出兩顆藥，就水吞下。至少我相信了一天馬修說的話，電話是某家公司總機打來的。現在我不能再裝鴕鳥了，但起碼我有藥可以幫助我度過今天。

我等著藥效發揮，癱坐在客廳沙發上，手裡拿著遙控器。我之前從來沒有在白天看過電視，我轉換著頻道，看到了購物台。我看了一會兒，驚嘆於有那麼多我不知道自己需要的小玩意，我看到了一對長銀耳環，我知道瑞秋一定喜歡，我立刻拿起紙筆，抄下資料，稍後再來訂購。

一個小時左右過去了，電話響了，因為藥效發揮了，我只覺得不安，並不覺得恐懼。是馬修。

「早安啊，甜心，妳睡得好嗎？」他的聲音溫柔，是昨晚我們做愛的遺緒。

「很好。」我頓了頓，不想提起我接到的電話，破壞了這種親密的氣氛。

「薇樂莉說妳找我？」他追問道。

「對，我今天早上又接到電話了。」

「所以呢？」他掩不住失望，我恨不得給自己一巴掌，不先說點什麼甜蜜的話，就又把他拖進我的夢魘裡。

「我只是覺得應該跟你說，就這樣。」

「那妳想要我怎麼做？」

「我不知道。也許我們應該報警。」

「是可以，可是我不確定他們會把幾通無聲電話當一回事，尤其是他們現在又忙著在追查兇手。」

「要是我跟警察說我覺得是兇手打的，他們就會當真。」話自動說出來，我即使沒聽見，也能想像出馬修壓下了不耐煩的喟嘆。

「聽著，妳累了，妳心力交瘁，人在有點脆弱的時候很容易就驟下結論，可是這樣就認定電話是兇手打來的，也太不合邏輯了。盡量別多想。」

「好。」我乖乖地說。

「晚上見。」

「好。」我放下了電話，痛恨自己在昨天告訴他自己感覺好多了，又毀了他必定感覺到的寬慰。我不管我的筆電了，又回去看購物台，一直看到茫然不醒。

電話吵醒了我。外頭陽光斜照，我的頭腦清楚了，立時屏住呼吸。答錄機啟動，我鬆了好大一口氣。我以為是瑞秋又打來，但聽起來卻疑似瑪麗，我們的校長，說什麼進修日的事。我不想在現有的壓力上再增加壓力，所以我把她的聲音擋在腦海外。可是電話一結束，我就覺得像個沒做作業的學生，趕緊把筆電拿起來到書房去工作。

我才剛要動手，就聽見外頭的馬路有一輛汽車瞬間加速，嚇了我一跳。我聽著車子朝其他的房屋奔馳，引擎聲越來越小，心裡卻奇怪怎麼沒聽到有汽車過來。除非它一直就停在我家外面。

我拚命要把這個想法推開，卻辦不到。驚慌盤據了心頭，問題一個接一個在心中翻騰。那輛車是剛才我睡著的時候來的嗎？駕駛是誰？兇手？他是否一直從窗戶看著我在沙發上睡覺，像個布偶劇中的傀儡？我知道聽起來很瘋狂，我的心說是瘋狂，可是我感覺到的恐懼卻是真真切切的。

我跑進門廳，抓起桌上的車鑰匙，打開了前門。熾熱的太陽當頭罩下，我卻不知不覺，我匆匆跑向汽車，低著頭，以手遮眼。我駛出大門，並不真的知道是要去哪裡，只是一心一意想逃走，結果發現自己開上了往威爾斯堡的公路。抵達之後，我找了兩家小停車場，都客滿，我只好去停立體停車場。我漫無目標地逛著街，買了一點東西，在咖啡店慢騰騰地喝了杯茶，又逛了一會兒商店，盡量拖延必須回家的時間。六點了，我朝停車場前進，希望馬修已經到家了，因為一想到回到空空蕩蕩的屋子，我就不寒而慄。

冷不防間，我的胳膊被人從後面抓住，我驚呼一聲，猛一旋身。是康妮，臉上掛著大大的笑容。一看見她，一切就又恢復了正常，我擁抱她，鬆了口氣。

「嚇死我了！」我說，努力讓狂奔的心臟慢下來。「我沒心臟病發作，算妳運氣好！」

她也擁抱我，她的花朵香水熟悉而且令人寬心。「對不起，我不是故意要嚇妳的。妳好嗎，凱絲？暑假過得還愉快嗎？」

我把臉上的頭髮撥開，點點頭，不知道自己的樣子像不像瘋婆子。她仍然看著我，等著我回答。「很好啊，尤其是天氣像今天這麼好的話。」我說，對她微笑。「天氣真好，對不對？妳好嗎？妳一定很快就要走了吧？」

「對，星期六，我都等不及了。」

「學期末的晚餐我沒回去妳家，希望妳沒介意。」我接著說，因為我仍為了在最後一分鐘變卦而愧赧。

「怎麼會嘛。只不過妳沒來，約翰也沒來，所以我們就只好自己找樂子了。」

「抱歉。」我說，扮了個鬼臉。

「沒事——我們裝上了卡拉ＯＫ，用歌聲來壓過打雷。我還錄了下來呢，罪證確鑿。」

「改天妳一定要放給我看。」

「放心吧，一定的！」她拿出手機，看了看時間。「我跟丹約了要喝一杯，妳何不一起來？」

「謝謝，可是不行，我正要去停車場開車。妳的行李都收拾好了嗎？」

「差不多了。現在只需要把進修日的東西都準備好——訂在二十八日星期五，妳應該接到瑪麗的確認電話了吧？我星期三才會回來，我差不多快弄好了，妳呢？」

「差不多了。」我說了謊。

「那就二十八號見了？」

「不見不散。」我最後擁抱了她一下。「玩得開心啊！」

「妳也一樣！」

我繼續朝停車場走，見過了康妮，我的心情好多了，雖然我說了謊，搪塞了我該做而沒做的事。現在我得回去聽瑪麗留在答錄機上的話，以免她有什麼東西是要我帶到會議桌上的。憂慮像蟲子一樣啃咬我，因為我有那麼多心事，我是要怎麼樣專心工作？要是那個兇手落網就好了。可能就快了，我告訴自己。既然警察認為他是珍認識的人，他們當然就能夠找到他。

我到了停車場，搭電梯到四樓，再往E區，我的車子停在那裡。至少我是這麼以為的，因為我的車子不在那兒。我覺得好笨，就在這一區來回走，還是找不到，我就又掃描了F區，還是找不到。

我像墜入了五里霧中，開始在其他區走來走去，即使我知道我是停在E區。我也知道我停在四樓，因為我知道在一二樓找不到停車位，就直接開上了三樓，三樓也客滿，我就上了四樓。那我為什麼找不到我的車子？幾分鐘內，我已經找遍了這一層樓，所以我走樓梯到五樓，因為說不定是我弄錯了。我又一次在各區走來走去，閃避進出停車場的車輛，盡量不要讓人看出我搞丟了車子。可是我的迷你奧斯汀仍然不見蹤影。

我又回到四樓，站了一會兒，想弄清楚自己的位置。這裡只有一處電梯，我就走過去，重拾我早晨應該走過的路，只不過是反方向走，最後我來到了應該停著我的車子的停車格。可是車子不在。挫敗的眼淚刺痛了眼睛。我現在唯一能做的就是到一樓的收費亭，跟他們說我的車子失竊了。

我邁步要往電梯走，最後一分鐘又改變了主意，反而走樓梯下去，到每一層去尋找我的車子。我在一樓找到了收費亭，有個中年男子坐在裡面，面對著電腦。

「不好意思，我的車子好像失竊了。」我說，盡力不要歇斯底里。

他仍盯著螢幕，我就猜他是沒聽到，於是又說了一遍，這次比較大聲。

「妳第一次說我就聽到了。」他說，抬起了頭，透過玻璃看我。

「喔，那，你能告訴我該怎麼辦嗎？」

「可以，妳應該再去找一遍。」

「我找過了。」我忿忿地說。

「哪裡？」

「四樓，我停在四樓。我也找過了二、三、五樓。」
「所以妳並不確定妳停在哪裡嘛。」
「我非常確定！」
「要是每個來跟我說車子失竊的人都給我一鎊，那我早就成百萬富翁了。妳的停車券呢？」
「在這。」我說，從皮包裡拿出了停車券，攤開來。「吶。」我把停車券從玻璃底下推過去，以為他會接住。
「如果有人偷了妳的車，沒有停車券他是要怎麼通過柵欄啊？」
「他們應該是假裝遺失了停車券，到出口這裡來付錢。」
「車牌幾號？」
「RV07BWW。是黑色的迷你奧斯汀。」
他看著電腦螢幕，搖搖頭。「這上頭並沒有這輛車再領一次停車券出去的紀錄。」
「你的意思是？」
「我的意思是妳的車子沒有失竊。」
「那我的車子在哪裡？」
「大概還在妳停的地方。」
他回頭去看螢幕，而我瞪著他，驚愕於我突然有多討厭他。我知道這件事可能的含義——又一次證明了我的記憶力在分崩離析——可是我討厭他那種打發人的態度，而且，我知道自己把車子停在哪裡。我砰地拍打玻璃，他警戒地看著我。

「如果你跟我來，我可以證明車子不見了。」我堅定地說。

他看了我半晌，然後轉頭大喊。「佩琪，過來幫我看一下！」一個女人從後面的辦公室出來。「這位女士的汽車失竊了。」他解釋道。

她看著我，嘻嘻一笑。「真是糟糕啊。」

「我可以保證是真的！」我不客氣地說。

那人從收費亭裡出來。「那就走吧。」

我們一起走向電梯，等待電梯下來時，我的手機響了。我並不想接，怕是瑪麗打的，可是我知道不接的話會很奇怪，所以我就從皮包裡掏出了手機。我一見是馬修，登時鬆了口氣。

「哈囉？」

「妳好像很高興是我。」他說。「妳在哪裡？我剛到家。」

「我在威爾斯堡。我決定過來買東西，可是出了問題。我的車子好像被偷了。」

「被偷了？」他的聲音瞬間拔高。「妳確定嗎？」

「看起來好像是的。」

「妳確定不是被拖吊了嗎？妳是不是忘了投錢，還是停的時間過長了？」

「沒有。」我說，走開了幾步，離那個收費員遠一點，省得看見他的假笑。「我停在立體停車場。」

「所以肯定不是被拖吊了？」

「不是，是失竊了。」

「妳不會是忘了停在哪裡吧？」

「才不是！而且，你不用問了，我已經找過整個停車場了。」

「妳報警了嗎？」

「還沒有，停車場的人要跟我一起上去找。」

「那妳並不確定是不是被偷了？」

「我等一下再打給你好嗎？」我問，臉孔發燙。「電梯來了。」

「好。」

電梯門打開了，裡頭的人一擁而出。我們進了電梯，那人看著我按了四樓。電梯向上，停在二樓，又停在三樓。到了四樓，我先出去，那人緊跟在後。

「我停在那邊。」我說，指著另一邊。「E區。」

「帶路。」他說。

我在一排排的汽車間穿梭。

「應該就在這邊。」

「RV07BW？」

「對。」我點頭。

「就在那裡啊。」

「哪裡？」

「那裡。」他說，還伸手去指。

我循著他的視線望過去，發現自己瞪著自己的車子。

「不可能。」我喃喃說。「剛才不在這裡，真的。」我走過去，不合情理地想要它是別人的車子。「我不懂。我找了整個區，找了兩遍。」

「這種事很常見。」他說，因為是他對了，也就客氣多了。

「我不知道該說什麼。」

「咳，這種事妳不是第一個，也不會是最後一個。不用放在心上。」

「可是剛才明明不在這裡的，真的。」

「妳可能是找錯了樓層了。」

「我沒找錯。」我仍不改口。「我直接就上來這裡，找不到車，我就又跑到五樓，然後又找了三樓，我連二樓都找過了。」

「妳找過六樓嗎？」

「沒有，因為我知道我沒有到最頂樓。」

「頂樓是七樓。」

「無所謂，我是停在四樓。」

「對，妳說對了。」他同意。「因為車子就在這裡。」

我環顧四周。「只有一部電梯嗎？」

「對。」

我像洩了氣。「嗯，我非常抱歉，浪費了你的時間。」我說，急著想走。「謝謝。」

「不客氣。」他說，走時還揮揮手。

坐進安全的汽車裡，我把頭向後仰，閉上眼睛，在心裡把事情的前後再想了一遍，想弄清楚我第一次上四樓時怎會沒看見我的車。我只能得到一個結論：我跑到了五樓，而不是四樓。我怎麼會犯下如此愚蠢的錯誤？但更怕人的是還得告訴馬修。他剛才真不該打電話給我，我真不該跟他說車子失竊。我知道我該打電話給他，跟他說我找到車子了，可是我實在沒勇氣承認我犯了個錯。

我發動引擎，緩緩朝出口前進，覺得好累。到了柵欄前我才想起來我在離開四樓前忘了先去自動繳費機那兒繳費。我查看了後照鏡，我後面已經排了一串車子了，耐心地等我通過，不知所措之下，我按了求助鍵。

「我忘了付錢！」我大聲說，聲音發抖。後面有人按喇叭。「我該怎麼辦？」我才剛在想收費員會不會為了懲罰我，叫我下車，到最近的機器去繳費，再惹惱後面的六位駕駛，柵欄就升起了。

「謝謝。」我對著收費亭以嘴型說，趁他改變主意，又把柵欄放下來之前，我趕緊換檔離開。

出城時我覺得心好亂，我知道應該路邊停車，等到心情平復之後再上路。我的手機響了，讓我有充分的理由停車，可是我猜是馬修打的，就繼續開車。就這麼開下去，不回家，一直開到沒油，這個想法很誘人，可是我太愛馬修了，不想害他額外擔心。

一路上我的手機斷斷續續一直響，我一轉入車道，就看見馬修匆忙走出屋子，擔心得神情大變，我在疲憊之餘又多了愧疚。

「妳沒事吧？」他問，打開了我的車門，我連安全帶都還沒解開。

「沒事。」我說，彎腰去撿乘客座底下的皮包，迴避他的視線。

「妳應該打電話給我的。」他責備我。「我快擔心死了。」

「對不起。」

「出了什麼事？」

「是我弄錯了，我找錯了樓層。」

「妳不是說每一層樓都找過了？」

「有那麼重要嗎？車子沒有被偷，這樣不就好了？」

他頓了頓，忍著不問我怎麼會搞錯的。「妳說得對。」他說，強打起精神。我下了車，向屋裡走。「妳好像很累，我來弄晚餐吧？」

「謝謝。我去洗個澡。」

我在浴室裡磨蹭了很久，而且進了臥室還花了更久的時間換上舊慢跑褲，拖延著不想去面對馬修。我覺得好沮喪，只想倒在床上，把這恐怖的一天睡掉。我一直在等馬修朝樓上喊，問我在哪裡，可是屋裡唯一的動靜就是廚房裡準備晚餐的聲響。

等我終於下樓之後，我吱吱喳喳，東拉西扯——學校，天氣，遇見康妮——決心不讓他能插進話來，決定要讓他認為找不到汽車並沒有害得我狼狽混亂。我甚至在月曆上寫下了進修日的日期，告訴他我很期待能跟大家見面，回去上班。可是私底下，憂慮卻在啃噬我，我得硬逼著自己吞下他做的燉飯。我想跟他說早先停在我們家外面的那輛車，可是發生了找不到車子的事件之後，我還能怎麼說？再怎麼說都會讓他覺得我變得更歇斯底里，更疑神疑鬼。

八月十四日，週五

珍的命案已經是一個月前的事了，我不敢相信我的人生在如此短暫的時間裡居然起了那麼大的變化。恐懼和內疚變成了固定的搭配，我都忘了沒有恐懼和內疚的日子該怎麼過了。而且昨天找不到汽車也徹底地震撼了我。如果我還需要什麼來證明我一步步邁向了失智之路，那這就是證據。

不感覺憂慮是不太可能的。我坐在客廳，昏昏沉沉的，開著電視作伴，調到同一個麻痺心智的購物台。十點左右電話響了，我一瞬間就進入驚惶模式，空氣卡在肺裡，心跳加速、快到害我頭暈，我這才發覺我已經被制約成只要聽見電話鈴聲就會恐懼。即便是由答錄機代接——我才能知道不是我的無聲電話——我也沒辦法寬心，因為他**還會**再打來。

郵箱喀嗒響，嚇了我一跳。怎麼會這樣？隨便一點動靜，不僅是電話響，就會害我不安得心跳加速，皮膚刺痛？我幾時變得這麼容易受驚？我很羞愧——羞愧於我不再是從前那個堅強的人，羞愧於我讓最微不足道的事情把自己嚇得坐立不安。我痛恨自己屏住呼吸，豎耳傾聽郵差踩著碎石小路走來，我才能確定真的是郵差把什麼東西塞進門縫裡，而不是那個殺人兇手。我痛恨自己去拿郵件後發現上頭的收件人是我，胃就會跳到喉嚨眼，我痛恨自己瞪著手寫的信封，兩手發抖，害怕信可能是兇手寄來的。我不想拆信，可是有什麼更大的動力催促我——因為知道比不知道要強——我把信撕開，抽出一張紙。我慢慢把信打開來，幾乎不敢去看上頭寫的字。

親愛的凱絲：

謝謝妳的來信。知道妳和珍共享愉快的午餐，留下了美好的回憶，我無法形容這件事對我有多麼意義重大。我記得她回家來跟我說妳們兩個有多合得來，所以我很高興妳也有相同的感覺。我眞的很感激妳花時間寫信給我，在這麼可怕的時候，像妳的這樣的信對我來說極其重要。

也謝謝妳問候兩個孩子。她們非常想念母親，幸好她們還小，不了解發生了什麼事。她們只知道她們的媽咪去當天使了。

我從妳的地址知道妳也是本地人，所以妳如果在街上遇見我（眞不幸，我的臉曝光率變高了），請過來打聲招呼。我了解大家不知道該說什麼，可是我看見別人迴避我，心裡很不好受。

敬祝

平安

亞歷斯

我不知道自己一直憋著氣，直到這時才哆哆嗦嗦地吐了出來，視線因淚水而模糊，因為發覺這是封無害的信而鬆了口氣，也因為憐惜珍的先生的悲傷和絕望。他親切的致謝有如給了我的靈魂安慰——只不過倘若他知道我那晚丟下珍不管，他恐怕是死也不會寫這封信的。我把他的信再讀了一遍，每個字都像一支箭，刺穿了我的良心，突然間，我巴不得跟他實話實說。也許他會譴責我，但也許，只是也許，他會說我也是愛莫能助，說早在我駕車經過之前，珍就難逃一死了。如果這句話是出自他口，也許我就會相信。

電話響了，把我帶回了現實——沒有安慰，沒有原諒，只有無情的恐懼和迫害。我一把抓起電話，想要尖聲大叫，要他不要再煩我了。可是我不想讓他知道我有多惶恐，所以我們等待著，各自按照自己的劇本。時間一秒一秒過去。我忽然覺悟了，既然我能察覺到從線路傳來的威嚇，那他也能察覺到我這頭傳過去的恐懼。我正要掛斷，猝然悟出了這一通電話有點不一樣。

我全神貫注，想釐清究竟是哪裡不一樣。我聽出了背景有隱約的聲響，可能是低低的風聲，或是細細的樹葉窸窣聲。無論是哪種，都讓我知道他是在戶外，霎時間，原本窩在我的胃裡的恐懼，向上湧現，很有吞噬我的勢態。腎上腺素飆升，催促我跑進書房，排除了害我盲目的恇懼，我就看見了馬路，看見馬路上空蕩蕩的。寬慰滲透進來，可是恐懼不願承認失敗，提醒我未必見得兇手就不在外面。悚懼再次進駐，我的皮膚上了一層細細的汗珠。我想打電話報警，但是，也許是理智吧，讓我知道即使警察來了，搜索花園，也不會找到他。他——折磨我的人——太聰明了。

我沒辦法待在屋子裡等著他處置，像個死靶子。我跑到門廳，隨手抓雙鞋套上，拿了桌上的車鑰匙，打開了前門。我東看西看：車道沒人，可我不想冒險，所以我就在原處打開了車子的鎖，不到幾秒鐘就跑到了汽車旁。一上車我就把車門鎖死，快速駛出院門，呼吸粗重。經過那幢待售的房屋，我看見有個男人立在花園裡，我認出他就是在我家外面晃的人。我看不見他是否拿著手機，可是無所謂。他可能就是打無聲電話給我的人，他可能就是殺了珍的人，他可能是她的秘密情人。他的位置絕佳，每天早上都能看見馬修出門上班，知道我一個人在家。

該去報警了。可首先，我需要跟馬修說，我需要告訴他我在懷疑什麼，我需要告訴他我可能是對的，因為我不想再搞錯。我寧可在他面前丟臉出醜，而不要在警察面前丟臉出醜。我既沒有證據又沒有馬修的支持，要如何讓警察調查這個男人？我誤觸警報器，警察已經當我是白痴了。

激動之下，我險些闖紅燈，害怕自己會出車禍，我叫自己冷靜下來。我真想找個人消磨一天，可是瑞秋仍在西恩納，其他人也都在放假，不然就是馬上要出門度假了。

最後我決定開車到布洛伯利，我立刻就查看後照鏡，確認沒有人跟蹤我。我停在高街，打算找個地方坐下，浪費時間，假裝吃午餐。有計畫讓我放了心，我摸索皮包，驚詫地發現沒有，我匆匆離家，忘了帶出來。我至少需要一杯飲料的錢，所以我在手套箱裡翻找零錢。車窗上咚的一聲，把我的魂都嚇掉了，我挺直身，看見約翰在對我微笑。

我沒辦法回以笑容，因為他把我嚇壞了。我回頭去把手套箱關好，給自己時間。恢復了控制之後，我轉動鑰匙，讓車窗向下滑。

「你嚇了我一跳。」我說，勉強一笑。

「對不起。」他悔恨地說。「我不是故意的。妳是剛到還是要走？」
「都有。」他不解地看著我。「我剛到，可是我忘了帶皮包，所以現在得回去拿。」我跟他解釋。
「我能幫忙嗎？」
我猶豫了，衡量著我的選擇。我不想鼓勵他，可是他知道我有了馬修。而我死也不想回家去，可我又不能一整天都在布洛伯利閒晃，連買杯咖啡、買份報紙都沒辦法。
「你大概不會想請我喝杯咖啡吧？」
「我就在等妳說這句話呢。」他一手插進口袋，掏出了兩枚一鎊硬幣。「我甚至願意幫妳付停車費，除非妳寧可拿罰單？」
「我都忘了。」我說，拉長了臉。「不過一鎊就夠了，我只停一小時。」
「除非妳肯讓我請妳喝咖啡加吃午餐。」
「呃……有何不可？」我說，想到可以填滿兩個小時，精神就好了些。「不過你得讓我回請。」
「沒問題。」
他走向計時器，投入了零錢，把停車券從窗戶送進來。
「多謝。」
我下了車，他朝我的腳點頭。「鞋子很漂亮。」
我低頭一看，兩隻腳穿著我養花蒔草時穿的褐色舊鹿皮靴，這是媽留下來的。
「我正在拔草，忘了換了。」我笑著說。「你確定還想被別人看見跟我走在一起嗎？」

「當然。妳想去哪兒？」

「讓你選。」

「寇斯特羅怎麼樣？」

「你有時間嗎？」

「當然有。妳呢？妳沒有在趕時間吧？」

「沒有。」

接著來的兩小時我過得很愉快，一點也不想結束。一想到回家去，只有我的腦袋跟我作伴，我就覺得又憂鬱了起來，趕緊喝了口水。

「謝謝。」我感激地說，約翰招手買單。「我真的很需要。」

「我也是。」

「為什麼？」我問。

「自從我的女朋友跟我吹了以後，我就有點無所事事。妳呢？妳為什麼會需要偷閒個幾小時？妳不會是還一直接到電話吧？」

我緊緊盯著他。「你是什麼意思？」

「電話公司打的那個。我的耳朵花了好長的時間才終於不再耳鳴了呢。」

「我還是覺得好尷尬。」我呻吟著說。

「希望妳不是因為這個原因上週五才沒來的，我們都很想妳。」

「我完全忘了！」我的焦慮又翻翻滾滾地回來了。「對不起，約翰，我覺得好糟糕喔！」

「別擔心。妳倒是說過馬修放假，你們可能會出門。」他提醒我。

我知道我應該說點什麼，問他們那晚過得是否愉快，可是我實在沒那個心情。

「妳還好嗎？」他問。「妳好像有點不高興。」

我點頭，別開了臉，看著高街上的人過著自己的日子。「只是今年的暑假還滿怪的。」

「妳想談一談嗎？」

我緩緩搖頭。「你會覺得我瘋了。」

「不會的。」

我看著他，想擠出笑容。「其實，我真的有可能是發瘋了。我母親過世前幾年患了失智症，我很擔心我可能也有相同的情況。」

他伸長了一隻手，一時間我以為他會握住我的手。但是他是去拿杯子。「失智症和瘋狂是兩碼子事。」他說，喝了一口水。

「對。」我同意。

「醫生診斷出妳有失智症了嗎？」

「沒有，還沒有。我是該去找個專家看看的，可是我大概又會忘記。」我們都哈哈笑，我發現我一笑就停不下來了。「啊，又能笑了，真好。」我說，仍吃吃笑個不停。

「嗯，不管怎麼說，我覺得妳一點都沒瘋。」

「那是因為你沒有每天都跟我住在一起。我一直做蠢事，馬修就不覺得那麼好玩了——就像出門忘了換鞋子，把皮包忘在家裡。」

「那表示離家太匆忙，不表示瘋了。」他探詢地看著我，認真的黑眸不肯離開我的眼睛。「妳離開得很匆忙嗎？」

「我只是不想再一個人待在家裡。」我說，聳了聳肩。

「我老覺得風聲鶴唳的。我們家實在是有點太偏僻了。」

「是從珍的命案之後嗎？」

「可是附近不是還有別的房子嗎？」

「對。」我遲疑不說，不知是否該跟他說那些無聲電話究竟是怎麼回事，不知是否該跟他說馬路上的那個人。但服務生就在這時帶著帳單過來了，機會也就稍縱即逝了。

「幸好就快開學了。」約翰說，掏出了皮夾。「我們會忙得分不開身，就不會有時間胡思亂想了。」他拉長一張臉。「二十八號是進修日。拜託妳別跟我說妳已經把新學期的教學計畫都做好了。」

「我連課程表都還沒看呢。」我坦白說。

他伸個懶腰，T恤向上掀，露出了他日曬的肌膚。「我也還沒看。」他也承認，還嘻嘻笑。

「真的？」

「真的。」

我吐了口長氣。「你都不知道我聽了有多鬆了口氣。我昨天在威爾斯堡遇見了康妮，她說她快做好了。」

「哎唷！」他扮個鬼臉。

我好奇地看著他。「她說那晚你沒回她那兒，就是學期末的晚餐那天。」

「對，我實在沒那個心情。」

「對。」我點頭。

「再說了，妳又不在，我去幹嘛？」他淡淡地說。

「對，一點也沒錯。」我附和他。「我是派對的靈魂。」

他哈哈笑。「答對了。」可是我們心照不宣，都知道他不是那個意思。

我們離開了餐廳，他陪我走去開車。

「對了，你買了睡衣嗎？」我問。

「買了，藍色的，前襟有隻大象。我的朋友好像有點意外——我挑這件是因為我喜歡，可是我忘了他生了個女兒。」

「真不錯，記性壞的不是只有我一個。」我開玩笑說。

「看吧，這表示大家都會忘東忘西的。妳這個週末有什麼活動嗎？」

「在花園裡放空吧。」

「那就好好休息。」他朝我的車子點頭。「這是妳的車吧？」

「對。」我擁抱了他一下。「謝謝你，約翰，感激不盡。」

「我的榮幸。」他嚴肅地說。「學校見了，凱絲。小心開車啊。」

他在人行道上等我駛出停車格，我開上了高街，在心裡琢磨該如何打發馬修回家之前的這段時間。我來到了通常要右轉的路口，看見了海斯頓的標誌，尚未回過神來，就發現自己往珍住的村子前進，就是她在遇害那晚要駕車回去的村子。我一下子慌了手腳，不知道自己是在做什麼，不知道跑去那裡是想要有什麼期望。可是不知為何，我只覺得非去不可。

車程只需要五分鐘。我停在公園和酒吧之間的馬路上，下了車。公園雖小，卻環境優美。我穿過柵門，緩步走在小路上，欣賞各種漂亮的花。樹蔭下僅有的幾張長椅都有人坐了，大多數是年長的夫妻在午後漫步後小憩一會兒，所以我就找了張在太陽下的長椅，坐了一會兒，很慶幸找到了一個地方消磨個幾小時。我想著珍，不知道她坐在這張長椅上有多少次，她走這條小路有多少次。公園另一頭有遊戲區，幼小的孩子在木製動物上來回搖擺，我想像著珍扶著孩子上去下來，或是在她們溜滑梯時焦急地在旁邊徘徊，一如眼前的某些成人。而且，一如往常，只要想起珍，罪惡感就重重壓在我的心頭。

我一邊看，一邊渴望地想馬修跟我會不會有自己的孩子，這時，有個小女孩想要從搖擺動物上下來，我看得出她儘管夠果斷，卻絕對下不來，因為她的一隻腳卡住了。我想也不想，張口就要喊，向附近的成人示警，可是還沒發出聲音，她就摔到了地上。她痛得大哭，有個男人立刻跑過來，可是另一個小女孩向他伸出了胳臂，想要從搖擺動物上爬下來，他就一把抱起了她，再彎腰去照料另一個孩子。我看著他幫她撢土，親吻她金黃的頭髮，我赫然明白這就是珍的先生。

我頓時一陣心慌。我瞪著他，懷疑自己是不是認錯人了。可是幾個星期來，他的照片出現在每一份報紙和每一家新聞台上，他的臉孔人盡皆知。再說，兩個小女孩長得像雙胞胎。我的直覺是逃跑，盡快離開公園，免得被他看見。但我很快就平靜了下來。他又不知道我是那個可能可以救他太太一命的人。

他作勢要離開遊戲區，抱著受傷的孩子，牽著另一個。兩個孩子都在哭。他們順著小路走向我坐的長椅，我能聽見他在哄她們，答應幫她們貼ＯＫ繃，給她們吃冰淇淋。可是他抱著的孩子不買帳，因為擦傷了膝蓋而不高興，一邊膝蓋還流著血，而且傷勢不輕。

「你需要面紙嗎？」我一時衝動，想也不想就問了。

他在我前面停住。「好像還真的需要。」他說，露出鬆了口氣的神情。「這裡離我家還有點遠。」

我從口袋裡拿出一張面紙，遞了過去。「這是乾淨的。」

「謝謝。」

他把受傷的孩子放在我旁邊，蹲下來，拿面紙給她看。

「看這位好心的阿姨給了我什麼？我們來看看會不會讓妳的膝蓋不痛了好嗎？」

他把面紙輕按在擦傷上，吸掉鮮血，而她的眼淚居然停止了。

「好了嗎，露露？」她的姐妹問，一臉焦急地看著她。

「好了。」她說，點點頭。

「謝天謝地。」珍的先生嚴肅地抬頭看著我。「要是她摔在水泥地上，跟我們小時候一樣，真不知道要怎麼收拾。」他拿開面紙。「血不見了。」他說。

他的小女兒注視她的膝蓋，似乎是滿意了，又從長椅上爬下來。

「玩。」她說，跑向草地。

「這下子她們又不想回家了。」他呻吟著說，站了起來。

「她們好可愛喔。」我含笑說。「也好漂亮。」

「大多數的時間是。」他同意。「可是鬧起彆扭來也真是夠嗆。」

「她們一定很想念媽媽。」我猛地打住，驚嚇於自己說的話。「我……我很抱歉。」我結結巴巴地說。「只是……」

「拜託，不用道歉。」他說。「至少妳沒假裝不知道我是誰。妳都不知道有多少人跑到海斯頓來，希望能遇到我，活像我是什麼名人似的。他們會找話跟我說，通常都是利用我的女兒當話題，然後就問我孩子的媽媽，問她是不是在家裡做飯，或是問她是不是也跟孩子一樣是金髮。起先，我還沒明白過來，還老老實實地跟他們說孩子的媽媽死了，然後他們又刺探更多的事，最後我只得說她是被人殺害了。他們會假裝驚訝，說他們很遺憾，說我一定很不好過。一直到有個女人太離譜了，問我警察是怎麼上門來通知我的，我才知道是怎麼回事。」他難以置信地搖頭。「這種人一定有個名字，只是我不知道。不過起碼村裡的酒吧和商店生意興隆。」他說，懊惱地一笑。

「對不起。」我又說一遍。我想跟他說我是誰，說我今天早晨收到了他的信，可是聽了他說的話，我怕他會以為我也跟別人一樣，跑來公園裡，希望能遇見他，尤其是我根本就沒什麼理由要來海斯頓。他又沒有邀請我過來看他。我站了起來。「我得走了。」

「不會是因為我說的話吧？」明亮的陽光下，我看見了他的褐髮裡摻了銀絲，不由得揣想是不是在珍死後才出現的。

「不是，不是。」我跟他保證。「我只是得回去了。」

「那，謝謝妳伸出援手。」他扭頭看著正在玩的孩子。「現在都已經忘了，謝天謝地。」

「不客氣。」我想微笑，可是他的話像諷刺。「好好享受下午的時光吧。」

「妳也是。」

我走開了，心臟在胸腔裡狂跳，他說我伸出援手的話在我的耳朵裡響個不停。我走向柵門，走向汽車，一路都被他的話嘲弄，我著實納悶我是哪根筋不對了才會跑到這裡來，除非是我在尋求赦免。要是我回頭跟他說我是誰，說我在那晚看見珍停在避車道上呢？他還會露出那種苦笑，跟我說不怪我，說我沒停車也好，因為我很可能也會遇害？或是他會驚怖於我的坐視不理，指著我，向公園裡的每一個人說我沒有向他的太太伸出援手？因為我完全無法知道，我發動了引擎，駕車回家，可是我滿腦子只能想著珍的先生和她留下的兩個小女兒。

雖然我盡可能開得很慢，我還是在五點前到家了。我通過院門，焦慮如洪水湧回，我知道我沒辦法進去屋子裡，除非馬修回來，所以我就坐在車子裡。車子停在樹蔭下仍然很熱，我就把車窗打開，想讓風吹進來。我的手機響了，通知我有簡訊，我一看是瑪麗，就把手機關掉了。我太忙著擔心尚未完成的工作，沒注意到時間流逝，所以等我看見馬修的汽車駛入車道，當下我還以為他回家早了。我趕緊看手錶，居然六點半了。他在我旁邊停車，我把鑰匙拔下來，下了車，假裝我也剛到。

「我比你先。」我說，對他微笑。

「妳好熱的樣子。」他說，給了我一個吻。「妳沒開冷氣嗎？」

「我只是去布洛伯利，路程又不遠，我就懶得開了。」

「去逛街？」

「對。」

「買了什麼好東西？」

「都沒買。」

我們走向前門，他用鑰匙開鎖。「妳的皮包呢？」他說，朝我空著的手點頭。

「在車子裡。」我快步進屋。「我等一下再去拿，我得先喝一杯。」

「等等，我先把警報器關掉！喔，沒開。」我察覺到他在我後面擰著眉。「妳出門的時候沒打開警報器嗎？」

「沒有，我沒有要去很久，所以覺得不需要。」

「嗯，以後我希望妳都能把它打開。既然我們都裝了，就好好利用吧。」

我讓他換衣服，自己去泡茶，端到花園裡。

幾分鐘後他來找我，說：「妳不會就穿著那個出去了吧？」

我低頭看著腳。不想又害他操心，我假笑了一聲。「哪有，我剛剛換的。」

他微笑，坐在我旁邊，伸長了腿。「那妳今天都做了什麼？除了到布洛伯利去逛街之外？」

「我備了一些課。」我說，很奇怪我幹嘛不說遇見了約翰。

「那很好啊。」他看看手錶。「七點十分了。等妳喝完茶，換雙鞋子，我帶妳出去吃飯。我們乾脆就讓這個週末有個好的開始吧。」

我的一顆心往下沉，因為我和約翰一起吃的午餐還沒消化呢。

「你確定嗎？」我懷疑地問。「你不會想待在家裡嗎？」

「如果妳前天做的咖哩還有剩的話。」

「抱歉。」

「那就只好出去吃了。」

「好吧。」我說。他沒建議要去寇斯特羅吃麵條讓我鬆了口氣。

◆

我上樓去換衣服，從衣櫃裡拿出一只小皮包，藏在開襟毛衣下，趁馬修在設定警報器，我就到我的汽車那兒，假裝把皮包從後座拿出來。我們駕車到布洛伯利，去我們最愛的印度餐廳吃飯。

「你認識我們的新鄰居嗎？」我在看菜單時問他。「你跟他說過話了嗎？」

「有，昨天，我在路上走來走去，等妳從威爾斯堡回來。他經過我們家，我們就聊了幾句。他太太就在他們搬家之前離開了他。」

「他要去哪裡？」

「什麼意思？」

「你說他經過我們家。」

「對，他要回他家。他一定是去散步了。我說改天請他過來吃晚餐。」

我心裡打了個突。「他說什麼？」

「說他很樂意啊。沒關係吧？」

我低頭看菜單，假裝在研究。「只要他不是兇手就行。」

馬修噗哧一聲笑出來。「妳是在開玩笑吧？」

「還用說。」我硬擠出笑臉。「那，他是什麼樣的人？」

「好像滿好的。」

「多大？」

「不知道——六十出頭吧。」

「我看過他，他好像沒那麼老吧。」

「他是退休的機師，他們可能得保持身材。」

「你有沒有問他為什麼老是站在我們家外面？」

「沒有，因為我不知道他老是站在我們家外面。可是他跟我說他覺得我們的房子很漂亮，說不定他是在欣賞。」他看著我，皺著眉頭。「他老是站在我們家外面嗎？」

「我看過他幾次。」

「那也不算犯罪啊。」他說，彷彿是猜到了我接下來的話，事先塞住我的口。

「我沒說是犯罪啊。」

他給了我鼓勵的一笑。「我們來選要吃什麼吧？」

我想挑明了說一個六十出頭、好像滿好的退休機師仍有可能是殺人兇手，可是我知道他是不會聽的，更別說還報警了。

八月十五日，週六

我們吃早餐時，郵件送達，果斷的一聲砰響徹了整棟屋子。馬修站了起來，嘴巴還露出一塊抹了奶油的吐司。他走向門廳，過了一會兒拿回來幾封信和一個小包裹。

「那，是妳的。」他說，把包裹交給了我。

我憂心忡忡地打量包裹。昨天的信是亞歷斯寄來的，可是他不太可能會寄包裹來。「什麼東西？」

「不知道。」他研究著白色包裝。

「妳訂的東西？」

「我沒訂東西。」我緊張兮兮地把東西放在餐桌上，害怕得幾乎不敢碰。難道是那個打無聲電話的人寄來的？

「妳確定嗎？」

「確定。」

「妳要我來拆嗎？」

「不用了，沒關係。」我急忙說。儘管包裝紙一撕就破，我還是把包裹拿到書房去，從抽屜裡拿出一把剪刀，小心拆掉包裝紙。裡頭有個小盒子，我拿了出來，打開了蓋子，心臟咚咚跳。黑色天鵝絨墊上擺著一對銀耳環。我認出來後，心裡像一塊大石頭落地。

「真不錯。」馬修說，從我的肩上看。

我沒聽見他跟著我進來。「是送給瑞秋的。」我跟他說。「我沒想到這麼快就寄過來了。」

「送她的生日禮物嗎？」

我想到了在雷島上的屋子。「對。」我說。

他笑著表示贊同，就到外面去割草了。我把耳環放進抽屜裡，站了一會兒，望著書房窗外，看到馬路對面的田野。我以前覺得在這裡很安全，彷彿什麼都碰不了我們。

家用電話響了，我呆住，這才想起來今天是週末。無聲電話從來沒有在星期六打來過。即使如此，我也讓答錄機去接。是瑪麗，她問我是否收到了進修日的信息。我的心往下沉。暑假很快就要結束了，我該做的工作都還沒做。她說個不停，還開玩笑說她希望我沒掉了手機，因為她還傳了不少簡訊。

瑪麗掛斷之後，電話幾乎是緊接著又響了。我查看號碼，心裡納悶瑪麗是不是也要學那個打無聲電話的人，鍥而不捨。幸好是瑞秋。我接了起來。

「嗨，」我活潑地說。

「嘿，妳好嗎？」

快瘋了，我想這麼跟她說。「忙著備課。」結果我卻這麼說。

「電話還繼續打嗎？」

「沒有了，最近沒有。」我騙她。「妳好嗎？西恩納好玩吧？」

「美極了。我玩得很開心，雖然有艾爾飛那個討厭鬼。」她沙啞的笑聲從另一頭傳來。「我等不及要跟妳說他的事了，可是我們正要出門。」

「那婚禮鐘聲快響了嗎？」我問，覺得有趣。

「差個十萬八千里呢。再說，妳也知道，我不是結婚的那一型。我回去以後，我們星期二見個面吧——星期一是銀行休假日。星期二是我回去後第一天上班，總該有點東西可以期待。而且妳星期三才回學校，對不對？」

「對，那就星期二吃午餐。到酸葡萄嗎？」

「不見不散。」

我掛上了電話，陡然醒悟，暑假只剩下兩週了。終於，可也真討厭。我等不及能離開家裡，躲開那些電話。可是那麼多的工作當頭壓下來，回校上班又似乎是難以承受的重。

「好了嗎？」我一抬頭就見馬修站在那兒，穿著卡其褲和馬球衫，樣子很俐落，還提著運動袋。

「好什麼？」我皺著眉頭。

「下午去做ＳＰＡ啊。」

我點頭，勉強一笑，可是我沒有準備好，因為我壓根就忘了昨天在餐廳裡，他給了我一個驚喜，他預約了奇切斯特附近的一家水療中心。我們在訂婚之後就去過，而他昨晚的這個表示減緩了我們在討論新鄰居之後殘餘的緊張。

「我只需要換鞋子。」我說，撫平了今早挑選的棉裙，而不是通常會穿的短褲。

所以今天早晨我可能並沒忘記要去SPA。

我跑上樓，塞了一件比基尼到袋子裡，一面想著我還需要什麼。

「我們得走了，凱絲！」

「來了！」我脫掉了上身的小背心，打開衣櫃，尋找比較漂亮的衣服。我拉出了一件有小鈕子的白色棉襯衫，急忙套上。我跑進浴室裡梳頭髮，正要上點妝，馬修就又在樓下喊了。

「凱絲，妳聽見了沒有，我訂的是兩點整啊！」

我瞄了瞄時鐘，發覺我們只有四十五分鐘可以趕到奇切斯特。「對不起。」我說，跑下樓。「我在找比基尼。」

我們坐上汽車，駛出車道時，我向後仰頭，閉上了眼睛。我覺得筋疲力盡，可是跟馬修坐在車子裡，危險的魔掌伸不到這裡來，我也覺得安全。我睜開眼睛，眨了幾下，想弄清楚我們是在哪裡，猛地豁然驚覺。

「馬修！」我聽見了自己聲音中的恐懼。「我們走錯路了！」

他瞥了我一眼，擰著眉。「我們要去奇切斯特啊。」

「我知道，可是我們為什麼要走黑水巷！」三個字感覺黏在我的舌頭上。

「因為這條路可以幫我們省十分鐘，不然我們就會遲到。」

我的心臟怦怦跳。我不想走這裡——我不能！我看著擋風玻璃，發覺避車道就在前方，我的腦筋扭得像一股麻花。驚慌之下，我一轉身就去抓門把。

「凱絲！」馬修大喊，吃了一驚。「妳在幹嘛？妳不能開門！我們現在時速四十！」他猛踩煞車，汽車一個急停，把我向前摔。他匆匆忙忙停下了車，就在珍被殺的避車道對面。有人在那兒擺了花，包裝花束的塑膠紙在微風中窸窣響。回到惡夢開始的地方我太過驚駭，我哭了出來。

「不！」我抽噎著說。「拜託，馬修，我們不能停在這裡！」

「天啊。」他疲倦地說。換了檔，正要前進，又停下來。「太扯了。」

「對不起。」我抽抽搭搭地說。

「妳要我怎麼做？繼續開車嗎？還是妳想回家？」聽起來他像是忍耐到了極限了。

我哭得好厲害，幾乎換不過氣。他靠過來，想要抱住我，可是我甩開了他的手。他嘆口氣，開始在馬路中央迴轉，要掉頭回我們來的方向。

「不要。」我跟他說，仍抽抽搭搭的。「我不能回家，我就是不能。」

他迴轉到一半停住，車子堵著馬路。「這是什麼意思？」

「我只是不想回家。」

「為什麼不想？」他的聲音平靜，可是我察覺出底下的緊繃，掩藏著更嚴重的情緒。

「我只是覺得家裡再也不安全了。」

他做個深呼吸，平靜下來。「又是因為命案嗎？得了，凱絲，那個兇手根本就不在我們家附近，他也不知道妳是誰。我知道珍的命案讓妳很難過，可是妳要學會放下。」

我憤怒地轉身面對他。「殺了她的人還沒抓到，我要怎麼放下？」

「那妳要我怎麼做？我為了妳把整個家都裝上了警報器。妳是要我送妳到旅館去住嗎？妳是要這樣嗎？如果是的話，只管開口，我一定照辦！」

等我們回到家，我的情緒太激動，馬修只好打電話給狄金醫生，他願意過來一趟。即便是在他面前，我仍哭個不停。他問了我的用藥情況，馬修說我並沒有定時吃藥，狄金醫生鎖著眉頭，說他會開藥就是因為我需要吃。他用鷹眼盯著我吞下了兩顆藥丸，等著藥效把我帶到一個什麼都不重要的地方。在我等待藥效發揮時，他問了我一些溫和的問題，想知道是什麼觸發了我的崩潰。我聽著馬修說明他去上班時我把自己關在客廳裡，狄金醫生問我是否出現了其他令人擔心的行為，馬修提到了上週我以為在廚房看見了一把大刀，變得歇斯底里，其實不過是一把小刀。我發覺他們互換了眼色，開始當我不在似地討論起我來。我聽見了「崩潰」兩個字，可是我不在乎，因為藥丸已經發揮神奇的魔力了。

狄金醫生離開前要馬修確定我好好休息，如果情況惡化，就打電話給他。晚上接下來的時間我都昏昏沉沉躺在沙發上，馬修在我身邊看電視，握著我的手。節目結束後，他關掉電視，問我是不是有什麼心事。

「我只是在擔心開學之前要做的事情。」我說，儘管吃了藥，眼淚還是不聽使喚。

「可妳不是已經做了很多了嗎？」

我說謊的報應來了。「只做了一點，還有很多沒做，我實在不知道能不能及時做完。」

「那妳可以請別人幫忙啊。」

「不行，他們自己就有一大堆事要做了。」

「那我能幫忙嗎？」

「不行欸。」我絕望地看著他。「我該怎麼辦，馬修？」

「要是妳找不到人幫忙，自己又做不來，那我也沒辦法了。」

「我只是覺得一直都好累。」

他撥開我臉上的頭髮。「既然妳覺得應付不來，為什麼不做兼任的就好？」

「不行。」

「為什麼？」

「因為現在叫他們找老師來替代我太晚了。」

「胡說！要是妳出了什麼事，他們不找人替代也不行。」

我瞪著他。「什麼意思？」

「我只是說沒有人是無法取代的。」

「可是你為什麼說我會出事？」

他皺著眉。「我只是打個比方——就像妳摔斷了腿，或是被公車撞了，他們就得找人來替代妳。」

「可是聽你說話的口氣，你好像知道我會出事似的。」我仍咬住這個話題。

「別胡說八道了，凱絲！」他的聲音因氣惱而變得尖銳，我縮了縮，因為他並不常拉高嗓門。他看見了我的畏縮，嘆了口氣。「我只是打個比方，好嗎？」

「對不起。」我咕噥著說。藥丸把驚惶漸漸驅離，帶入了睡意。

他摟住我，把我往他身上拉，可是感覺怪怪的。

「妳考慮考慮，跟瑪麗說要當兼任老師。」他說。

「或是不當老師了。」我聽見自己說。

「妳要這樣嗎？不再上班了？」他向後挪，低頭看著我，不明就裡。「妳星期四還說很期待開學呢。」

「我只是不知道能不能做完那麼多我應該做的事情，尤其是我現在這樣子。也許我可以再請幾週的假，等九月中旬再回去，等我感覺比較好一點以後。」

「他們恐怕不會同意，除非是狄金醫生說妳還不適合回去上班。」

「你覺得他會這麼說嗎？」我問，雖然心裡有一半叫我自己閉嘴，想想那些無聲電話，想想珍，想想我在家裡並不安全。可是這些想法飄來飄去，我抓不牢，也就沒法認真思索。

「他可能會。我們先看看妳吃這個藥的效果好了。開學還有兩個星期。只要妳定時吃藥，說不定就會覺得好多了。」

八月二十八日，週五

馬修出門了，關上了前門。我在臥室裡聽著他發動汽車，駛向院門，消失在馬路上。寂靜降臨在屋子裡。我掙扎著坐起來，伸手去拿擺在早餐托盤上的兩顆桃色小藥丸，丟進口裡，喝了口橙汁嚥下去。托盤上有兩片烤成棕色的吐司，對切，擺得很藝術，而不是隨便堆疊在一起，還有一小碗希臘優格加穀片。我不去動，又躺回枕頭上，閉上了眼睛。

馬修說得對。我現在定時吃藥，就覺得好多了。我的生活在上……星期？前兩星期？有了大幅的改善。我睜開眼睛，瞇著眼看鐘，尋找日期。八月二十八日週五，那就是十三天了。我可能不是記得很清楚，可是八月十五日卻深植在我腦海裡，因為那天我崩潰了。同時也是媽的生日。那晚狄金醫生離開之後我才想起來，而且我忘了到她的墳上去放一束鮮花，結果我的心情又落到谷底，還責怪馬修不提醒我。我這樣很蠻橫，因為我沒跟他說過媽的生日，但是他忍著沒戳穿我，只說我可以隔天早上再去。

我仍然沒去，因為體能上，我沒辦法。我上床之前吃了兩顆藥，以便一覺到天亮，而每天早晨，馬修在上班之前——他謹記著狄金醫生說我必須休息的告誡——又隨著早餐送上兩顆藥。所以說他出門後我總會感覺到的焦慮等我沐浴更衣之後也沉滯了。但壞處是，早晨剛過一半，我就覺得好懶，連把一隻腳擺到另一隻腳前都變得好困難。我大多數的時間都時睡時醒，趴在沙發上，把電視轉到購物台，因為我沒那個力氣去換台。有時，我隱隱聽見電話響，鈴聲卻穿不透我的意識，而因為我總不接，電話也變少了。他還是會打來，只是讓我知道他沒忘了我，可是我很樂於去想像他嚇不住我的挫折。

生活容易了。藥丸儘管效力極強，還是能讓我有某種程度的活動力，因為衣服照樣洗好，碗盤也一樣放進了洗碗機裡，房子也打理得很整齊。我不太記得做了這些家事，我是應該擔心的，因為這表示我已經不聽話的記性被藥丸玩弄得更混亂了。要是我夠聰明，我會把藥量減半。可如果我夠聰明，一開始就不會需要這些藥了。說不定我如果再多吃一些，藥效的影響就不會這麼大，可是我好像不僅失了胃口，也失了理性。馬修幫我送上來的早餐進了垃圾桶，而且我總是不吃午餐，因為我太昏沉了，吃不下。所以我一天只做一頓晚餐，等著馬修回來一起吃。

他不知道我的一天都是怎麼過的。因為藥效在他回家之前一個小時就消退了，我有時間清清頭腦，梳梳頭髮，上點妝，弄出晚餐來。他如果問，我就虛報做了什麼事，清理了哪些櫃子。

我想把整個外在世界都阻擋在外面。我收到了太多簡訊——瑞秋的，瑪麗的，漢娜的，邀我喝咖啡，還有約翰的，想跟我聊課程計畫的事。我一通也沒回，因為我不想要見任何人，更不想聊什麼課程計畫。我已經感覺到的壓力逐漸累積，我突然決定最好的解決之道就是亂丟手機。要是手機搞丟了，我就不必回電給別人了。反正手機在屋子裡幾乎派不上用場，有跟沒有也差不了多少。

我去拿手機。語音信箱裡有留言，還有三通簡訊，可是我連看都不看就把手機關掉了。我下樓到客廳，左看右看，想找個地方藏起來。我走向一盆蘭花，把花拉起來，手機塞到花盆底下，再把蘭花放回去。

如果藥丸可能會讓我忘記我有失憶症，也總是有些小地方會提醒我我的腦子正在緩緩退化。我再也記不得該如何使用微波爐——前天我想熱杯巧克力，最後卻只能用鍋子煮，因為那一堆的按鍵我完全看不懂。還有郵差總會送包裹來，我記得在購物台上看見過商品，可我不記得訂購了。

昨天，又來了一個包裹。馬修下班回來時在門階上看到的。

「這個放在門階上。」他平靜地說，儘管這已經是三天來的第二次了。「妳訂了什麼嗎？」

我轉過身，不讓他看見我眼中的迷惘，後悔自己訂的東西不能從信箱口塞進來，這樣我就能在他回家之前藏起來。而在蔬菜處理機前腳剛送到，星期二就緊跟而來了羞辱。

「打開來看。」我說，拖著時間。

「怎麼？是給我的嗎？」他搖了搖箱子。「感覺像是什麼工具。」

我看著他拆開包裝，拚命去想我究竟買了什麼。

「切馬鈴薯機。」他懷疑地看著我。

「我覺得很好玩。」我聳聳肩，想起了馬鈴薯在短短幾秒之內就變成了薄片。

「可別說這個是要搭配星期一送來的蔬菜處理機的。妳究竟是從哪兒買來的這些東西？」

我跟他說我是從週日報紙附隨的一本雜誌上看到的，因為這樣比承認我是從購物台買的要好聽。將來，為了避開誘惑，我得把皮包留在臥室裡。我已經養成了早晨把皮包帶下樓的習慣，怕會需要來個倉卒逃脫，也就是說我輕易就能拿到信用卡。可就算打無聲電話的人現身，我也跑不了多遠。因為藥丸的緣故，開車是不可能的，所以我只能跑到花園，那也沒什麼用。

有時我覺得他已經現身了。我會驚醒，心臟狂跳，深信他一直在窗外監視我。因為我的本能叫我逃，我會從椅子上半站起來，然後又重重坐下，並不真的關心，跟自己說就算他在這裡，那，起碼也能作個了結。我還不算糊塗，我知道藥丸雖然是我的生命線，也會是我的死因，非彼即此。要不然也會是我婚姻的死因，因為我還能指望馬修忍受多久我越來越多的離譜行徑？

我知道我吃的藥已經讓我的腦袋有點變成糨糊，我匆匆沐浴之後就換上了我的制服，寬鬆牛仔褲和T恤，因為我慢慢發現在沙發上躺了一天，這身衣服也還不算邋遢。有一天，我穿了件連衣裙，等我睡了一天，衣服縐得不像話，馬修還開玩笑說我一定是穿著衣服在花園的灌木叢裡爬了。

我把皮包留在臥室裡，端著托盤下樓，把吐司撕成小塊，拿到花園裡餵鳥。我希望能坐下來一會兒，曬曬太陽，可是唯有在屋內，鎖上所有的門才會讓我感覺安全。我從定時服藥之後就沒有到戶外過。我一直都拿冷凍庫裡的東西做晚餐，而且也習慣了用我們為緊急事件貯備的保久乳。馬修昨晚發現冰箱幾乎空了，所以我希望他會提議明天去採購。

我的四肢覺得好重，所以我進了屋子。在冰箱亂翻，找出了一些香腸，然後又在腦子裡亂翻，尋找把香腸變成晚餐的妙方。我知道哪個地方還有幾個洋蔥，而且櫃子裡一定有一瓶番茄。晚餐搞定了，我滿懷感激地走進客廳，跌進沙發裡。

購物台的主持人變得像我的老朋友。今天要賣的商品是鑲鑽的手錶，我真慶幸自己太累了，沒力氣上樓去拿皮包。家用電話響了，我閉上眼睛，任由睡眠帶走我。我極愛那種緩緩沒入虛無的感覺，以及數小時後藥效漸弱，我又被輕輕地拉回現實的感覺。今天，我在睡眠與清醒的虛空之間渾渾噩噩地消磨著時間，卻察覺到一種存在，附近有人。感覺好像他在房間裡俯視著我，而不是在窗外。我文風不動地躺著，感官變得敏銳，一秒一秒過去，我的呼吸變得更淺，身體緊繃。等我再也等不下去了，我就猝然睜開眼睛，以為會看見他拿著刀子矗立在我上方，我的心臟跳得好厲害，我都能聽到心臟撞擊胸腔的聲音。可是屋裡沒有人，我轉頭看窗外，屋外也沒有人。

一小時後馬修回到家來，香腸燉菜在烤箱裡，刀叉都擺好了，為了彌補只有一道菜的缺憾，我開了一瓶紅酒。

「看起來不錯。」他說。「可是我得先來瓶啤酒。妳要不要喝什麼？」他走向冰箱，打開了門。就連我都對空落落的架子感到心虛。「喔，妳今天沒去採購啊？」

「我在想明天我們也許可以一塊去。」

「妳說妳開完會以後會去買東西。」他說，拿出一瓶啤酒，關上了冰箱。「會開得怎麼樣？」

我偷偷看了牆上的掛曆，看見今天的日期下寫著進修日。我的心往下沉。

「我決定不去了。」我跟他說。「我又不回去教書了，去開會也沒什麼意思。」

他詫異地看著我。「妳幾時決定的？」

「我們談過啊，記得嗎？我說我不想回學校了，你說我們可以跟狄金醫生談一談。」

「我們也說過我們會等一等，看妳吃了幾星期的藥之後會不會好一點。不過如果妳想這樣……」他開抽屜拿開瓶器，撬開了啤酒蓋。「瑪麗覺得能在這麼短的時間裡找到替代妳的人嗎？」

我別開臉，不讓他看見。「不知道。」

他直接用瓶子喝。「那，妳跟她說不回去教書了，她怎麼說？」

「不知道。」我嘟嘟囔囔地說。

「她一定說了什麼吧。」他仍一直追問。

「我還沒跟她說，我今天才剛剛決定的。」

「可是她一定會想知道妳為什麼不去開會。」

門鈴響了，救了我。我讓他去開門，在餐桌就座，兩手抱著頭，很納悶怎麼會忘了今天是進修日。直到我聽見馬修在跟某人沒口子致歉，我才明白門口的人是瑪麗，我嚇壞了，暗自祈禱他不會請她進來。

「是瑪麗。」我抬起頭，看見他立在我面前。他在等我的反應，等我說話，可是我沒辦法，我已經不知道能做什麼說什麼了。「她走了。」他又說。我們結婚以來頭一次，他像是發火了。「妳什麼也沒跟她說，是不是？妳為什麼不回她的簡訊？」

「我沒看見，我的手機弄丟了。」我跟他說，一副很擔心的口吻。「我到處找都找不到。」

「妳上一次用是什麼時候？」

「我覺得好像是我們出去吃晚餐那天。我最近沒怎麼用手機，所以一直到現在才發現。」

「可能就在屋子裡。」

我搖頭。「我到處都找過了，連車裡也找了。我問過餐廳，也沒掉在他們那裡。」

「那妳的電腦呢？也弄丟了嗎？而且妳為什麼不接家用電話？學校裡的每一個人顯然都找過妳——瑪麗、康妮、約翰。起初他們以為我們一定是在假期結束前去度假了，可是今天妳沒去開會，瑪麗就想她最好過來看看是不是一切都正常。」

「都是吃藥的關係。」我咕噥著說。「害得我神智不清。」

「那我們最好要問問狄金醫生，請他調整劑量。」

「不要。」我搖頭。「我不要。」

「既然妳還能看雜誌訂東西，那妳就能回覆同事的電話，尤其是妳的上司的。瑪麗非常體諒，可是她一定很生氣。」

「不要再唸我了！」

「唸妳！我才剛幫了妳一個大忙，凱絲！」

我知道他是對的，也就見好就收。「瑪麗說了什麼？」

他把去應門前放在流理台上的啤酒拿起來。「她還能說什麼，我跟她說妳今年夏天的身體出了一點狀況，正在用藥物治療，她一點也不意外。她顯然從上學期就在擔心妳了。」

「喔。」我說，像洩了氣。

「她當時沒說什麼，因為她覺得妳是太累了，才會忘東忘西，暑假好好休息一陣子就沒事了。」

我乾笑了一聲。「那我不幹了她八成也鬆了一口氣了。」我說，很覺得羞辱，連瑪麗都注意到我會失憶。

「正好相反——她說他們會很想妳，等妳好多了，可以回學校了，就通知她一聲。」

「她真好。」我說，覺得慚愧。

「大家都在為妳加油，凱絲。我們都想要妳變好。」

淚水模糊了我的視線。「我知道。」

「妳得去請狄金醫生開個證明。」

「你能去跟他說嗎？」

我感覺他盯著我。「好。」

「還有，你可以帶我去超市嗎？我現在在吃藥，不想開車，而且我們需要補貨了。」

「藥物對妳的影響真的這麼大？」

「我只是小心為上罷了。」

「好。那我們明天去。」

「你不介意？」

「當然啦。只要能讓妳過得輕鬆一點，只管告訴我，我立馬去做。」

「我知道，」我感激地說，「我知道。」

九月一日，週二

我巴不得馬修快把我的早餐端上來，好讓我吃藥。我昨天忘了是銀行休假日，所以有整整三天沒吃藥了。我在週末都不吃藥，怕被馬修發現藥物對我的影響有多大，我把藥藏在抽屜裡。再者，有他在我旁邊轉，我也不需要靠藥物來撐過一天。可是晚上我仍需要服藥，否則的話我無法闔眼，滿腦子想著珍，想著她的命案，想著殺人兇手，他仍逍遙法外。而且仍一直打電話給我。

我發現自己在週末時有幾次盯著藥，在琢磨是否該吞個一顆，只為讓自己鎮定。第一次是在週六早晨，我們裝了一車的雜貨回來。我們在外頭喝咖啡，我很喜歡能回到現實世界，即使只是一下子。回到家，我把雜貨歸類放好，驚異於一個塞得滿滿的冰箱竟能讓我感覺又恢復了對生活的掌控。這時馬修拿出了一瓶啤酒。

「反正要喝了，我乾脆現在就開始吧。」他愉快地說。

「什麼意思？」我問他，很想知道他是否覺得需要把自己弄得醉醺醺的才能夠忍受我對他越來越多的要求。

「嗯，要是安迪今晚煮咖哩，那我們應該也會用啤酒來搭配。」

我花了很長的時間把我們買的起司放進冰箱裡，拖延著時間。「你確定漢娜跟安迪是今晚請我們過去嗎？」

「銀行休假日的週六，妳是這麼說的啊。妳要我打電話去確認嗎？」
我聽著很陌生，可是我不想讓馬修猜測是我忘了。「不用了。」
他喝了一口啤酒，從口袋裡掏出手機。「我還是問問看好了，反正也沒差。」
他撥給漢娜，她確認了今晚請我們吃飯。
「甜點妳要負責。」馬修掛斷電話之後說。
「喔對。」我說，壓抑著驚慌，希望我有足夠的材料，至少能弄出個蛋糕來。
「妳要的話，我可以去貝特朗買點什麼。」
「買他們的草莓塔好了。」我感激地答。「你不介意吧？」
「當然啦。」
儘管我又避開了一次出醜，我的心情卻落到谷底。我瞄了眼牆上的掛曆，看到星期六的格子底下寫了什麼。我等到馬修走出房間才去看是寫了什麼字：漢娜家，7PM。我盡量不因此而沮喪，但實在很難。
後來，吃晚餐時，漢娜問我是不是很期待開學。我還沒想過該怎麼跟別人說，所以竟沉默了一下子，把氣氛弄得怪彆扭的，最後還是馬修出來打圓場。
「凱絲決定要休息一陣子。」他說。
漢娜太有禮了，沒有追問原因，可是喝咖啡時，我看見她和馬修聊得很起勁，而安迪則一直讓我看他們去度假拍的相片。
「你跟漢娜都聊些什麼？」我回家路上問。
「她擔心妳，那也很正常。」他說。「妳是她的朋友。」而我很高興回家後就該上床了，我就有理由吃藥了。

我聽見了馬修上樓，就閉上了眼睛，假裝睡覺。要是他知道我醒著，他可能會想聊一聊，但我只需要我的藥。他把托盤放下，輕輕吻了我的額頭。我假裝動了動。

「回去睡吧。」他溫柔地說。「晚上見。」

他還沒走到樓梯底，藥丸就在我的口腔裡了。接著，三天來的硬撐害我心神俱乏，我決定賴在床上，不換衣服也不下樓，不像平常一樣窩在客廳沙發上。

再下來我只知道持續不懈的鈴聲把我從沉睡中吵醒。起先我以為是電話，可是答錄機已經啟動了，鈴聲仍響個不停，我這才明白是有人在按門鈴。

我躺在床上，門口有人也絲毫驚擾不了我。一來，藥效正強，我不在乎，二來，兇手要來殺我的話是不可能會按門鈴的，所以一定是郵差又送什麼我不記得有訂的包裹來了。一直等到有女人透過信箱口高聲喊叫，我才知道是瑞秋。

我披上了家常袍，下樓去開門。

「終於喔。」她說，一臉放心。

「妳跑來幹嘛？」我口齒不清地說，很清楚自己說話大舌頭。

「我們今天不是要一塊吃午餐嗎？在酸葡萄？」

我沮喪地看著她。「現在幾點了？」

「等一下。」她拿出手機。「一點二十了。」

「我一定是睡著了。」我說，因為這麼說總比說我忘了要好聽。

「妳到十二點四十五分還沒出現，我就打了妳的手機，可是打不通，我又打了妳家的電話，妳又沒接，我怕妳是車子拋錨了或是出車禍了，」她解釋道，「因為我知道妳如果遲到的話就會跟我說一聲，所以我覺得最好過來一趟，確定妳沒事。妳都不知道我看見妳的車停在車道上，我有多高興！」

「對不起害妳跑這一趟。」我慚愧地說。

「我能進來嗎？」她也不等我回答，逕自走入門廳。「妳介意我弄個三明治嗎？」

我跟著她到廚房，坐在餐桌上。「請。」

「是給妳吃的，不是我要吃的。妳好像幾天沒吃飯了。」她從櫥櫃裡拿了麵包，再打開冰箱。「怎麼回事，凱絲？我才去了西恩納三個星期，回來就發現妳變得像我不認識的人了。」

「最近日子有點難過。」我說。

她在桌上放了一瓶美乃滋、一個番茄、一些起司，又找了個盤子。「妳生病了嗎？」她問。她的樣子好美，皮膚曬得好漂亮，一身白色直筒連身裙，而我一身睡衣，自慚形穢。我把袍子收緊。

「只是心理上有病。」

「別這麼說。可是妳的樣子真的很可怕，而且妳的聲音好大。」

「都是吃藥的關係。」我說，趴在桌上。臉頰貼著木頭，好涼。

「什麼藥？」

「狄金醫生開給我的藥。」

她鎖著眉頭。「妳為什麼要吃藥？」
「好讓我能應付。」
「嗄，出了什麼事？」
我抬起了頭。「就是那件命案啦。」
她看著我，摸不著頭緒。「妳是說珍的命案？」
「怎麼，還有別件嗎？」
「凱絲，那都是好幾個星期前的事了！」
她有點歪斜，所以我連眨了幾下眼睛。可是她還是有點歪斜，所以顯然是我的問題。「我知道，而且殺人兇手還沒落網。」我說，一根手指戳著空氣。
她擰著眉。「妳不會還是以為他盯上了妳吧？」
「呃呃。」我說，同時點頭。
「為什麼？」
我癱靠著椅背。「我還是接到無聲電話。」
「妳不是說沒有了？」
「我騙妳的。可是現在我不會怕了，幸虧有這種藥。我現在連接都不接了。」
我從眼角盯著她在麵包上抹美乃滋，切番茄和起司。「那妳怎麼知道是他打來的？」
「我就是知道。」
她無奈地搔頭。「妳知道妳這種恐懼完全是沒有根據的吧？我很擔心妳，凱絲。

妳的工作怎麼辦？明天不就開學了？」

「我不教了。」

她停下手邊的動作。「停多久？」

「不知道。」

「情況真的有那麼糟？」

「比糟還要糟。」

她做好了三明治，放在我面前的盤子裡。「吃，吃完我們再談。」

「最好是等到六點。」

「為什麼？」

「因為那時候藥效就變弱了，我的腦筋可能會比較清楚。」

她難以置信地看著我。「妳是說妳一整天就這樣？妳到底是吃了什麼玩意？是抗憂鬱藥嗎？」

我聳聳肩。「我覺得是抗想像藥。」

「妳吃藥馬修怎麼說？」

「他剛開始不是很贊成，可是後來也同意了。」

瑞秋在我身邊坐下，拿起了盤子，把三明治送到我面前來，因為我沒有要拿的意思。「吃！」她命令我。

我吃掉了一整份，之後我就把幾週來發生的事一股腦兒全說了，說我在廚房裡看見了刀子，說我覺得在花園裡看到了人，說我把自己關在客廳裡，說我弄去了車子，說我訂了嬰兒車，說我一直從購物台訂貨，說到最後，我看得出她啞口無言，因為她不再假裝我的情況是筋疲力盡導致的。

「我真的很遺憾。」她說，一臉難過。「馬修的態度怎麼樣？他一直都支持妳吧？」

「對，非常支持。可如果他知道我真的有失智症，將來會有多辛苦，他可能就不會這麼支持了。」

「妳沒有失智症。」她的語氣堅定，甚至稱得上嚴厲。

「最好妳是對的。」我說，希望能有她的信心。

她沒多久就離開了，答應等她去紐約出差回來，會再來看我。

「妳好幸運喔。」我站在門階上羨慕地說。「真希望我能離開。」

「妳何不跟我一塊去？」她一時衝動就脫口說。

「我恐怕不會是個好旅伴。」

「可是對妳大有好處啊！我去開會的時候，妳可以在飯店放鬆，我們晚上可以一塊吃飯。」她握住我的手，眼睛閃著興奮。「拜託妳說好，凱絲，我們一定會玩得很開心的！而且開完會我還會休息個幾天，那幾天我們可以一起過。」

有那麼一瞬間，我跟她一樣興奮，我覺得好像當真辦得到。但現實立刻湧入，我知道我是絕對沒辦法的。

「我不行。」我悄悄說。

她毅然決然地看著我。「妳非常清楚天底下沒有辦不到的事。」

「對不起，瑞秋。我真的不行。改天吧。」

我送走她後關上了門，感覺比平常更悲慘。如果是不久之前，能有機會跟瑞秋到紐約去，我一定會興奮地蹦起來。可現在，一想到搭飛機，離開這棟屋子，我就覺得招架不住。

我渴望空無，就到廚房去又吞了一顆藥，藥效立刻就讓我放空，一直到馬修喊我的名字我才醒過來。

「對不起。」我喃喃說，很羞愧被他發現我在沙發上昏睡。「我一定是睡著了。」

「沒關係。妳去洗個澡，清醒一下，我來弄晚餐吧？」

「好主意。」

我搖搖晃晃站起來，上了樓，沖了個涼水澡，換上衣服，再下樓到廚房。馬修正把洗碗機裡的碗盤拿出來歸位，抬起頭來說：「妳的味道好香。」

「對不起，我忘了早該把碗盤拿出來了。」

「沒關係。妳有沒有洗衣服？我明天需要穿白襯衫。」

我急忙轉身。「我現在就洗。」

「過了懶洋洋的一天是吧？」他開玩笑說。

「有一點。」我承認。

我到洗衣間去，從待洗衣物中揀出襯衫來，丟進洗衣機裡。正要轉開開關，手卻懸在一排按鍵上，想不起該按哪一個鍵，因為嚇人的是，我忘了個一乾二淨。

「這一件也順便放進去洗吧。」我嚇了一跳，一踅身就看見馬修袒胸露背立在那兒，手上拿著襯衫。「抱歉，我嚇著妳了嗎？」

「還好。」我說，緊張兮兮的。

「妳的樣子好像在很遠的地方。」

「我沒事。」

「沒事吧？」

我接過他的襯衫，放進洗衣機，關上門，立在那裡，腦筋一片空白。

「沒事。」我說，聲音卻繃得很緊。

「我說妳懶洋洋過了一天，妳不高興了嗎？」他後悔地說。「我只是在開玩笑。」

「不是啦。」

「那是怎麼回事？」

我的臉好燙。「我忘了要怎麼操作洗衣機了。」

沉默只持續了幾秒鐘，感覺上卻更久。「沒關係，我來。」他趕緊說，伸手到我後面。「好了，沒事。」

「怎麼會沒事！」我大喊，突然發火。「要是我記不得要怎麼操作洗衣機，那就是說我的腦袋不靈光了！」

「嘿，」他溫和地說，「沒關係的。」他想抱住我，可是我甩開了他的手。

「**不要！**」我大喊。「我受夠了假裝沒事，明明就有事！」

我推開了他，大步穿過廚房，跑到花園裡，坐了下來。清涼的空氣讓我平靜了下來，可是我的記性快速解體卻嚇壞了我。

馬修讓我一個人清靜一下，然後也跟著我出來，坐在我身邊。

「妳需要看一看狄金醫生寫的信。」他靜靜地說。

我全身發冷。「什麼狄金醫生寫的信？」

「上星期寄來的。」

「我沒看見。」雖然我這麼說，卻隱隱記得看見一封信，信封上有醫院的郵戳。

「妳一定看過——就跟那些妳拆都沒拆的信放在一起。」

我想著那堆寄給我的信，兩週來已經累積了很多，因為我連拆都懶得拆。

「我明天會整理。」我說，突然好害怕。

「幾天前我問過妳，妳也是這麼說的。問題是——」他打住不說，臉色古怪。

「怎樣？」

「我拆開了醫院寄來的信。」

我張開了嘴巴。「你打開我的信？」

「只有醫院寄來的那封。」他連忙說。「而且是因為妳好像不想管。我覺得可能很重要，可能是狄金醫生想叫妳去一趟，或是幫妳改藥之類的。」

「你沒有權利。」我說，兇巴巴瞪著他。「信呢？」

「就在妳原來放的地方。」我用憤怒掩藏住恐懼，大步走進廚房，翻動那一疊郵件，找到了那封信。我的手指發抖，從已經開封的信封袋裡抽出了僅有的一張紙，打開來。上頭的字在我的眼前抖動：「**和專家談過妳的症狀**」；「**想請妳來做檢查**」；「**早發性失智症**」；「**盡快預約**」。

信從我的手上飄落。早發性失智症。我在口中反覆滾動這幾個字，想衡量出大小。一隻鳥從敞開的門跳過來拾起了這些字，吱吱喳喳叫了起來：「**早發性失智症，早發性失智症，早發性失智症。**」

馬修摟住了我，可是我仍害怕得全身僵硬。「好，現在你知道了。」我說，因為眼淚而聲音打顫。「滿意了吧？」

「妳怎麼這麼說？我很難過，而且生氣。」

「氣你娶了我？」

「當然不是。」

「如果你想離開我，請便。我又不是沒有錢，我可以住進最好的療養院。」

他微微搖晃了我一下。「嘿，別說這種話。我以前就說過了：我一點也不打算離開妳。再說狄金醫生只是想讓妳去做檢查。」

「可是萬一我真的得了失智症呢？我知道會變成什麼樣子，我知道你以後的挫折感會有多大。」

「就算真有那麼一天，我們也會一起面對。我們還有好幾年可以過，凱絲，而且可以過得很好，就算妳有失智症。更何況，總有藥物可以減緩發作的時間。拜託妳不要先忙著窮擔心。我知道很難，可是妳得保持正向的想法。」

我總算熬過了晚上的時間，可是我覺得好害怕。我連微波爐或洗衣機都忘了該如何使用，我要怎麼正向得起來？我想起了媽和電壺，熱淚再度落下。再過多久我就會忘記怎麼泡杯熱茶？馬修看出我有多難過，就跟我說現在的情況還不算很壞，我就問他我都失智了還要怎樣才算壞，他答不出來，我也為當面給他難堪而覺得難過。我知道生他的氣沒有用，他只是在盡力保持樂觀。我知道我這是在遷怒，可是他把我最後的一絲希望都粉碎了，實在很難感激他，我本來還暗自期望我記性不好是別的原因造成的，而不是失智症。

九月二十日，週日

我立在廚房裡，慢慢攪拌午餐要吃的燉飯，眼睛看著在花園裡的馬修，他在花床上拔草。我並不是在監視他，只是利用他來讓眼睛聚焦，同時思緒如棉絮飛旋，這是我對週末以及缺乏藥物的反應。

珍的命案發生迄今已經兩個月了，我完全不知道這幾週來是怎麼度過的。多虧了服藥，時光在無痛無憂的模糊中流逝。我倒著數日子，並不容易，想理清是幾時接到狄金醫生叫我去做檢查的信件，最後數出是三個星期前。三個星期，而我仍無法接受我可能得了早發性失智症。也許有一天我能夠坦然面對——我的檢查排在下個月底——可是目前我不想非得面對不可。

珍飄入了我的心裡。她的臉孔流連不去，她的表情白花花的一團，就如我在樹林裡見到她的那天，我很傷心，幾乎記不起她的長相。那一切就像是許久以前的事情。不過無聲電話仍然沒有中斷。在上班日，我一個人在家時，我很清楚白天電話會在固定的間隔後響起。有時，腦袋像濃霧迷漫，我聽見漢娜或是康妮或是約翰在答錄機上留言。可如果有電話在答錄機啟動之前就掛掉了，我就知道是他。

我仍然從購物台訂購商品，只不過我的遊戲升級了，現在訂的不是廚房用品而是珠寶。馬修週五下班回家來，拿著郵差又放在門階上的包裹，而我一想到又要玩一回合的猜猜看內容是什麼，一顆心就往下沉。

「嗯，好像是我最愛吃的菜。」他說，露出微笑，然後過來吻我，而我滿腦子在想我究竟又訂購了什麼。

「我覺得週末吃這個來慶祝最適合了。」

「好極了。」他舉起了盒子。「又是廚房用具？」

「不是。」我說，希望真的不是。

「那是什麼？」

「禮物。」

「送我的？」

「不是。」

「我能看嗎？」

「你想看的話。」

他拿了剪刀，把外包裝剪開。

「刀子？」他問，拿出了兩個黑色皮盒。

「你何不打開來看看？」我建議他。突然間，我知道是什麼了。「是珍珠。」我說。

「裡面是珍珠。」

他打開了一盒。「很漂亮。」

「是送給瑞秋的。」我自信地說。

「妳不是幫她買了耳環了嗎？」

「這是耶誕節禮物。」

「現在才九月吔，凱絲。」

「提早準備也沒什麼不好啊，對不對？」

「大概吧。」他抽出帳單，低低地吹了聲口哨。「妳是從幾時開始會捨得花四百鎊在朋友身上？」

「我的錢我愛怎麼花就怎麼花。」我一賭氣就這麼說，知道我沒把為瑞秋在雷島買房子的事告訴他是對的。

「妳說得沒錯。那另外一個是送給誰的？」

我只能想到我一定是忘記了曾訂購珍珠，而且還訂購了雙份。「我覺得你可以在我生日的時候送給我。」

他皺起了眉頭，不像平常那樣願意陪著我假裝。「妳不是已經有了？」

「跟這個不一樣。」我說，希望不會又跑出第三副來。

「對。」我能察覺到他好奇地盯著我。目前他常常這樣做。

◆

燉飯做好了，我叫馬修來吃飯，我們坐下來午餐。剛要吃完，門鈴就響了，馬修去應門。

「妳沒說瑞秋要來。」他說，把她帶進廚房。儘管他臉上帶著笑，我也看得出來他並不是多高興看見她。我卻很高興，可是我也有些措手不及，因為我壓根不知道是我忘了她要來，或是她只是順道過來。

「凱絲不知道，我只是一時興起，過來聊聊。」她說，幫我打圓場。「可是如果我打擾了你們，我隨時都可以走。」她詢問地看著我。

「沒有，沒有。」我趕緊說，很討厭馬修每次總是讓她覺得是不速之客。「我們剛吃完飯。妳吃過了沒有，要不要我幫妳弄點什麼？」

「一杯濃縮咖啡就好。」

雖然馬修站著，卻不動，我只好走向櫥櫃，拿出杯子。

「你要不要喝？」我問他。

「好。」

我把杯子放到咖啡機下，從架上拿了一個膠囊。

「妳最近好嗎？」瑞秋問道。

「很好啊。」我說。「妳呢？妳的旅行還順利嗎？」我刻意說得模稜兩可，因為我想不起她去了哪裡。

「跟平常一樣。猜猜看我回來的時候在機場買了什麼？」

我把膠囊放進去，可是膠囊沒滑進去，反而卡在上面。

「什麼？」我問，想把膠囊按進去。

「一只奧米茄手錶。」

我把膠囊拿出來，再試一次，很清楚馬修盯著我。「哇，一定很漂亮。」我說。

膠囊就是不聽使喚。

「是很漂亮。我覺得我要善待我自己。」

我用力壓膠囊，想把它推進去。「一點也沒錯。」我說。「是妳應得的。」

「妳得先把壓桿扳上來。」馬修悄悄地說。

我的臉好燙，照他的話做，膠囊就滑進去了。

「我來接手吧？」他建議道。「妳跟瑞秋可以到花園去坐，我等一下把咖啡送過去。」

「謝謝。」我感激地說。

「妳還好吧？」瑞秋一等我們坐在露台上就問。「也許我應該先打個電話過來，可是我今天早晨在布洛伯利，隨興就過來了。」

「放心，不是因為妳，是我。」我說，逗得她笑起來。「我想不起來要怎麼操作咖啡機。一開始是微波爐，然後是洗衣機，現在是咖啡機。再下來我會連怎麼穿衣服都不記得。」我歇口氣，為接下來的重大宣布先平穩下來。「我好像是有早發性失智症。」

「對，妳幾個星期以前說過了。」

「喔。」我說，像洩了氣。

「妳還沒去做檢查嗎？」

「還沒有。」

「那藥呢？還在吃？」

「對。」我壓低聲音。「可是我週末都不吃，因為我不想讓馬修知道藥物對我的影響有多大。我只是假裝吃，其實都藏在抽屜裡。」

她一聽就皺眉。「凱絲！既然藥的影響有那麼大，妳根本就不應該再吃！就算要吃也不能吃那麼多顆。」

「也許吧，可是我想吃。不吃藥我就沒辦法撐過一個星期。藥能讓我忘了我是一個人在家裡，還能讓我忘了那些電話。」

「現在還有？」

「斷斷續續的。」

她一手按住我的胳膊。「妳得去報警，凱絲。」

我抬頭瞧她一眼。「有什麼用？就算報了，他們也不能做什麼。」

「妳又不知道。說不定他們可以追蹤打來的電話之類的。馬修怎麼說？」

「他以為那種電話已經停了。」

「馬修送我們的咖啡來了。」她大聲打斷我的話，通知我他來了。他把一杯咖啡放在瑞秋面前，瑞秋甜甜地看著他。「謝謝。」

「要續杯就喊一聲。」

「好。」

她一個小時後離開了，提議下週五來接我，晚上帶我出門。她知道我不敢自己開車，而我討厭現在必須要依賴別人帶我到處走。我好懷念以前的生活，而這份渴想幾乎就像生理上的痛。可是剝奪了我的獨立的東西不是失智症，我知道，雖然那一天遲早會到。自從兩個月前我開車經過珍的汽車以來，我清醒時的每一刻都被愧疚和恐懼填滿了。是愧疚和恐懼把我縮小了。如果我沒遇上珍，如果我不認識她，如果她沒被殺，那麼我可以接受我得了早發性失智症的消息。我會正面迎戰，而且在此時此刻，我會篩選我現有的選項，而不是把時間都浪費在沙發上睡覺。

我的這個覺悟——明白自己變成了什麼，又是為什麼變成今天這副模樣——是一聲嘹喨的起床號。一下子就把我從怠惰懶散中驚醒，讓我下定決心要採取積極的作為。我思索著能做什麼來翻轉我的人生，至不濟也要讓生活回到軌道上，而且我決定要到海斯頓去。如果說有人能幫我找回心靈平靜的話，那一定是亞歷斯，珍的先生。我不指望他撫平我的內疚，因為內疚會跟著我一輩子。可是他似乎是個親切又富有同情心的人，如果他看出我是真心為那晚沒停下來幫助珍而後悔，他或許能在內心深處找到原諒我的動力。而或許，只是或許，我也能漸漸原諒我自己。我甚至也可以來對付恐懼，那被我那個打無聲電話的人小心翼翼培育的恐懼。我沒有那麼天真，以為只要跑一趟海斯頓我所有的問題就都能夠解決。但起碼這是個開始。

九月二十一日，週一

我把馬修今早拿給我的藥丸放進抽屜裡的那一小堆藥丸裡，因為如果我今天要開車到海斯頓去，我就需要清楚的頭腦。我在蓮蓬頭下站了很久，讓水沖刷我的全身，等我跨出浴缸後，我覺得我的心理很久沒有這麼壯健了。幾乎像是改頭換面了。也許就是這個緣故，十點左右電話鈴聲響，我決定去接。一來我是想確認那些電話並不是我自己的想像力作祟，二來我真的沒辦法相信我都不知道有多久不接電話了，他還會繼續打來。

我一接電話就聽見對方猛然倒吸一口氣，我知道我攻了他一個猝不及防，而我因為很開心能給他一個出其不意，比之前更能應付隨之而來的沉默。我通常都會因害怕而氣息不穩，現在卻呼吸均衡。

「我很想念妳。」低低的話由另一頭溜過來，如一隻無形的拳頭擊中了我。恐懼重新浮現，我全身都冒起了雞皮疙瘩，被其中的惡毒扼住了咽喉。我慌忙把電話掛斷。**這樣並不表示他就在附近**，我告訴自己，想找回稍早感覺到的鎮定。**只因為他跟妳說話，並不表示他就在監視妳**。我吸了幾口氣，提醒自己他並沒有料到妳會接電話，這就表示他並不知道我的一舉一動。可是要不害怕實在很難。這下子他知道我又回到了活人的國度，萬一他決定來找我呢？

我走進廚房，眼睛自動搜尋窗戶，再來是後門。我按了按門把，動也不動。除非是我開門，否則誰也進不來。

我去煮咖啡，但想起了昨天半天都搞不定咖啡機，我就改為自己倒了杯牛奶，同時在心裡琢磨為什麼那個打無聲電話的人會選擇今天開口，違背了他之前的規則。說不定他是想要害我心神不寧，因為這還是第一次他察覺不到我的恐懼。我的心裡湧上了一股得意，終於改變了我們之間的基本態勢。我並不算是讓他現出原形，但我逼他多少露了點餡，即使只是一句喃喃低語。

我不想太早到海斯頓去，所以就做了一點家事，不讓自己去想我是一個人在家裡。可是我的腦筋不肯安定下來。我給自己泡了杯薄荷茶，希望能藉此鎮定，就坐在廚房裡喝。時間過得很慢，可是我把持得很定，終於拖到了十一點，然後我才出門，沒忘記設定警報器。我駕車穿過布洛伯利，想起了上一次我來這裡，跟約翰巧遇的那天，我數了數，那一定是五個星期之前的事了。我想起了那天有多像驚弓之鳥，因為我以為兇手躲在花園裡，我覺得好生氣，氣某人居然往我的腦袋灌注了那麼多的恐懼。而那五個星期跑哪裡去了？整個暑假跑哪裡去了？

我到達了海斯頓，把車子停在上次那條街上，過馬路到公園去。沒看見珍的先生或孩子，不過我反正也不認為會這麼容易。我不願去想他可能不會到公園來，不願去想萬一他不肯聽我說，我該怎麼辦，所以我在長椅上坐了一會兒，享受九月下旬的陽光曬著我的臉。

大約十二點半，我走向酒吧，先到鄉村小店去買報紙。我在酒吧點了咖啡，端到花園裡。想不到來這裡吃午餐的人已經不少了，我忽然覺得太突兀，不僅是因為我只有一個人，也因為大家好像都彼此認識，不然至少也是常客。

我在樹下找了張小桌子，稍微拉開距離，攤開了報紙。頭條不怎麼有趣，我就翻到下一頁。有個標題為什麼無人被捕？躍入我的眼簾。我不用讀就知道是在說殺害珍的兇手。

文章的旁邊還有一張相片，是一位年輕女性，珍的朋友，她似乎和我一樣對警方調查進度的遲緩感到沮喪。「一定有人知道兇手是誰，」記者引述她的話，捕捉並且研究了她的情緒。「兩個月前，一名年輕女性被殘忍地殺害了，」文章以此作結，「必定有某人知道什麼線索。」

我闔上了報紙，胃在翻觔斗。據我所知，警方已經不再請求案發當晚看見珍還活生生坐在汽車中的那名人士跟他們聯絡了，可是這篇最新的報導可能又會攪動一池春水。我的神經太緊繃，實在坐不住，就離開了酒吧，沿著馬路走，尋找珍的先生，因為，此時此刻，我比之前更不願意空手而回。我不知道他住在哪裡，他可能就住在村子裡，也可能住在村子外圍的新住宅區，可是我經過了一排石屋，看見兩輛一模一樣的三輪車停在一棟屋子的花園裡。我不給自己猶豫的機會，走上小徑就敲了前門。

我看見他隔著窗子打量我，可是他花了太久的時間才向門口走來，我還以為他是不打算開門了。

他站在門階上俯視我。

「面紙阿姨。」他說，聲音聽不出是友善或不友善。

「對。」我說，很感激他還記得。「我很抱歉來打擾，可是我能不能跟你談一談？」

「如果妳是記者的話，就免了。」

我趕緊搖頭。「我不是記者。」

「如果妳是什麼媒體人，那我也沒興趣。」

我淺淺一笑，幾乎希望這是我來此的原因。「我也不是什麼媒體人。」

「我來猜猜看——妳跟珍是老朋友，而妳想告訴我妳有多後悔跟她失去了聯繫。」

我搖頭。「不盡然。」

「那妳為什麼想跟我談一談？」

「我是凱絲。」

「凱絲？」

「對，我幾個星期前寫了封信給你。珍跟我一起吃過飯，就在……」我的話說到一半打住了，因為不知道該說什麼。

「喔，對了！」他皺起了眉頭。「抱歉我有點沒禮貌。只是……可是我們那次在公園碰見，妳為什麼不直接跟我說妳是誰？」

「我也不知道。可能是因為我不想讓你以為我莫名其妙地闖過來。那天我開車經過海斯頓，想起了珍提過那個公園，就決定停下來看一看。我根本就沒想到會遇見你們。我能體會你會有戒心。」

「我好像大半輩子都耗在公園裡。」他說，露出苦瓜臉。「我的兩個女兒怎麼也去不膩，她們每天都叫我帶她們去，連下雨天都不例外。」

「她們好嗎？」

「好得很。」他把門拉得更開。「請進。孩子們在睡覺，所以我有幾分鐘的時間。」我跟著他到客廳，地板上到處是玩具，而且珍就從無數的全家福相片中凝視著我。「要不要喝茶？」

「不用了，謝謝。」我說，瞬間變得緊張。

「妳說妳要跟我談一談？」

「對。」眼淚忽然湧了上來，我慌忙找面紙，很氣自己。

「請坐。妳顯然是有什麼心事。」

「對。」我又說，在沙發上坐下。

他拉過來一張椅子，坐在我對面。「不要急，慢慢來。」

「那晚我看到珍了。」我說，扭絞著面紙。

「對，我知道，在派對上。我記得珍跟我說過。」

「不是那一晚，是她……」「被殺」兩個字卡在我的喉頭。「是她被殺那晚。我也在黑水巷，看到她在避車道上。」

他一言不發，時間實在是太久了，我以為他是驚駭得呆掉了。

「妳跟警察說了嗎？」他終於問我。

「說了，我就是那個打電話說看到她還活著的人。」

「那妳看見什麼了嗎？」

「沒有，只看到珍。可是我不知道是她，雨下得太大了，我看不清楚，只看出是個女人。我是後來才知道她是珍的。」

他重重吐氣，每一口氣都撞擊著我們之間的空氣。「妳沒看見車子裡有別人？」

「沒有。如果有，我就會跟警察說。」

「所以妳沒停車？」

我無法直視他的眼睛，低下了頭。「我以為她是拋錨了，就停在她的前面。我以為她會下車，可是她沒下來——而且雨下得很大——我就等她閃燈或是按喇叭，向我示意她需要協助，可是什麼也沒有，我就假設她已經找了人來了，而且他們也已經在路上了。我知道我應該下車跑回去看她是不是沒事，可是我太害怕了，我以為那可能是什麼陷阱，所以我就決定最好還是等我回家再打給警察，或是找拖吊車，請他們來看看，因為距我家只有幾分鐘。可是我回家以後被別的事一耽擱，我就忘了打電話了。第二天早上，我聽說有個年輕女性遇害，我覺得——唉，我不知道該怎麼形容我的感覺……我不敢相信我會忘了打電話……我老是想要是我打了，她就不會死。我覺得好內疚，我不敢跟別人說，連我的先生都不敢說，因為我覺得要是傳出去，大家會指著我，說都是我害死她的，因為我沒幫她的忙。而且他們說得沒錯。後來，我聽說是珍，我覺得好難過。」我嚥下眼淚。「雖然我不是兇手，可是我覺得我的罪責一樣重。」

我鼓足勇氣，等著他的怒火噴發，可是他只是搖搖頭。「妳不能這麼想。」他說。

「你知道最可怕的是什麼嗎？」我接著說。「事情發生之後，我老是想要是我下了車，我很可能也會被殺。所以我很慶幸我沒下車。我怎麼會這麼想，我還算是人嗎？」

「妳不是壞人。」他溫和地說。「妳只是個凡人。」

「你為什麼這麼好？你為什麼不對我生氣？」

他站了起來。「妳要這樣嗎？」他說，俯視著我。「這就是妳來的原因？你想要我跟妳說珍是妳害死的，說妳是個可怕的人？因為，如果妳是這個意思，那妳就來錯地方了。」

我搖頭。「我不是為了這個來的。」

「那妳是為什麼？」

「我不知道還能不能懷著內疚活下去。」

「妳不能再責怪自己了。」

「我無論如何都做不到。」

「凱絲，如果妳是要我的原諒，那我很樂意原諒妳。我不怪妳沒有停車；如果角色對調，恐怕珍也不會停下來幫助妳，她會太害怕，跟妳一樣。」

「可是至少她會記得找別人來看一看。」

他拿起了雙胞胎的相片，兩人都有金色鬈髮、笑咪咪的表情。「珍這一死已經賠上太多人的人生了。」他輕柔地說。「不要連妳的人生都賠進去。」

「謝謝你。」我說，又滿眼是淚。「非常非常謝謝你。」

「我只是很遺憾妳承受了這麼多的痛苦。至少讓我為妳泡杯茶吧？」

「我不想麻煩你。」

「妳敲門的時候我就要泡茶了，所以一點也不麻煩。」

等他端著茶回來，我總算平靜下來了。他問起我的情況，所以我說我是老師，但並沒提暫時沒教書。我們聊著他的小女兒，他承認他覺得當全職的爸爸很辛苦，主要是因為他想念他的工作，而且上個星期他的同事邀他出去吃午餐，那是珍死後他第一次覺得想見人。

「結果怎麼樣？」我問道。

「我沒去，因為我找不到人來照顧孩子。我的父母和珍的父母都住得太遠，沒辦法臨時來當保母，不過他們週末會過來，幫了我很大的忙。可是，妳知道，珍的父母看見兩個孩子實在很不好過，她們兩個跟媽媽太像了。」

「你難道找不到村裡的人來幫忙嗎？」

「其實還真沒有。」

「我很樂意隨時過來幫你帶孩子。」我說。他一臉驚訝。「對不起，我不該這麼說的——你又不認識我，當然不會放心讓我帶孩子。」

「嗯，還是多謝了。」

我喝完了茶，清楚兩人之間的彆扭氣氛。「我該走了。」我說，站了起來。「謝謝你聽我說。」

「只要能讓妳的心情好一點。」

「喔，有的。」我說。

他送我到門口，我一時衝動，想跟他說我接到的無聲電話。

「還有什麼事嗎？」他問我。

「沒有。」我說，因為我不能再打擾他了。

「那就再見了。」

「再見。」

我緩緩走向院門，不知自己是否錯失了機會，因為我絕不可能再像這一次一樣不請自來。

「也許改天在公園裡見！」他高聲說。

「也許吧。」我說，知道他一直在看我。「再見。」

我回到家快四點了，服藥的話時間有點太晚了，所以我就決定不進屋去，而是坐在花園等馬修回來。我不會告訴他我今天出去了，因為如果跟他說了，就得謊報我的去向，而如果我說了謊，要是我記不住說的是什麼謊，就會搬石頭砸自己的腳。高溫害得我口渴，所以我就進屋去，沒忘記要關閉警報器。我朝廚房走，一開門，就發現自己愣在門檻上。我掃描廚房，背脊一陣發毛。每樣東西都井然有序，可是我知道不對勁，我知道早上我出門之後，有地方改變了。

我慢吞吞退回門廳，跟石頭一樣立在那兒，豎起耳朵聽最微小的聲響。什麼也沒有，唯有寂靜，可是我知道未必見得就沒有人在屋裡。我拿起了門廳桌上的電話，悄悄溜出前門，順手關上。我拉開跟屋子的距離，但是並不走出院門，唯恐電話斷訊，然後我用發抖的手撥打馬修的電話。

「我再打給妳好嗎？」他問。「我在開會。」

「我覺得屋子裡有人。」我戰戰兢兢地說。

「等一下。」

我聽見他託辭告退，椅子擦地，幾秒鐘後，他又回到線上。

「怎麼回事？」

「有人闖進了我們家。」我說，努力藏住焦慮。「我去散步，回來以後，我發覺有人曾經進過廚房。」

「怎麼會？」

「我不知道。」我說，覺得很挫敗，因為我的語氣又像個瘋婆子。

「丟了什麼東西嗎？是不是遭小偷了？妳是這個意思嗎？」

「我不知道是不是遭小偷了，我只知道有人進過家裡。馬修，你能不能回來？我不知道該怎麼辦。」

「妳出門的時候設定警報器了嗎？」

「有。」

「那他們怎麼可能在不觸動警報器的情形下闖進去？」

「我不知道。」

「有闖空門的跡象嗎？」

「我不知道。我不敢在屋子裡待太久。聽著，我們這樣是在浪費時間。要是他還在屋子裡呢？你不覺得我們應該報警嗎？」我遲疑了一下。「殺害珍的人還沒抓到啊。」

他沒說話，而我知道提起這件事實在有夠笨。

「妳很確定有人闖進家裡嗎？」他問。

「當然確定啊，我才不會捏造這種事呢，而且他可能還在屋子裡。」

「那我們最好報警。」我察覺出他的不情願。「警察會比我先趕到。」

「可是你會回來嗎？」

「好，我現在就出發。」

「謝謝。」

一分鐘後他打電話回來，跟我說警察馬上就到。雖然他們來得很快，卻來得很安靜，所以我知道馬修並沒有跟他們提到兇手兩個字。警車在院門外停住，我一眼就認出了那位女警，就是上次我誤觸警報器前來查看的那位。

「安德森太太？」她說，向我走過來。「我是羅生警員。妳先生請我過來看一下。妳認為屋子裡可能有人是嗎？」

「對。」我連忙說。「我去散步，回來後發覺有人進過廚房。」

「妳有沒有看見什麼闖空門的跡象——地板上有玻璃之類的？」

「我只進了廚房，所以不能確定。」

「妳覺得人還在屋子裡嗎？」

「我不知道，我沒去找。我直接就跑出來這裡，打電話給我先生。」

「我能從前門進去嗎？妳有鑰匙嗎？」

「有。」我說，把鑰匙交給她。

「請留在這裡，安德森太太。等安全了，我會通知妳。」

她開門進了屋子，我聽見她大聲說話，問裡面有沒有人，然後，大概是有五分鐘的時間吧，悄然無聲。最後，她出來了。

「我徹底搜查了屋子，找不到有被闖入的痕跡。」她說。「沒有人強行進入，窗子都是鎖上的，而且一切似乎都很正常。」

「妳確定嗎？」我焦急地問。

「也許妳想進來看一看。」她建議道。「看看是不是有什麼東西不見了。」

我跟著她回到屋子裡，檢查了每一個房間，但是即使我看不出有什麼地方不對，我就是知道有人來過。

她請我解釋我是怎麼知道的。「我就只是感覺得出來。」我無助地說。

我們下樓到廚房。

「也許我們可以喝杯茶。」羅生警員建議道，在餐桌上坐了下來。

我要去插電壺，走到一半突然停住。

「我的馬克杯。」我說，轉向了她。「我出去時把馬克杯留在流理台的一邊，可是現在不見了。我就是這樣子知道有人來過的。我的馬克杯不在我放的地方。」

「可能是在洗碗機裡。」她說。

我打開洗碗機，看見我的馬克杯放在架上。

「我就知道我沒瘋！」我得意地說。她狐疑地看著我。「我沒把杯子放在這裡。」我說。「我把它放在流理台的一邊。」

門開了，馬修走了進來。

「沒事吧？」他問，緊張地看著我。

我讓馬修去跟羅生警員說話，自己的腦筋飛轉，忖度是否有可能是我搞錯了，可是我知道我是把杯子放在流理台的一邊。

我回頭注意羅生警員，她剛跟馬修說沒發現有強行闖入的痕跡，也沒發現屋裡有人。

「可是真的有人。」我不肯改口。「我的馬克杯不會自己長腳跑進洗碗機裡。」

「什麼意思？」馬修問。

「我出門以前，把馬克杯放在流理台的一邊，等我回來，杯子就跑到洗碗機裡了。」我再次說明。

他認命地看著我。「妳大概是忘了妳把杯子放進去了。」他轉向羅生警員。「我太太有時候記性不好，所以會忘東忘西的。」

「這樣啊。」她說，同情地看著我。

「這件事跟我的記性沒有關係！」我說，覺得氣惱。「我又不笨，我知道自己做了什麼、沒做什麼！」

「可是有時候妳會忘記。」馬修溫和地說。我開口想幫自己辯護，但立刻又閉上嘴巴。他願意的話，可以舉出數不完的例子來證實我做過什麼自己並不記得。在緊接而來的沉默中，我知道即便是我爭得面紅耳赤，他們也不會相信我把馬克杯放在流理台上。

「真抱歉害妳白跑了一趟。」我僵硬地說。

「沒關係，謹慎駛得萬年船。」羅生警員和氣地說。

「我看我要去躺一會兒了。」

「好主意。」馬修笑著鼓勵我。「我一會兒就上來。」

羅生警員離開後，我等著馬修來找我。他沒來，我就下樓去找他。他在花園裡，喝著一杯酒，彷彿一絲煩惱也沒有。我忽地一陣憤恨。

「真不錯啊，有人闖進了家裡，你倒像個沒事人一樣。」我說，難以置信地看著他。

「得了，凱絲，如果闖進來的人只是把馬克杯放進洗碗機裡，那也算不上是什麼危險吧？」

我聽不出他是不是在譏諷，因為他從未顯露過這一面。我心裡有個聲音警告我：**小心點，別把他逼過頭了！**可是我就是管不住心中的憤怒。

「我看吶，要你相信我除非是有一天你回家來發現我的喉管被割斷了！」

他把酒杯放在桌上。「妳真的覺得會發生那種事？會有人跑進家裡來殺害妳？」

我的心裡像有一根弦繃斷了。「我怎麼想無所謂，因為誰也不會把我說的話當一回事了！」

「妳能怪我們嗎？妳整天怕東怕西的，卻一點根據也沒有。」

「他跟我說話了！」

「誰？」

「兇手！」

「凱絲。」他呻吟著說。

「他真的說了！而且他跑進來過！你不懂嗎，馬修？全都不一樣了！」

他絕望地搖頭。「妳病了，凱絲，妳得了早發性失智症，而且妳還有疑心病。難道妳就不能接受事實？」

他的話說得好殘忍，驚得我啞口無言，所以我就轉過去背對著他，進了屋子。一進廚房，我就吞了兩顆藥，給他時間來找我。他沒來，我就上樓了，脫下衣服，鑽進被窩裡。

九月二十二日，週二

我再睜開眼睛已經是早晨了，昨夜發生的事一下子湧了回來。我把頭轉向馬修那邊，不知道他上床時是否想叫醒我，為他傷人的話致歉。可是他睡的那一邊是空的。我看著時鐘：八點半了。我的早餐托盤放在桌上，也就是說他去上班了。

我坐起來，希望能看到果汁杯旁擺著字條，卻只看到一碗穀片，一小瓶牛奶和兩顆藥丸。我惴惴不安。無論他說過多少次不會離開我，會始終陪著我，他的性格中的這個嚴厲的一面卻讓我心頭一震。我了解有一個整天大聲嚷嚷著被殺人兇手跟蹤的太太，他一定很為難，可他難道不該先問清楚我的恐懼來源，而不是斷然認定我的恐懼不值一哂嗎？一想到這一層，我才想到他從來沒有跟我好好坐下來，問我為什麼認為兇手在監視我。如果他曾這麼做，我可能會跟他坦承那晚見過珍的汽車。

孤寂的眼淚灑落，我伸手去拿藥和果汁，急於想麻痺痛苦。可是我哭得停不了，即使睡意越來越濃，因為我只感覺到恐怖的絕望，還有恐懼，恐懼我的將來。要是我得了失智症，而馬修離開了我，那麼我的將來就只有療養院，我的一些朋友出於義務會來看我，而這份義務在我記不住他們是誰的那一刻就會終止。我的眼淚變多了，我大聲啜泣，悲慘到了極點，哭著哭著，我被一聲很可怕的呻吟聲吵醒了，我的頭感覺要爆炸了，就好像情緒上的痛苦轉由生理上的痛苦來宣洩。我想睜開眼睛，卻沒辦法。我的身體像是著了火，我伸手到頭上，發現都汗濕了。

我明白是出了大差錯，我想下床，兩條腿卻虛弱無力，害我摔在地上。我能感覺到睡魔在把我拉回去，可是某種第六感叫我絕不能屈服，於是我專心集中精神，而不是設法移動。可是感覺好難，我的腦筋有如一團迷霧，唯一能想到的就是我可能是中風了。我的求生本能湧現，我知道我僅有的機會就是盡速求救。我手腳並用，爬行到樓梯口，半爬半摔，滾到了樓下的門廳，痛得我險些昏倒，但我不知打哪兒生出了一股力量，使用雙臂把自己向前拉，拉向放著電話的桌子。我想打給馬修，可是我知道我必須先叫救護車，所以我撥了九九九，有個女人接聽，我說我需要協助。我口齒不清，生怕她聽不懂我說的話。她問我叫什麼，我說叫凱絲。接著她問我從哪裡打電話，我勉強說出了地址，但我忽然抓不住電話，話筒咚一聲摔在地上。

◆

「凱絲，凱絲，妳聽得見嗎？」聲音好模糊，很容易就忽視不理。可是它卻持續不斷地傳來，我終於張開了眼睛。

「她聽見了。」我聽見有人說。「她就快醒了。」

「凱絲，我的名字是珮特，我要妳專心聽我說話，好嗎？」一張臉孔在我的上方浮現。「我們馬上就要送妳到醫院，可是妳先告訴我，這是妳吃的藥嗎？」她拿著那盒狄金醫生為我開的藥，我認了出來，輕輕點頭。

我覺得有雙手把我抬起來，接著是清涼的風吹在我臉上，短短的幾秒鐘，我就被抬上了救護車。

「馬修？」我虛弱地問。

「到了醫院就會看到他了。」有個人跟我說。「妳能告訴我妳吃了幾顆嗎，凱絲？」

我正想要問她是什麼意思，一張口卻劇烈嘔吐起來，等我們抵達醫院，我已經虛弱到沒辦法對馬修微笑。他站在旁邊，俯視著我，因擔憂而臉色蒼白。

「你等一下可以再看她。」一名護士很乾脆地說。

「她不會有事吧？」他問，心慌意亂，而我為他難過多過了為自己難過。

檢驗做了一個又一個，我只是糊裡糊塗的，後來醫生開始問我問題，我才明白她是認為我用藥過量。

我瞪著她，嚇壞了。「用藥過量？」

「對。」

我搖頭。「才不是，我從來不過量。」

她給我的表情讓我知道她並不相信我的話，困惑之下，我說要見馬修。

「幸好妳沒事。」他說，伸手來握我的手。他痛苦地看著我。「是因為我嗎，凱絲？因為我說的話？如果是的話，我真的很抱歉。要是我知道妳會做出這樣的事，我絕對不會那麼嚴厲的。」

「我沒有藥物過量。」我說，泫然欲泣。「為什麼大家一直說是我用藥過量？」

「可是妳跟急救人員是這麼說的。」

「沒有，我沒有。」我想坐起來。「我怎麼會說那種話，又不是真的？」

「請妳冷靜點，安德森太太。」醫生嚴厲地看著我。「妳仍然很虛弱。幸好，我們不必幫妳洗胃，妳在救護車裡把藥吐得差不多了，可是妳仍然需要留院觀察二十四小時。」

我抓緊馬修的胳膊。「她一定是搞錯了。急救人員把狄金醫生開的藥拿給我看，問我是不是我吃的藥，我就說是，因為那就是我吃的藥。我並沒有說我用藥過量。」

「恐怕檢驗的結果是用藥過量。」醫生說。

我懇求地看著馬修。「我吃了你和早餐一起拿上來的兩顆藥，可是之後就沒再吃了，我發誓。我根本都沒下樓啊。」

「這些是急救人員從你們家拿來的藥盒。」醫生說，把一個塑膠袋交給馬修。「你能看出有沒有少嗎？我們不認為她吃了很多，可能是一打左右。」

馬修打開了頭兩個盒子。「這一種她是兩天前才開始服的，少了八顆藥，數量沒錯，一天吃四顆，早上兩顆，晚上兩顆。」他說，拿給醫生看。「另一個盒子，」他接著說，檢查內容物，「都沒動，沒有問題。那我就不知道額外的藥是哪裡來的了。」

「有沒有可能你太太會積存一些藥？」

我很不高興他們兩人把我排除在談話之外，正要提醒他們我也在場，卻冷不防想起了抽屜裡的那一小堆藥。

「沒有，藥少了的話，我會注意到。」馬修說。「通常都是我拿藥給她吃，在我早上去上班以前。這樣我才知道她不會忘記吃藥。」他歎口氣。「不知道妳是不是知道——我跟護士說了——可是我太太可能患了早發性失智症。」

他們談論著我可能罹患的失智症，而我則努力回想是否拿了抽屜裡的藥吃卻不自覺。我不想相信是這麼一回事，可是我想起了我有多傷心、多無助，多渴望能人事不知，說不定，在吃了馬修拿給我的兩顆藥之後，我又去拿了抽屜裡的藥。難道下意識裡我是想要終結掉在須臾之間變得太過不堪的生命嗎？

這一番折騰已經把我弄得非常虛弱，但一思及此，僅餘的精力也都流盡了。筋疲力盡之下，我倒回枕頭上，閉上眼睛，眼淚從眼角溢出來。

「凱絲，妳還好嗎？」

「我好累。」我喃喃說。

「讓她睡一下比較好。」醫生說。

我感覺到馬修的唇落在我的臉頰上。「我明天再來。」他跟我保證。

九月二十八日，週一

到頭來，我只得承認是我多吃了藥，因為證據就在我的血液中。我承認了藏了一些藥在抽屜裡，可是我矢口否認是為了自殺才儲存那些藥的，我的說明是我把藥放在抽屜裡是因為馬修在家的日子我不覺得有服藥的需要。他們問我為什麼不跟馬修說，我發現自己的解釋是我不想讓他知道藥效會害我什麼也沒法做。而馬修一臉懷疑，向他們說明據他所知，我說的話不完全正確，我仍然有一定程度的行為能力。所以我就又修正成是幾乎不知道自己在做什麼。唯一的好消息是我服用的藥物很少，他們不認為我是意圖自殺，而只是情急之下採用了下下策。

隔天晚上馬修帶我回家，我做的第一件事就是上樓去臥室，翻抽屜。藥丸不見了。我知道馬修不相信我是偶然誤服，即使他並沒有真的說出口。不能怪馬修；我沒法想像他的心情，本來他的老婆在暑假開始時只是有點漫不經心，可是在暑假結束前，卻變得失智、神經質，還有自殺傾向。

他堅持這個星期都請假，儘管我說不必。憑良心說，我寧可他去上班，因為我想仔細想想我的未來。這一次偶發的用藥過量讓我明白了生命有多可貴，而我決心要趁著還可以時找回主控權。所以我的第一步就是拒服新開給我的藍色藥丸，我跟馬修說我寧可不靠藥物過日子，因為我需要回來活在真實世界裡。

發生了這件事，我連應該和瑞秋出門都忘記了——也可能無論有沒有出事我都會忘記——所以她在週日晚上出現在門階上時，我一點準備也沒有。

「如果妳等我個十分鐘……」我說，很樂於看見她。「我相信馬修會幫妳泡杯茶，讓妳一面喝一面等。」

馬修意外地看著我。「妳不會真的要去吧？」

「怎麼了？」我皺起眉頭。「我又不是癱瘓了。」

「是沒錯，可是出了那樣的事。」他轉向瑞秋。「妳知道凱絲進了醫院吧？」

「啊，我不知道啊。」瑞秋說，一臉震驚。「怎麼了？出了什麼事？」

「等吃晚餐的時候我再跟妳說。」我急忙說。看著馬修，看他敢不敢跟我說我不能去。「你不介意今晚自理吧？」

「當然不會，只是……」

「我沒事。」我堅定地說。

「妳確定嗎，凱絲？」瑞秋遲疑地說。「如果妳病了……」

「我就是需要出去玩一個晚上。」我堅定地跟她說。

十分鐘後，我們上路了，我利用到布洛伯利的路上把我偶發的用藥過量事件告訴了她。她嚇壞了，我服用的藥物居然能讓我在下意識中做出這麼危險的事情來，但我向她保證我不打算再服藥了，她聽了之後似乎很高興。幸好，她能了解我不想談論發生的事，所以晚上接下來的時間我們都聊別的話題。

然後是星期六——我的生活分崩離析後的十週——馬修用那只在週一下午引起軒然

大波的馬克杯送茶給我，我發現自己把整件事重新整理了一遍。在我的心裡我能看見馬克杯清清楚楚放在流理台的一側，即便我的心智不算十拿九穩，我仍相當肯定我在離開廚房之前沒把杯子放進洗碗機裡。那麼會是誰呢？除了我之外，只有一個人有家裡的鑰匙，就是馬修，但我知道不是他，因為他做事井井有條，總是從後排開始放碗盤，而洗碗機裡也空空如也。更何況，要是他大白天跑回家來，他也會承認。坦白說，把碗盤從前排開始放的人是我自己。要是我會在不知不覺間服用過量藥物，那我當然也很有可能把馬克杯放進了洗碗機裡卻不記得。

週末總算是度過了，馬修像個小媳婦似的，躡手躡腳在我這顆隨時都會爆炸的不定時炸彈周邊轉。今天早晨他終於能夠逃回去上班，他並沒有真的吐出一口長氣，可是我知道他發現照顧我是項吃力不討好的活，儘管少了藥物，我有條理多了。可是我偶爾的用藥過量害他神經緊繃，而且他又唯恐我會在他在家期間做出什麼蠢事來，所以他在我身邊就得時時提心吊膽。

他一出門去上班，我就下床了，因為我想在無聲電話打來之前出門去。我大可以不理睬電話，可是我知道如果我那麼做，他會一直打，打到我接起來為止，最後會把我弄得神經兮兮。而今天我需要平靜，因為我要去海斯頓找珍的先生。

我的計畫是在午後不久抵達，因為這時間雙胞胎最有可能在午睡，所以我先在布洛伯利暫作停留，悠閒地吃早餐，逛街買新衣服，因為我的衣服似乎都過大了。

亞歷斯看見我又站在他家門階上好似並沒有太驚訝。

「我就覺得妳可能會再來。」他說，邀我進去。「我看得出妳還有別的心事。」

「你願意的話，可以再叫我走開。」我說。「只是我希望你不會那樣，因為如果你幫不了我，那我真不知道還有誰能幫得上忙。」

他提議要幫我泡茶，可是我突然太緊張，就拒絕了。

「那麼要我幫什麼忙？」他問，帶我進客廳。

「你會覺得我瘋了。」我預先警告他，在沙發上坐下。他沒吭聲，我做了個深呼吸。「好，我要說了。那天我打電話跟警察說我看見珍還活著，他們發布了公告，請稍早打電話給他們的人再次跟他們聯絡。第二天我就接到了無聲電話。當時我並沒有想太多，可是隔天我又接到了電話，之後的幾天也是，我後來覺得好害怕。電話不是一直在喘粗氣的那種——那種的話我能應付得來——而是完全沒有聲音的，只不過我知道有人。我跟我先生說，他說可能是某家電信公司在接通線路，可是我越來越怕聽到電話響，因為——嗯，我懷疑電話是那個殺害了珍的人打的。」

他發出聲音，像是詫異的悶哼，不過並沒有開口，我就接著往下說。

「他要從我的車牌追查到我，並不會多難。我停在珍的車子前面，停了大概有幾分鐘，所以雨勢雖然很大，他可能看得見我的車牌號碼。他打的次數越多，我就變得越像驚弓之鳥。我猜他是認為我看見了他，想要警告我不能報警。可是我看見的人只有珍。我盡量不要去理會電話，可是如果我不接，他就會一直打一直打，一直到我接起來為止，後來我慢慢發覺只要我先生在家裡，他就不會打來，所以我覺得他在監視我家。

「我實在是嚇壞了，堅持要裝警報器，可是他不知怎麼還是進了我家，還在廚房留下了話，是一把大菜刀，就跟警方發布的相片一樣。第二天，我以為他在花園裡，我嚇得把自己鎖在客廳裡。醫生開藥給我吃，害我在心理上和生理上都像個殘廢，可是我只能靠這個方法來處理那些電話。後來，上個星期一，我來找你，回去之後，我知道他趁著我不在時進過我家。家裡倒不是丟了什麼，或是有什麼損失，只是我能察覺到他來過。我有十足的把握，就報了警，可是他們沒找到強行闖入的痕跡；後來我發現我出門前放在流理台邊上的馬克杯居然莫名其妙跑進了洗碗機裡，我很得意。這就證明有人進來過——只不過我這麼說，大家都看著我，當我瘋了似的。」我停下來歇口氣。「問題是，我得了早發性失智症，所以常常忘東忘西，現在沒有人再相信我了。可是我知道上個星期一他在我家裡。而現在我很害怕我會是他的下一個被害人。所以，我想知道的是，我該怎麼辦？警察已經覺得我的想像力太豐富，就算我跟他們說兇手在跟蹤我，他們也不會相信，尤其是我根本沒辦法證明我接到無聲電話。我好像是瘋子在說話，對不對？」我無助地加上一句。

一時間，他什麼也沒說，我猜想他是在想辦法委婉地擺脫掉我。

「我**真的**一直接到電話。」我說，抬頭看他。他立在書架邊，斜倚著書架，默默衡量我說的話。「我真的需要你相信。」

「我相信。」他說。

我戒備地看著他，不知他是否是在哄我。「為什麼？我是說，別人都不信。」

「只是直覺吧。再說，妳為什麼要捏造那種事？我不覺得妳像是個愛出風頭的人，否則的話，妳早就跑去找警察和媒體了。」

「那也可能是我的想像力作祟。」

「妳既然親口這麼說，就更不可能了。」

「那你是真的相信我一直接到殺害珍的兇手打的電話？」我問，需要他確認。

「不，我相信妳接到電話，不過不是殺害珍的兇手打的。」

「別又說是電信公司打的。」我說，一點也不想掩飾我的失望。

「不，很明顯不是這麼簡單。有人絕對是在騷擾妳。」

「那為什麼不是兇手？」

「因為不合邏輯。聽著，妳經過珍的汽車時，究竟是看見了什麼？要是妳能看得很清楚，妳就會認出是珍。可是妳跟我說妳沒認出珍來。」

「我看不清楚她的五官。」我承認。「我印象中她是金髮，就這樣。」

「所以如果妳看見有人坐在她旁邊，妳最多也只能說他們是黑人或白人。」

「對，可是兇手不知道啊，他可能以為我把他看得很清楚。」

他離開了書架邊，走過來坐在我旁邊。「即使他是坐在珍的旁邊，在乘客座上？警方認為珍在進入避車道之前載了他。如果是真的，他就不太可能是坐在後座，對不對？」

「對。」我說，在心中猜想謠傳他的太太有情人，他聽了不知作何感想。

「而且妳的推理還有另一個漏洞。要是他真的以為妳可能會向警方說出什麼有關他的重大線索，那他為什麼還讓妳活著？為什麼不索性殺掉妳？他已經殺過一個人了，再殺一個又何妨？」

「可要是電話不是他打的，」我說，簡直是糊塗了，「那會是誰？」

「這就是妳需要查清楚的地方了。可是，我保證，不是那個殺害了珍的人打的。」他伸出手，握住我的一隻手。「妳需要相信我。」

「你不知道我有多想相信你。」我熱淚盈眶。「你知道我在星期二早晨做了什麼嗎？我用藥過量。我不是故意的，我根本就不知道我吞下了一堆的藥，可是我猜大概就是，因為下意識裡，我的人生變得難以忍受了。」

「要是我能讓妳不吃這麼多的苦，我一定早就採取行動了。」他靜靜地說。「可是我一點也不知道珍的死除了我們自家人之外，對別人也有這麼大的影響。」

「也真怪。」我慢吞吞地說。「不是兇手打的電話，我應該要覺得鬆了口氣才對，可是之前我至少還自認為知道是誰。現在，卻變成誰都有可能了。」

「我知道妳想聽的可能不是這個，可是比較可能是妳認識的人。」

我驚恐地瞪著他。「我認識的人？」

「把拔？」

他的一個小女兒出現在門口，穿著T恤和尿布，還緊緊抱著一隻玩具兔子。亞歷斯站了起來，一把將她抱起來，我連忙擦乾眼淚。

「露易絲還在睡嗎？」他問，親了她一下。

「露露睡覺。」她說，一面點頭。

「妳還記不記得公園那個面紙阿姨？」

「妳的膝蓋好多了嗎？」我問她。她把一條腿伸直了，讓我自己看。「好棒喔。」我說，對她微笑。「都不見了。」我抬頭看著珍的先生。「我就不打擾了。再次謝謝你。

「希望我幫上了忙。」

「喔，有的。」我轉向他的小女兒。「再見了，夏綠蒂。」

「妳記得。」他說，很是高興。

他送我到門口。「請妳多想想我說的話。」

「我會的。」

「保重。」

我心中五味雜陳，沒辦法開車，所以我到公園去找了張長椅坐了半晌。自從第一通電話之後，十週來一直糾纏著我不放的恐懼消失了。即使馬修和瑞秋都說沒道理認定是兇手打給我的電話，他們卻不知道那晚我看見了珍，所以他們不了解我的恐懼。可是珍的先生卻知道所有的事實，我看著他推理——就是無聲電話不可能是兇手打來的——卻很難去挑他的錯。可是他的另一個推論呢——電話是我認識的人打的？

恐懼又回頭了，而且雙倍膨脹，在我的心中落腳，擠迫出我肺裡的空氣，為它自身奪取更多的空間。我的嘴巴發乾，腦子裡一個人名接一個人名飛轉。誰都有可能。我朋友的先生，隔幾個月就來清理窗戶的可愛工人，保全公司的業務員，馬路那邊的新鄰居，學生家長。我過濾了我認識的每一個人，最後也懷疑了每一個人。我沒問自己他們為什麼要做這種事——我只自問，為什麼不？隨便一個人都可能是變態。

不想要亞歷斯帶著女兒到公園發現我還沒走，像個跟蹤狂一樣，我離開了公園。

我應該回家去，可是萬一我又發現屋子裡有人呢？他們已經繞過警報器一次了，可是他們是如何辦到的？一定是有專業知識的人。優越保全的那個業務員？我想起了那天他走了之後我發現有扇窗開著。說不定是他動了什麼手腳，所以可以神不知鬼不覺進出我們家。是他打無聲電話給我的嗎？

我不願意回家，就又開車回布洛伯利，找了一位願意接我這個臨時客人的美髮師。直到坐在鏡前，除了盯著自己無事可做，我才發現這兩個月把我折磨成什麼鬼樣子了。我一臉憔悴，美髮師問我最近是否生了病，因為從我的頭髮看得出壓力很大。我決定不告訴她我得了早發性失智症，也不說幾天前我用藥過量。

我在美髮沙龍花了太長的時間，所以回家後馬修的車子已經在了。我剛在前門停車，門就開了。

「謝天謝地！妳跑到哪兒去了？」他問，一臉慌亂。「我快擔心死了。」

「我到布洛伯利去逛街，順便剪個頭髮。」我溫吞吞地說。

「那，下一次，留張字條，不然就打電話跟我說妳出去了。妳不能就這樣跑出去，凱絲。」

我一聽就火了。「我沒有就這樣跑出去！」

「妳知道我的意思。」

「我不知道。我不要從現在開始跟你報告我的一舉一動，馬修。我以前沒報告過，也不會從現在開始報告。」

「以前妳沒得早發性失智症。我愛妳，凱絲，我當然會擔心。至少再買一個手機，我才能聯絡上妳。」

「好吧。」我說，站在他的角度思考。「我明天就去買，我保證。」

九月二十九日，週二

隔天早晨電話響了，我想著亞歷斯說的話，電話是某個我認識的人打的，所以我就接了電話。

「你是誰？」我問，是感興趣，而不是害怕。「你不是我以為的那個人，所以你是誰？」

我把電話掛斷，怪的是覺得打了勝仗，可是令我沮喪的是，他立刻又再打來了。我立在那兒，不知該不該接，很清楚要是不接，他會一直打。可是我不想讓他得逞，我不想乖乖地杵在這裡，夠了。我已經失去了許多週的生命了。要是我不想再失去更多，我就需要挺身而戰。

我擔心最後自己會撐不住，就到花園去躲避電話鈴聲。我考慮要把話筒拿起來，那他就不能再打了，可是我不想再太過激怒他。另一個選項是出門去，在馬修到家之前回來。可是我受夠了被人驅趕出家裡。我需要的是找件事情忙。

我的眼睛落在我的剪枝刀上，仍在兩個月前我丟下的地方，就是漢娜和安迪過來烤肉的前一天，跟我的手套一起棄置在窗台上，我就決定要修剪一下花草。我花了大約一個小時才把玫瑰理出一個形狀來，接著我就忙著拔草，直拔到午餐時間，心裡很覺得奇異，那個打電話給我的人還真是閒，居然能把大把時間花在徒勞無功的事情上，因為他現在一定已經猜到我是不會接電話的了。我努力推敲他是什麼樣的人，但我知道把他歸類為獨狼，在人際關係上有問題，那我就錯了。他可能是社區的棟梁，有家庭的人，有許多的朋友和嗜好。我現在唯一能肯定的就是他是我認識的人，也因此我的恐懼就沒有那麼大了。

要不是發生了命案，我可能就根本不需要忍受他的電話，這個想法有如一盆冷水澆醒了我。那我接起電話就會當面嘲笑他，罵他可悲，跟他說再敢騷擾我，我就會報警。而我沒那麼做只有一個理由，我把他當成是兇手了，而我被恐懼麻痺了，什麼也不能做。一想到我竟然讓他占上風占了這麼久，我就決定非要把他揪出來不可。

十點左右，間隔已經拉長的電話鈴聲戛然而止，就有如他決定要午休似的。也可能是他這麼頻繁地撥打我的號碼，肌肉拉傷了。我也仿效他，給自己弄了午餐，很開心自己一個人在家裡待了這麼久。可是兩點半來了又去，少了他的電話，我開始覺得不安。儘管我決心要把他揪出來，我卻還沒想好該如何對付他。

我想有自保的方法，以防哪天他突然冒出來，我就到花園棚屋去拿了一把鋤頭，一支耙子，更重要的是樹籬剪刀，再挪到屋子的前院，這裡讓我覺得比較安全。我清理花床上枯死的花，馬路那一頭的那個人——那位前機師——走過來，這一次他開口打招呼。我看著他，上下端詳他。昨天和亞歷斯的一席話讓我覺得好很多，而這個人的外表悲傷，而不是陰險，所以我也回了聲哈囉。

我又做了大約一小時的園藝，一隻耳朵隨時在留意電話響，完成之後，我把一張日光浴床抬到屋側，躺在上面休息，等馬修回來。可是我沒辦法放鬆。我想要拿回我的人生，可我知道除非我查出是誰在折磨我，否則這就只是空想。而要查出是誰，我就需要幫助。

我進到門廳，打電話給瑞秋。

「妳下班以後有空跟我見面嗎？」

「出了什麼事嗎？」她問。

「沒事，我只是需要妳幫忙。」

「好像很好玩！可以的話，我們到威爾斯堡見面，可是我要六點半之後才能到。這樣可以嗎？」

我猶豫了，因為上次在停車場弄丟了汽車之後，我就沒再去威爾斯堡了。但我不能老是指望瑞秋到布洛伯利來，因為她的公司距離威爾斯堡只有十分鐘。

「斑點母牛嗎？」

「不見不散。」

我給馬修留了張字條，跟他說我去買新手機，就駕車去了威爾斯堡。我不想再冒險停在立體停車場，就在一處較小的平面停車場找了個車位，朝主要的商業區前進。我路過了斑點母牛，從窗子望進去，想看看客人是否很多，卻看見瑞秋坐了中央的一張桌子，我正納悶，她怎麼已經來了，比我們約好的時間早了一個小時，這時有個人走向她的桌子，坐了下來。我發現自己瞪著約翰。

吃驚之下，我立刻向下躲，匆匆倒退，朝來時路而去，離開了斑點母牛，很慶幸他們兩個都沒看見我。瑞秋和約翰。我的心如電轉，但只是因為我從來就沒想到他們會是一對。是這樣嗎？他們是一對？我努力回想我見過的肢體語言，絕對是很親密。可是情人？可又越想就越覺得有道理。他們兩人都既聰明又漂亮又風趣。我想像著他們一塊約會，飲酒歡笑，我突然一陣傷心。他們為什麼瞞著我？尤其是瑞秋？

我放慢腳步，漸漸醒悟，我不喜歡這兩人是一對。雖然我非常愛瑞秋，約翰配她卻太溫和了，兩人在一起不會幸福的。而且他也太年輕了。我討厭自己不認同他們，我也很慶幸偶然被我撞破，不然待會兒我們見面，她如果跟我說她和約翰是情人，那我還真不知如何是好。當然，他們可能不是一對。他們兩人可能以前是情人，今天見個面敘敘舊，這樣的話，瑞秋可能就不會跟我說了。我仔細一想，她很少跟我提跟她約會的男人，大概是因為每一個都沒能持久。

我走著走著才發現這個方向是找不到手機店的，所以我穿過馬路，又回商業中心，省得經過斑點母牛。我看到再前面一點就是「寶貝精品店」，一想到那天我假裝懷孕，我就難堪得臉紅。我走到了店前面，竟然推開了門，而且我不敢相信我是要去澄清上次的謊言。可如果我要拿回自己的人生，我就需要讓人生恢復秩序，於是我走向櫃台，發現店裡沒有客人，看見店員是同一個，我鬆了一口氣。

「不知道妳還記不記得我。」我開口說。她詢問地看著我。「我兩個月前來過，買了一套睡衣。」

「喔，記得，我記得妳。」她笑吟吟地說。「我們的預產期差不多，對不對？」她俯視我的小腹，沒看到圓滾滾的肚子，就抬頭難過地看著我。

「真是太遺憾了。」她支支吾吾地說。

「沒關係。」我趕緊說。「我沒有真的懷孕。我以為懷孕了，結果沒有。」

她給了我同情的表情。「是假懷孕嗎？」她問，而因為我覺得我辛辛苦苦才總算讓自己還保住一點點的誠實，我就說可能是因為我太一廂情願，所以才胡思亂想。

「我相信妳一定很快就會懷孕的。」她說。

「希望如此。」

「如果妳不介意我這麼說的話，我倒是覺得嬰兒車買得有點太早了。我不知道我們能怎麼做，不過如果我去跟經理說，她一定會同意讓妳退貨的，只是價格上要打點折扣。」

「我不是來退嬰兒車的。」我跟她保證，明白了原來她是這麼想的。「我非常樂意能把嬰兒車留下，我只是想來打聲招呼。」

「我也很高興妳來了。」

我說了再見，走向門口，對自己的好心情很是訝異。

「對了，嬰兒車沒弄錯吧？海軍藍的？」

「對。」我微笑著說。

「謝天謝地。要是我弄錯了，妳那位朋友一定會給我一槍的。」

我走出了商店，她的話卻在我的耳中迴響。**妳那位朋友**。是我聽錯了？她說的是當時跟我一起在店裡的那對年輕夫妻嗎？也許，那天我離開精品店，她不確定我訂的是哪一輛嬰兒車，就問了他們我要的是不是那輛藍色的。可她說的是那位朋友，是單數，不是複數，更何況，她知道他們只是跟我碰巧一起在店裡的人。那她說的是誰？

即使真相就瞪著我的臉，我還是不想相信。那天我認識的人裡只有一個人知道我進了寶貝精品店，就是約翰，而我不願相信是他安排了一切，把嬰兒車送到我家，因為我如果信了，就得要問為什麼？我的腦筋又像陀螺一樣轉個不停，我過馬路，朝可斯達前進，那天我出了精品店遇見了他，就是到這裡來喝咖啡。我點了咖啡，坐在窗邊，兩眼盯住對面的店，設法釐清是怎麼一回事。

很可能根本就沒有什麼。約翰對我總是格外關心，所以他進了精品店，可能提到了我推薦他為朋友的孩子買套睡衣，店員自然會談起我懷孕的事，而他為我高興，就決定幫我買樣禮物。可是他絕不會挑像嬰兒車那麼貴的東西吧？而且如果是禮物，又為什麼要匿名送來？後來我們在布洛伯利碰到，他又為什麼絕口不提我懷孕或是嬰兒車的事？他是覺得不好意思？沒道理啊。

那另一個可能就是他別有用心，想到此，我的心臟不由得咚咚跳。難道那天約翰是在跟蹤我？那天在布洛伯利他來敲我的車窗，是因為他在跟蹤我？此時此刻回想起來，短短十天之內遇見他兩次實在是不尋常。他匿名送嬰兒車來是為了要嚇我嗎？他不可能知道我會以為是我自己訂的，因為他那時還不曉得我有失智症。我跟他在布洛伯利吃午餐那次才告訴他的。再說，他為什麼要做這種事？**因為他愛妳**，我心裡有個聲音低聲說，而我的心跳得很痛。他愛我愛到由愛生恨嗎？

我發覺一切線索都指向約翰是打無聲電話的人，我覺得好想吐。他知道自從珍被殺後我有多緊張，我又提起了我們家的位置太荒僻，他曾指出附近還有別的人家。可是他又沒去過我家，他是怎麼知道的？一瞬間，我好氣他，拚命忍住才沒有直接衝到斑點母牛去，當著瑞秋的面質問他。因為，在我和他對質之前，我需要有百分之百的把握。

我在心裡權衡，換各種角度來推演，但無論我有多不願相信這是真的，一切的事實都在昭告我揪出了一直在折磨我的人。我回想七月，我對著打無聲電話的人大吼，叫他別再來煩我，而約翰卸下了假面具，假裝很驚訝。其實一直就是他。我還跟他道歉，說某家電信公司一直在煩我。他一定笑壞了，還假裝是邀我去康妮家喝一杯呢。我還跟他說我可能沒辦法去，因為馬修要休兩天假。而在那兩天裡，就沒有電話。就連時間都吻合；學期結束了，他有整個夏天可以用來嚇我。可是沒道理啊。要是今天早晨有人跟我說是約翰打無聲電話給我的，我一定會當著他們的臉哈哈大笑。

忽然，我想到了一件事，覺得像被大鐵鎚擊中。珍遇害的那晚，約翰沒有回康妮家。他跟珍以前是網球球友，是他親口告訴我的。有沒有可能他們以前是情人？那晚他是去找珍嗎？是他殺害了珍嗎？答案必然是否定的。但是我又想起來他說他的女朋友，我們沒有一個見過的女朋友，出缺了。

那瑞秋呢？如果她和約翰是一對，那她可能會有極大的危險。可要是她和約翰是一對，說不定她知道他做了什麼。我一下子喘不過氣來。我的腦海裡有太多的畫面在跑，我實在很想直接回家去，離斑點母牛越遠越好。我看看手錶，我有五分鐘可以決定。

最後，我決定要去見瑞秋。我步行過去，利用時間來預備一切可能的偶發事件：約翰可能在，也可能不在；瑞秋會跟我說她和約翰的事，也可能什麼都不說。要是她不說，我應該把我對約翰的畏懼告訴她嗎？但那種話即使是聽在我自己的耳朵裡都顯得荒唐牽強。

等我抵達時，酒吧生意興隆，幸好瑞秋提早一個小時就到了，否則我們就會沒有座位可坐。

「妳就找不到安靜一點的位子嗎？」我想開玩笑，因為我們似乎被一大群法國學生包圍了。

「我才剛到，」她說，「能有位子就該偷笑了。」

我聽見了她的謊言，心裡咯登一聲。

「我來點飲料。」我主動說。「妳要喝什麼？」

「一小杯葡萄酒，我還要開車。」

在吧台排隊讓我有機會梳理我要說的話，因為我不再需要她協助我揪出是誰打無聲電話給我了。除非不是約翰，除非是我聽了店員的話之後，自行編織出一個錯綜複雜的故事來。

「那，妳想聊什麼？」我一坐下她就問。

「馬修。」我說。

「咦，有問題嗎？」

「沒有，只是耶誕節快到了，我想為他做一點非常特別的事。他最近真的很委屈，我想補償他。我只是想問問妳有沒有什麼點子，妳是點子大王啊。」

「耶誕節還有好幾個月吔。」她蹙眉說。

「我知道，可是目前我老是忘東忘西，我是想如果妳幫我計畫，至少妳還可以提醒我。」

她笑了出來。「好吧。妳有什麼想法？去度假一星期？去乘熱氣球？體驗一下高空跳傘？上烹飪課？」

「聽起來都很棒，只有烹飪課不好。」我說，而接下來的半小時，她想出一個又一個的點子，我每一樣都說好，因為我的心思不在這上面。

「妳不能全部都送給他，」她氣惱地說，「話說回來，錢不是問題，所以妳應該想送就能送。」

「嗯，妳真的給了我很多好點子。」我感激地告訴她。「那妳呢？星期日之後有什麼新聞？」

「沒有，我還是同一個老女人。」她說，拉長著臉。

「妳還沒跟我說那個在西恩納的男的呢，妳知道，那個大伯。」

「艾爾飛。」她站了起來。「抱歉，我得上洗手間，馬上回來。」

她離席後，我決定要把約翰扯進話題裡，再順勢為之。可是她回來後，非但不坐下，反而仍站著。

「妳不介意我丟下妳吧？」她說。「我明天會很忙，需要回家了。」

「喔，沒關係，妳走吧。」我說，驚訝於她這麼快就要走了。「我需要先喝杯咖啡再回家，不然我就跟妳一起走了。」

她彎腰擁抱我。「這星期我再找時間跟妳聊。」她跟我保證。

我好奇地看著她走，從一大群法國學生中殺出一條路來，因為我從沒見過她這麼行色匆匆過。她是去見約翰嗎？說不定他就在某處等著她，在另一家酒吧。她快到門口了，有個法國學生高聲大喊，我才發現她是想把瑞秋叫回來。

「女士，女士！」她大聲叫，可是瑞秋已經走了。那個學生開始跟坐她旁邊的男生扭打，我失去了興趣，轉向經過的服務生，跟她點了杯咖啡。

「對不起。」我抬頭看見那名法國女生立在我面前，手上拿著小小的黑色手機。「實在很抱歉，可是我的朋友從妳朋友的皮包裡拿了這個。」

「不對，這不是她的。」我說，看著手機。「她的是iPhone。」

「**是的**。」她用法語說。「我這個朋友——」她轉身指著剛才扭打的男生「——從她的皮包裡拿的。」

「他為什麼要拿？」我擰著眉問。

「他在玩**代飛**，挑戰。真是壞透了。我想把手機還回去，可是他不肯給我。不過現在我搶回來了，所以我就拿給妳。」

我看著她指的男生。他笑嘻嘻地望著我，雙手合十，微微鞠躬。

「他真的很壞，對吧？」

「對。」我同意。「可是我不覺得這是我的朋友的，他可能拿的是別人的。」

她把男生叫過來，以法語急速交談了幾句，他們四周的人似乎都點頭附和，然後她又轉向我。

「**是的**。」她又以法語說。「是的，她從他旁邊擠過去，他就從她的皮包裡拿了。」她焦急地看著我。「不然，我就拿給酒保。」

「不用了。」我說，接下了手機。「謝謝。我一定會還給她的。希望妳的朋友沒拿了我的東西。」我說，對著她皺眉。

「沒有，沒有。」她急忙說。

「那，謝謝妳。」

她回去朋友那兒，我把手機翻過來，仍不相信是瑞秋的。這一定是那種最基本款。會是約翰給她的嗎？我的世界似乎在崩塌，我不知道能信得過誰，甚至不知能否信得過自己。我把手機蓋打開，進入了通訊錄，裡頭只有一個號碼。我躊躇了片刻，不確定是否當真要撥。我覺得像跟蹤狂，可我甚至無法確定這是不是瑞秋的手機，再說，我什麼也不需要說，只需要聽電話另一端的聲音。

我惴慄得想吐，撥了號碼。立刻就接通了。

「妳幹嘛打電話給我？不是說好了只傳簡訊的嗎？」

即便我曾想要說話，我也開不了口。因為霎時間，我發現連呼吸都困難。是那群法國學生起身要離開的吵鬧聲把我帶回了現實。我低頭看著手上的電話，這才發覺在震驚之餘，我忘了掛掉電話。反正通話時間也到了，而我的心像陀螺一樣飛轉，我極力回想在線路仍未斷的這幾分鐘內，是否能聽見什麼害我露出馬腳的東西。但線路另一端的人只會聽到我四周的說話聲，而不是我瘋狂的心跳聲。況且，說不定他早在那時就掛斷了，因為他一定發覺了不對勁。

我的咖啡來了，我大口大口喝，很清楚馬修會在奇怪我跑哪兒去了，因為我在字條中並沒說要和瑞秋見面，只說要去買手機。我快步走向停車處，把瑞秋的手機藏在手套箱深處。我想盡快趕回家去，但我死也不會走黑水巷，所以我用力踩油門，心裡想著瑞秋打電話來時我該說什麼，因為她是一定會打的。

「我知道妳留了紙條，可是我沒想到妳會這麼晚才回來。」馬修一見我走進廚房就嘟囔，但是他吻了我一下。

「抱歉，我跟瑞秋小酌了一杯。」和戶外相比，室內很涼，而且隱隱有烤吐司的香味。

「啊，那就難怪了。妳買了新手機了嗎？」

「沒有，我不確定該買哪一種，可是我保證明天就會買。」

「我們可以上網查機型。」他提議。「對了，瑞秋打電話來，她要妳打給她。」

我的心跳漏了一拍。「我等一下再打。我得先沖個澡，外面好熱。」

「她好像很急。」

「那我最好現在就打。」

我去門廳拿電話，回到廚房。

「葡萄酒？」馬修問。我撥了電話，話筒貼著我的耳朵，看見酒瓶已經打開了，就點點頭。

「嗨，凱絲。」這是我頭一次聽見瑞秋有點焦躁，儘管她盡力遮掩。

「馬修說妳找我。」我說。

「對，喂，我離開酒吧以後有沒有人找到一支手機？我覺得我好像是掉在哪裡了。」

「怎麼會呢，不然我現在是打哪一支？」我說得合情合理。

「那支不是我的，是我幫朋友保管的。可能是從我的皮包裡掉出去了。」**朋友**。兩個字重重壓在我的心頭。「妳有沒有打去斑點母牛，問有沒有人撿到？」

「有，可是沒人撿到。」

「等一下——是不是黑色的、小小的？」

「對，就是那支。妳知道在哪裡嗎？」

「大概是在海峽中途了。妳記得那群坐在我們附近的法國學生嗎？妳離開以後，他們在亂玩那支手機，丟來丟去，搶來搶去的。我沒有很注意，因為我以為那是他們的東西。」

接著是驚駭的沉默。「妳確定嗎？」

「確定。他們還拿手機開玩笑，因為那是最基本款的。所以我才不肯定是不是妳在找的那一支。」我懷疑地說。「現在沒有人再用那一型的了。」

「妳知不知道他們還在不在酒吧裡？那些法國學生？」

她飛車趕到威爾斯堡的畫面給了我一種病態的快感。

「我離開的時候他們還在，看他們的樣子好像會玩到很晚。」我說，因為知道等她趕到時，他們早已不知去向了，因為我離開時他們就要走了，所以我並不怕會被戳穿。

「那我最好去看看能不能把手機找回來。」

「祝妳好運，希望妳能找到。」

我掛斷了電話，總算過關，我鬆了口氣。

「是怎麼回事？」馬修皺著眉問。

「瑞秋在酒吧裡弄丟了一支手機，被一些法國學生拿了。」我跟他解釋。「她要趕過去看能不能找回來。」

「喔。」他說，點點頭。

「今晚你想吃什麼？牛排怎麼樣？」

「嗯，安迪打電話來，問我要不要去喝杯啤酒。妳不介意吧？」

「不會啊，只管去。你會在那邊吃點東西嗎？」

「會，放心好了。」

我把雙手高舉過頭，打個哈欠。「既然這樣，那我大概會早一點上床睡覺。」

「我回來的時候會盡量不吵到妳。」他跟我保證，在口袋裡找鑰匙。

我看著他走向前門。

「我愛你。」我對著他的背說。

「我更愛妳。」他說，轉頭過來回我微笑。

我等著他的車子離開車道，又再多等了一會兒，只是想確定。然後我跑向我的汽車，拿出了手機，就是瑞秋說幫朋友保管的那支。

回到屋裡，我進了客廳，坐下來，渾身發抖，幾乎連手機都掀不開。我點進訊息，看著她收到的最新一則簡訊，就在她離開斑點母牛之前。

週二19：51

多待會兒

終點在望，我保證

我移向上一則，是瑞秋傳送的最後一則，可能是在女廁裡。

週二19：50

虛驚，她沒什麼大事要說

我要走了，受夠了。

眞不知道幾時才結束☹

在這則之前，瑞秋傍晚稍早還傳了幾則簡訊。

週二18：25

讓我知道情況

週二18：24

完成，惡名的種子已播撒

我要他跟校長說，但願種子會發芽
等她抵達

然後是今天其他的簡訊，從早上的第一通開始。

週二10：09
有問題了
今早打電話，她說她知道我不是兇手

週二10：09
蛤？

週二10：10
聽口氣也不怕

週二10：10
你要怎麼辦？

週二10：10

再打去

消耗她，照樣

週二10：52

怎樣？

週二10：53

她不接

週二10：53

再打

週二10：54

好

週二16：17

猜猜看？她剛打來了，想聊一聊

知道爲什麼嗎？

週二16:19

可能跟我早上打的電話有關

多挖一點

週二16:21

說好在母牛見

我已經約了J在那兒，正好一石二鳥

我看著看著才明白如果直接從最前面的簡訊開始看會比較快，而我看到簡訊是從七月十七日開始傳的，就是我從黑水巷回家，看見珍在她的車子裡那晚。

七月十七日21:31

清楚嗎？

七月十七日21:31

Yes ☺

七月十七日21:31

好。記住，別打電話，上班時間或妳知道她不在時只傳簡訊

切記，隨時帶著這支電話
每晚她睡了之後我會跟妳聯絡

七月十七日21：18
下面幾個月見不到妳眞難受

七月十七日21：18
想想錢
要是她肯給你一點錢，也不會走到今天這一步
現在全是我們的了

七月十七日21：18
會成功的，對吧？

七月十七日21：19
當然。已經一帆風順了。
她已經覺得忘東忘西了
那還是小菜一碟，等我們眞正開始，她的腦袋就會糊成一鍋粥

七月十七日21：19
希望你說得對。我稍後會傳簡訊告訴她蘇西的禮物
要是她上當我們就成功了

◆

七月十八日10：46
早安！
只是通知妳她去找妳了

七月十八日10：46
蓄勢以待
她有沒有說到蘇西的禮物？

七月十八日10：47
沒，可是她很緊張

七月十八日10：47
希望我的簡訊生效了
聽說本地有女人被殺嗎？

七月十八日10：47
有，恐怖喔
通知我情況

七月十八日12：56
喔，比作夢還棒
覺得應該警告你她回家了

七月十八日12：56
這麼快？不是要一起午餐

七月十八日12：56
她沒胃口了☺

七月十八日12：57
這麼順利？

七月十八日12：57

再好不過了，她完全崩潰了

七月十八日12：58
她眞的相信她忘了禮物的事？

七月十八日12：58
跟她說是她自己提議的
看她假裝記得，眞爽！
錢放好了嗎？她會去找

七月十八日12：58
160在抽屜裡

七月十八日12：59
賓果！

我大概讀了一小時才讀到我一開始看的簡訊，就是瑞秋在斑點母牛的女廁傳的那通簡訊。大多數的簡訊都是在淚眼婆娑中看過去的，有些在我讀下一則時仍在煎熬我的腦子。單是這些就足以讓我走上真相之路，一半的我不敢去面對這個真相，因為我知道那會毀了我。可是我一想起這三個月來我受了多少罪，而我還沒有被打倒，我就知道我沒有自己以為的那麼脆弱。

我閉上眼睛，琢磨著馬修和瑞秋是幾時開始背著我偷吃的。我回想他們的第一次見面，大約是馬修出現在我人生中的一個月之後。我已經愛上他了，急著想讓瑞秋喜歡他，可是他們卻好像彼此不對盤。至少當時的情況是那樣的。說不定他們兩人立刻就搭上了線，只是故意裝腔作勢。說不定他們在不久之後就成為情人，早在馬修娶我之前。一想到馬修娶我可能只是在演戲，是他和瑞秋奪取我的錢的手段，實在是讓我不堪回首。我想要相信的是他真心愛我，而他對金錢的胃口只是附隨而來的，是瑞秋把貪婪的種子種在他的腦子裡的。可是此時此刻，我無力斷言。

我慢吞吞站起來，覺得在短短兩個小時內老了一百歲。瑞秋的電話仍在我的手上，我知道我必須在馬修回來之前找地方藏起來。他不是去找安迪，他是去找瑞秋，幫她找回這支盛載了這麼多能夠定他們罪的證據的黑色手機。我掃描了房間，眼睛落在窗台上的一排蘭花上。我的手機仍藏在一盆蘭花下。我走過去，拿起另外一株蘭花，把手機擺到花盆底，再把蘭花放回去。然後我就上床了。

◆

我一直到聽見馬修的汽車駛入車道才悚然覺悟自己的處境危險。萬一瑞秋和馬修追上了那群法國學生，他們就會知道手機在我這兒。我掀開被子，一躍下床，幾乎不敢相信我就這麼上床睡覺，而不是把電話帶去給警察。可是我仍然處於暈眩狀態，而且又心慌意亂，腦筋不清楚。現在卻太遲了。我沒有手機，家用電話又在樓下，我根本無法報警。

車門砰地關上，我才觸電似地跑進浴室，尋找能夠自保的武器。我打開了櫃子，眼睛落在一把指甲剪上，可是拿來當武器還真不夠格。馬修在用鑰匙開門，我心裡一驚，順手抓起了一瓶髮膠，跑回臥室。爬上床，把髮膠藏到枕頭下，同時摘掉了蓋子。接著，我面對著門而躺，閉上眼睛，假裝睡覺，一手卻捏著髮膠。然後，我的腦子裡就像有一台自動收報機，跑出了下面的簡訊。

九月二十日11：45

好無聊

九月二十日11：51

妳何不過來看咖啡機秀

換新的了

九月二十日11：51

眞的？

不是說我們不要碰面

九月二十日11：51
願意破例
也需要妳追問
九月二十日11：51
問什麼？
九月二十日11：52
上班日她迷迷糊糊的，週末爲何不會
九月二十日11：52
好，幾點？
九月二十日11：53
2 PM
九月二十日23：47
下午在門廳吻我太冒險了

九月二十日23：47
值得
問出什麼了？
九月二十日23：47
她週末沒吃藥
不想讓你知道對她的影響
藏在抽屜裡
只吃了你放進她的果汁裡的兩顆
九月二十日23：49
她有說哪個抽屜嗎？
九月二十日23：49
床頭
九月二十日23：49
等等，我去找

九月二十日23：53
有了，找到十一顆
想到了好主意

九月二十日23：53
我也開始興奮了

九月二十日23：54
讓她藥物過量

九月二十日23：54
不可以！

九月二十日23：54
弄得像自殺，讓她顯得精神不穩

九月二十日23：55
萬一弄死她呢？

九月二十日23：55

我們的問題就解決了

不過不會的。會好好研究過，放心

我聽見他輕輕踩著樓梯上來，每一步都會害我的心跳更大聲一點，倒像是鼓聲宣告他的到來。他在我的床腳停住，鼓聲響到最高點，我不敢相信他居然會沒聽見，也沒看見我的身體在被子下抖個不停。他必然察覺到了我的恐懼，就如我能察覺到他立在那兒俯視我。他知道電話在我這兒嗎？我安全嗎？至少今晚沒危險嗎？等待變得難捱，幾乎是不可能。我動了動，半睜開眼睛。

「你回來了。」我咕噥著說，帶著睡意。「跟安迪聊得開心嗎？」

「嗯，他向妳問好。回去睡吧，我去洗個澡。」

我乖乖閉上眼睛，他也離開了房間。他的足聲消失在走廊上，自動收報機又在我的腦子裡啟動。

九月二十一日16：11

出問題了

她知道妳剛才來過

九月二十一日16：11

怎麼會？

九月二十一日16：11

不知道。報警了。

九月二十一日16：12

蛤？爲什麼？

九月二十一日16：12

因爲她叫我報

拒絕的話會顯得可疑

現在要回家，希望能幫妳遮掩

九月二十一日23：17

盡快回我

擔心死了，需要知道下午的事

九月二十一日23：30

放心，沒事

九月二十一日23：30
她怎麼知道我去過？
九月二十一日23：30
妳把杯子放進洗碗機
她發現了
九月二十一日23：31
有嗎？我不記得
九月二十一日23：31
現在是誰失智啊？
九月二十一日23：31
差點失手，你好像還很樂
九月二十一日23：31
歪打正著，效果再好沒有

九月二十一日23：32
怎麼會？

九月二十一日23：32
警察走後我說她又失智又有疑心病
她氣沖沖走掉，吃了兩顆藥

九月二十一日23：33
所以哩？

九月二十一日23：33
所以明早會把抽屜裡的十三顆藥加進果汁
加上她吃的兩顆
共十五顆
加上已經在血液中的兩顆
應該夠了

九月二十一日23：34

你是說真的要做？

九月二十一日23：34
大好機會放過可惜
現在不做就永遠不會做

九月二十一日23：34
會成功嗎？

九月二十一日23：35
我可以作證我們吵架
妳可以說昨天下午看見她很鬱悶
說她跟妳說了藏在抽屜裡的藥，可是妳沒想到她會吃

九月二十一日23：36
十五顆藥不會害死她吧？

九月二十一日23：36
不會，只會害她生病

我午休會回家，假裝我想講和

希望會發現她昏迷，會叫救護車

◆

九月二十二日08：08

完成

上班去但幾個小時後會回來

九月二十二日08：09

萬一她沒喝果汁呢？

九月二十二日08：09

那她就會再自殺一次

九月二十二日11：54

醫院打電話來

正在路上

九月二十二日11：54

意思是成了？

九月二十二日11：55

好像是。她自己叫的救護車

待會再說

我猛地發覺浴室的蓮蓬頭沒打開，馬修不在浴室裡。我害怕得心跳紊亂。他人呢？在漆黑的寂靜中，我豎起了耳朵，聽著他的喃喃聲從臥室前部傳來。他跟瑞秋必定是嚇慌了，深恐手機會落入警察的手裡，那他們的陰謀就拆穿了。他們會驚慌到殺了我嗎？或者強餵我更多的藥，布置成我又試圖自殺的樣子，只不過這一次我會真的死掉？我躺在床上，等著他回來，一隻手緊抓著髮膠罐，這輩子沒這麼害怕過。特別是在我知道了刀子的事。

八月八日23：44

今天看醫生，順利得像作夢

八月八日23：44

開藥了？

八月八日23：44
對，可是她說不吃
得讓她改變心意

八月八日23：45
我可能有辦法

八月八日23：45
什麼辦法？

八月八日23：45
一把大菜刀
跟命案的兇刀一樣

八月八日23：46
？？？去哪兒弄？

八月八日23：46
倫敦

我可以放在某處讓她發現
嚇一嚇她

八月八日23：46
不好。她會報警
再說有指紋
不覺得可行

八月八日23：47
計畫周詳就行

八月八日23：47
考慮一下

◆

八月九日00：15
考慮過了

八月九日00：17

妳在嗎？

八月九日00：20

現在在。有計畫了嗎？

八月九日00：20

有，但用簡訊不好解釋

會打給妳

八月九日00：20

不是說打電話太冒險？

八月九日00：21

非常時刻需要非常手段

八月九日20：32

後門沒鎖

遵照我們的安排，千萬要動作快

希望不會犯錯

八月九日20：33

相信我，沒事的☺

八月九日23：49

嗨

八月九日23：49

天啊！聽到她尖叫，一直想知道怎麼樣了！

八月九日23：50

不敢相信成功了，她歇斯底里！

八月九日23：50

幸好警察沒來

八月九日23：51

說了半天才讓她相信是她的幻覺

八月九日23：51
早就說嘛
刀子只能放在棚屋裡，希望沒事

八月九日23：52
沒問題——誰知道改天搞不好會用到

萬一，就在這一刻，瑞秋正在說服馬修到棚屋去，取菜刀來殺我呢？要是他割斷了我的喉嚨，大家會以為殺害珍的兇手又行兇了。馬修會作證說我一直接到無聲電話，同時扭絞雙手，怪自己不相信我說兇手在跟蹤我。瑞秋也為他做今晚的不在場證明，說她請他過去，因為稍早在酒吧裡跟我見面。她很擔心我。用來殺我的刀子絕對會不見蹤跡，就如殺害珍的兇器至今下落不明。而我會變成家喻戶曉的凱絲．安德森，樹林兇手的第二個被害人。

客房的門打開來。我屏氣凝神，等著聽他要走哪一邊，下樓到花園裡，或是沿著平台向我過來。要是他下樓，我有足夠的時間跑向客廳，拿出蘭花底下的瑞秋的手機，在他回來之前離開屋子嗎？我是該徒步或是開車？如果我開車，發動引擎的噪音會驚動他，他就會跑步來追我。要是我徒步離開，在他發覺我不在床上前，我能走多遠？我聽見了他的足聲從平台傳過來，我放心地全身發軟，我不必下決定了。除非他已經拿到了刀子，除非他在進門之前就先到棚屋去拿刀子了。

他進入臥室，我拿出了全部的意志力才沒有從床上跳下去，對準他的眼睛噴髮膠，在我被攻擊前先下手為強。我的手指放在噴嘴上，抖得好厲害，我懷疑自己能不能瞄得準，而就是因為想到了我無法在他制伏我之前讓他動彈不得，我才留在床上沒有動。我聽見他的衣服沙沙響，他在脫衣服，我逼自己要呼吸平穩，像個熟睡的人。要是他上床後，發現我抖得像一片葉子，他就會起疑。而，今晚，我能否保住這條命就要看是否能保持冷靜。

九月三十日，週三

天亮了，我幾乎不敢相信自己還活著。馬修好似磨蹭了一輩子才出門上班，等他一走，我立馬換上衣服，下樓到廚房，等著他打電話來，極度警覺到今天是最需要照規矩玩的一天。比起以前來，今天我最需要扮演他想要我演的角色。

我覺得我可能會覺得害怕，因為現在我知道無聲電話是誰打的了。可是知道他有多狠心反倒讓我更害怕，這樣正好，九點左右電話響了。因為我昨天開口跟他說話，我問了他是誰，我知道今天也該說點什麼，否則他會奇怪我剛找到的信心怎會一夕之間消失。所以，我又問他他是誰，而且就在掛斷之前，我叫他不要再來騷擾我了。我希望我聲音中的恐懼恰如其分。

如果我要解開他們謊言與欺騙的羅網，今天我就有許多事情要做。我直接開車到漢娜家，希望她沒出去。幸好，她的車子就停在車道上。

她看見我似乎頗意外，一直等到她微覺尷尬地問候我有沒有好一點，我才猜到馬修只怕是跟她說了我自殺未遂。我沒空問她究竟是聽說了什麼，所以只說我差不多恢復老樣子了，希望能一筆帶過。她邀我進去喝咖啡，我拒絕了，我說我在趕時間，我知道她很好奇我為什麼過來。

「漢娜，妳記不記得到我們家來烤肉，七月底的時候？」我問她。

「記得啊。」她說。「馬修從農場商店買的醃牛排真是可口。」她的眼神因為回憶而亮了起來。

「我這麼問可能很奇怪，可是我請你們過來是在我們兩個在妮可家碰到的那次嗎？」

「對啊，妳說想請我們過去烤肉。」

「可是我有定下確切的時間嗎？我是說，我有說是那個星期天嗎？」

她想了想，纖細的胳膊抱住了腰。「妳不是請我們隔天去嗎？喔，對了，我記得馬修說妳讓他打電話過來，因為妳在花園裡忙。」

「我想起來了。」我說，讓自己的口吻像是鬆了口氣。「問題是，我的短期記憶出了毛病，有一些事情我都不能確定，不知道我是真的忘了，還是根本就不是那麼回事。我說的話可能讓人聽不懂，對不對？」

「多少有一點。」她含笑說。

「比方說，幾個星期前我為了你們請我們過來吃晚飯的事，一直好懊惱，因為我不記得你們邀請了我們——」

「那是因為我是跟馬修說的。」她打斷了我。「我留了訊息，一通在你們家的電話上，一通在妳的手機裡，可是妳沒回電，我就打給了馬修。」

「結果他忘了告訴我妳要我帶甜點過來。」

「不是我要求的，」她抗議，「是馬修提議的。」

為了讓我剛才的提問內容更豐富，我跟她說我可能得了早發性失智症，請她暫時不要告訴別人，因為我自己仍然在設法吸收這個消息。接著我也告辭了。

七月二十四日15：53

她想在布洛伯利見，感覺很難過

知道原因嗎

七月二十四日15：55

可能是保全公司的人害她緊張

妳能去嗎？

七月二十四日15：55

能，跟她説約六點

七月二十四日15：55

讓我知道有沒有我們能利用的地方

七月二十四日23：37

嗨，跟她聊得如何？

七月二十四日23：37

沒事，不值得一提，說保全公司的人嚇壞了她

七月二十四日23：37

她有沒有說遇見漢娜？

七月二十四日23：38

有

七月二十四日23：38

說她請他們來烤肉

沒說幾時，想利用一下

七月二十四日23：38

怎麼用？

七月二十四日23：38

不確定

對了，跟她說我要去鑽油塔

七月二十四日23：39

她有何反應？

七月二十四日23：39

不開心，我說跟她說過，所以她覺得是她忘了寫在日曆上以免她去看，本人是僞造大師

七月二十四日23：39

好極了！

◆

七月二十五日23：54

嗨，今天如何？

七月二十五日23：54

好，可是想你。好難喔☹

七月二十五日23：54

再等兩個月

想到了利用烤肉跟H和A的辦法

需要妳明天十點打電話到家裡，假裝是安迪

七月二十五日23：54

？

七月二十五日23：55

打就對了

◆

七月二十六日10：35

謝了，安迪！

七月二十六日10：35

哈哈，成功了嗎？

七月二十六日10：35

正出門去買烤肉用的香腸

七月二十六日10：36
她眞的相信是她請了他們？

七月二十六日10：36
對！

七月二十六日10：37
眞不敢相信這麼容易

七月二十六日10：37
☺

離開漢娜家後，我駕車去工業區的保全公司，直接走向櫃台。一位小姐抬起頭，她的桌上很雜亂。

「有什麼事嗎？」她面帶微笑說。

「兩個月前我們裝了你們公司的警報器。可以影印一份合約嗎？我的好像不知道放到哪裡去了。」

「當然可以。」她詢問地看著我。

「安德森。」我跟她說。

她鍵入電腦。「有了。」

印表機立刻就把紙張吐出來，她伸手去抽，交給了我。

「謝謝。」我看了一會兒，注意到裝設日期是八月八日週六。底下是馬修的簽名。

七月二十日23：33
猜猜看？晚餐時她說要裝警報器
已經叫人在週五來了

七月二十日23：33
抱歉！是我一直在唸你們家很偏僻
跟她說需要警報器，沒想到她眞的去叫了

七月二十日23：34
裝了的話，事情會更棘手

七月二十日23：34
給我密碼就不會了☺

◆

七月二十七日08：39

早安！

七月二十七日08：40

就想你會打來。去鑽油塔的路上嗎？

七月二十七日08：41

沒，在工業區，等保全公司開門

七月二十七日08：41

爲什麼？

七月二十七日08：41

訂購警報器，讓她以爲是她訂的

七月二十七日08：42

怎麼弄？

七月二十七日08：43
在假合約上僞造她的簽名

七月二十七日08：43
你辦得到？

七月二十七日08：44
小意思。說過了，本人是僞造大師。
保全公司快開了，等下再打

七月二十七日10：46
坐火車到亞伯丁，安排好週六早晨裝警報器
我需要在場，得支開她，有點子嗎？

七月二十七日10：47
得想想
一路平安

◆

七月二十九日09：36
無聲電話眞的把她嚇死了！
不想一個人在家，我就建議她去住旅館

七月二十九日09：36
有的人命眞好

七月二十九日09：37
改天是妳跟我，我保證
計畫順利，週六裝警報器她不會礙事
需要妳幫個忙

七月二十九日09：38
好

七月二十九日09：38
打電話到家裡，留言

假裝是保全公司來確認週五施工

七月二十九日09：39

你不是說週六？

七月二十九日09：39

是週五。相信我，我有計畫。

明天也要打一通

七月二十九日09：40

好

◆

七月三十一日16：05

嗨，你從鑽油塔回來沒？

七月三十一日16：34

剛回來。在家裡，正要去飯店

跟她說我發現保全公司的人站在門階上

把假合約帶去證明是她訂購的

七月三十一日16：35

希望她會上鉤

七月三十一日16：35

一定會

七月三十一日19：13

上鉤了

七月三十一日19：14

一定覺得她瘋了！

七月三十一日19：14

不就正中下懷？

我離開了保全公司，駕車到威爾斯堡。寶貝精品店的女店員忙著招待顧客，我只好等待，盡量耐著性子。

「可別說，」她一見我站在那兒就說，「妳打算要退嬰兒車了。」

「才不是。」我跟她擔保。「可是有件事我想問問妳。昨天我來的時候，妳說到如果妳送錯了嬰兒車，我的朋友會殺了妳。」

「是啊。」她點頭。

「那到底是怎麼回事？」我問她。「我純粹是好奇，因為我完全沒有料到。嬰兒車就莫名其妙送來了。」

「我當時建議在預產期快到了的時候再送貨，因為——唉，什麼事都可能會發生嘛。可是那位小姐想馬上送貨。」

「她是怎麼說的？是不是說要送我禮物，請妳推薦？」

「大致上就是那樣。她在妳離開之後幾分鐘進來，說是妳的朋友。她問了妳有沒有特別來找什麼，我就跟她說妳買了一套睡衣，那對年輕夫妻也開玩笑說妳也很喜歡那輛嬰兒車，她就說好極了，當場就訂了下來。」她著急地看著我。「我不知道是不是有點交淺言深，可是我說我們兩個的預產期差不多是同一個時候，她非常驚訝，可是她又跟我說妳已經跟她說過妳懷孕了，她只是很意外妳會跟我說。」

「其實是這樣的，我太興奮自己可能懷孕了，就跟兩個朋友說了，而我猜不出嬰兒車會是誰送的，因為上頭沒有卡片。妳能不能跟我說她叫什麼名字？我很想謝謝她。」

「當然、當然。妳等一下，我來查電腦。能不能先跟我說妳貴姓大名？」

「凱珊德拉．安德森。」

「對，有了，在這裡。喔，沒留姓名。她沒填那一欄。」

「那妳記不記得她的長相？」

她想了想。「我想想──高高的，黑色鬈髮。對不起，好像沒什麼用。」

「不，正好相反，我知道是誰了。太好了，這下子我就能好好謝謝她了。」我歇口氣。「對了，妳記不記得跟我先生說過話？」

「妳先生？沒有，我不記得有。」

「嬰兒車送到的那天他打電話來店裡──一定是星期四──因為他以為嬰兒車是送錯了。」

「恐怕我不記得有那樣的事。妳確定他是跟我說的嗎？那個星期店裡只有我一個人。」

「我一定是弄錯了。」我微笑。「謝謝妳，妳真的幫了我一個大忙。」

八月四日11：43

她剛說要在CW見，口氣很沮喪

八月四日11：50

我又打無聲電話了

妳去嗎？

八月四日11：51
去，可是工作眞的很忙，希望不會拖很久
會告訴你情況

八月四日14：28
天大的好消息——她以爲你的電話是兇手打的

八月四日14：29
蛤？？？
搞不好她是瘋了

八月四日14：29
要是她自己那樣瞎疑心就幫了我們的大忙了
我也幫忙證實烤肉的事
跟她說她告訴我邀了H和A週日去

八月四日14：30
做得好

八月四日14：31
得回去上班了，再聊

八月四日14：38
猜猜看？

八月四日14：39
不是說要工作

八月四日14：39
我回停車場的路上看見她從寶貝精品店出來

八月四日14：39
寶貝精品店？
她去那兒幹嘛？

八月四日14：40
我哪知

八月四日14：40

妳能查出來嗎？

八月四日14：40

眞的沒時間

八月四日14：40

挪出時間來

她爲什麼會進嬰兒用品店？

說不定我們可以利用

我們需要利用每件小事來對付她

八月四日14：41

好

八月四日15：01

你絕對不會相信

八月四日15：01

終於喔
怎麼這麼慢？
八月四日15：02
別抱怨
我給你報喜來了
八月四日15：02
說啊
八月四日15：02
你要當爸爸了！
八月四日15：03
蛤？？？
八月四日15：03
你確定結紮了嗎？

八月四日15：03
當然確定！
怎麼回事？
八月四日15：03
問倒我了
她跟店員說她懷孕了
就幫你訂了嬰兒車
八月四日15：03
？？
八月四日15：04
她顯然愛上那輛車了
可以讓她以爲是她訂的，跟警報器一樣
八月四日15：04
不確定能不能玩兩次

八月四日15：03
值得一試
不成功可以推給商店送錯
可是我們需要週五在家收貨

八月四日15：05
好，會休兩天假
扮演關心的先生
得想想如何利用嬰兒車事件

八月四日15：06
眞希望你能陪我兩天☹

八月四日15：06
我們在一起的日子很快會到
對了，我偷溜回家，把警報器密碼換了
運氣好的話她會觸動警鈴

八月四日15：07

她要有倒楣的一天了

八月四日15：07

希望這只是剛開始☺

八月四日23：37

警報器陷阱如何？

八月四日23：38

眞可惜妳沒親眼看見

警察來了

八月四日23：38

她眞的相信是她弄錯密碼？

八月四日23：38

根本沒起疑

八月四日23：38

眞是不費吹灰之力

八月四日23：39

不可思議吧？

◆

八月六日23：45

準備好明天收嬰兒車嗎？

八月六日23：47

☺

八月六日23：47

你會利用懷孕的事嗎？

八月六日23：47

可以的話

◆

八月七日23：46

多謝妳的嬰兒車

八月七日23：46

你喜歡就好

怎麼樣？

八月七日23：47

笑死人

亂七八糟的

她幫我訂了花園棚屋當驚喜

起初以爲是棚屋所以各說各話

八月七日23：47

？

八月七日23：47

放心，很順利

說她沒訂嬰兒車，我就假裝打電話去店裡

然後把懷孕的事丟出來，說店員恭喜我

八月七日23：48

她說什麼？

八月七日23：48

是店員自行假設她懷孕，她沒糾正

八月七日23：48

眞怪！嬰兒車呢？

八月七日23：49

相信是她自己訂的

八月七日23：49

不可能！

她眞的頭殼壞去了

八月七日23：49
最棒的是說服她去看醫生
約了明天

八月七日23：50
她不會高興你已經跟醫生談過
萬一他不開藥呢？

八月七日23：50
他會的。我跟他說她疑神疑鬼，極度緊張
希望她的行爲能佐證

我從寶貝精品店出來後又到我從前教書的學校去，正好在快午休時抵達。我想到了約翰，馬上因慚愧而臉紅，我竟然這麼快就指控他，甚至還到了把他當成殺死珍的兇手的程度。可是我仍不知道他有多無辜——他和瑞秋見面，不是嗎？珍的臉出現在我心裡，而我總會感覺到的悲傷又浮現了。可是我現在不能想她，現在不行。

我推開了學校會客室的門。走廊空蕩蕩的，我一面走一面察覺我有多想念這裡。我走到了教職員室的門口，深吸一口氣，走了進去。

「凱絲！」康妮一躍而起，把沙拉撞到地板上，給了我一個好大的擁抱。「喔，天啊，真高興看到妳！妳知道我們有多想妳嗎？」

其他同事也都圍過來，問我怎麼樣，告訴我他們有多高興見到我。等我向他們一一保證我很好之後，我就問約翰和瑪麗在哪裡。

「約翰今天在餐廳值班，瑪麗在辦公室裡。」康妮說。

五分鐘後，我就走在去見瑪麗的路上了。她看到我跟別人一樣開心，這倒讓我放下了心。

「我想為了我害妳失望道歉。」我解釋道。「首先，要為進修日道歉。」

「胡說。」她說，海軍藍套裝和粉紅色襯衫，和平常一樣幹練俐落。「妳先生早就通知我們了，根本不成問題。我只是好遺憾那天晚上帶著花去看妳，沒能見到妳。妳先生說妳睡了。」

「我應該寫信感謝妳的。」我愧疚地說，因為我不想讓她知道馬修根本就沒把花拿給我。

「別傻了。」她好奇地看著我。「我得說，我沒想到妳的氣色會這麼好。妳確定妳不想回來教書嗎？我們很想念妳。」

「我很樂意回來。」我渴望地說。「可是妳也知道，我病了。其實，我想妳也注意到上學期我有點不對勁。」

她搖頭。「恐怕我什麼也沒注意到。要是我早知道妳的壓力有那麼大，我就會設法幫忙。我真希望妳那時來找我談一談。」

「可妳不是跟我先生說妳注意到我的狀況不是很好嗎？」

「我唯一跟妳先生說的話是，他打電話來說妳不回來教書了，我說妳是我最有組織、最有效率的老師。」

「我先生有沒有說我為什麼不回來教書了？」

她直率地看著我。「他說妳神經衰弱。」

「他可能有點太誇大了。」

「我也是那麼想的，尤其是妳的診斷證明上只說妳壓力很大。」

「我可以看一看嗎？」

「可以呀。」她走向檔案櫃，翻找檔案。「在這裡。」

我接過了文件，研究了片刻。

「我可以影印一份嗎？」

她沒問原因，我也不再多說。「我立刻就幫妳印。」她說。

八月十六日23：52

好消息

我照妳的建議抄捷徑穿樹林去奇切斯特

她完全崩潰

找醫生來，說她必須定時服藥

八月十六日23：52

終於！

八月十六日23：52

還有呢

她說不想回去教書

覺得快到最後階段了

八月十六日23：53

謝天謝地

也該開始最後階段了

覺得明天我能溜進屋裡嗎？

八月十六日23：53

會嘗試用藥迷昏她

務必小心！

◆

八月十七日10：45

我在屋裡，她昏迷不醒
你給了她幾顆？

八月十七日10：49
果汁裡兩顆，再加醫生開的兩顆
奇怪她沒接電話
她在哪裡

八月十七日10：49
癱在電視前
從購物台買了幾樣東西

八月十七日10：49
爲什麼？

八月十七日10：50
讓她以爲是她買的
你說她已經幫我買了耳環，所以有何不可

八月十七日10：50
別過火了
八月十七日10：50
☺
◆
八月二十日14：36
妳在家裡？
八月二十日14：36
在，做點家事
希望她以爲是她做的
不是的話你可以說是你上班前做的，讓她覺得慚愧
八月二十四日23：49
下午打電話給校長，跟她說神經衰弱
說不必等她回校教書

八月二十四日23：49

她怎麼說？

八月二十四日23：49

覺得很糟沒有事前發覺

要診斷證明

◆

八月二十六日15：09

過得如何？

八月二十六日15：10

寧可在西恩納

機器沒送到，說週二

只幫你燙了幾件襯衫

八月二十六日15：10

謝了

等這件事了結會盡快帶妳去西恩納

對了，多謝妳的馬鈴薯

八月二十六日15：11
喜歡就好
這兩天你還會收到別的

◆

八月二十八日17：21
怎麼樣？

八月二十八日17：37
校長想帶花來看她

八月二十八日17：38
你怎麼說？

八月二十八日17：38
說好，但會跟她說凱絲不能見她，花丟垃圾桶
拿到醫生證明，只說壓力大

八月二十八日17：38
可惡

八月二十八日17：38
也沒提神經衰弱
會僞造做失智症測試的信

八月二十八日17：39
她那麼好騙，一定會上當
希望你別介意，我爲自己買了珍珠

八月二十八日17：39
妳應得的

◆

八月三十一日23：49
今天過得好嗎？

八月三十一日23：50
老樣子
她沒提明天跟妳吃午餐

八月三十一日23：50
好，表示她忘了
一定得在家，洗衣機要送來
我會假裝過去看她爲什麼失約

◆

九月一日15：17
怎麼樣？

九月一日15：18
洗衣機十一點送到，她在睡覺
後來去按門鈴問她午餐爲何失約
起初以爲她不會來開門

九月一日15：18

她怎麼樣？

九月一日15：18
差點聽不懂她說的話
她整個人糊塗了，一直在說命案，說看到了刀子
好像胡言亂語的瘋子

九月一日15：19
好
打算今晚說她是瘋子

九月一日23：27
你說了嗎？

九月一日23：28
說了，我到家時仍然糊裡糊塗的
就利用機會，要她打開洗衣機
她不會，拿醫生的信說要做失智症檢查

九月一日23：29

她怎麼說？

九月一日23：29

妳覺得呢？

我很快就向瑪麗告辭，答應會保持聯絡。我走向大門口，有人喊我的名字。一轉身就看見約翰匆忙朝我過來。

「可別說妳不打聲招呼就要走了。」他責怪我。

「你在餐廳值班，我不想打擾你。」我說了謊，因為我仍不確定他是敵是友。

他端詳我的臉。「妳好嗎？」

「很好。」

「好。」

「你好像不相信。」我說。

「我只是沒想到妳這麼快就復元了。」

「為什麼？」

他一臉難堪。「唉，就、就妳出了那些事嘛。」

「什麼意思？」

「是瑞秋跟我說的。」他忸怩地說。

「她跟你說了什麼？」

「說妳用藥過量。」

我緩緩點頭。「她是幾時跟你說的？」

「昨天。她打電話到學校來，問我放學後能不能跟她碰個面。我本來想拒絕的——我怕她又想跟我上床——可是她說她想跟我談談妳，我就同意了。」

「然後呢？」我追問他。

「我們在威爾斯堡見面，她說上星期妳用藥過量，被送去急救。我很擔心，很後悔在馬修說我不能給妳打電話的時候沒有抗議。」

「那是幾時的事？」我擰著眉問。

「就在瑪麗跟我們說妳決定不回來教書了之後。我不敢相信，因為我們在布洛伯利遇見的那天，妳提都沒提要放棄教職，而我覺得有點不大對勁。很多事都兜不攏。瑪麗說妳壓力過大，我知道妳一直惦著珍的命案，可是我以為——我這麼想可能太笨了——我以為我能勸妳改變心意。可是馬修說妳病得太嚴重，誰都不能見，後來瑞秋說妳用藥過量，我不懂妳怎麼會在這麼短的時間內情況就變得這麼壞。」他停頓一下。「妳真的用藥過量嗎，凱絲？」

我立刻搖頭。「不是故意的。我是在不知不覺間服用了太多的藥。」

他一臉寬慰。「瑞秋要我跟瑪麗說，她覺得應該讓瑪麗知道妳用藥過量。」

「那你說了嗎？」

「沒有，當然沒有，再怎麼樣也輪不到我說。」他遲疑了片刻。「我知道妳把瑞秋當好朋友，可是我卻不確定瑞秋是不是真的好。我覺得她非常不忠心，把妳用藥過量的事跟我說。防人之心不可無，凱絲。」

「我知道。」我說，點點頭。「要是接下來幾天她再打電話給你，別跟她說你見過我，好嗎？」

「好。」他保證。「保重，凱絲。我們會再見面嗎？」

「那還用說。」我說，向他微笑。「我還欠你一頓午餐呢，記得嗎？」

我離開了學校，很滿意目前的進度。我想要去找狄金醫生，可是我很懷疑在這麼短的時間內能掛上號，況且，知道他認為我只是壓力過大就夠了。要是讓他知道我最近用藥過量，他的看法恐怕會有所改變，但起碼我有瑞秋的手機，可以證明那是馬修動的手腳，不是我自己。

眼下我不允許自己去想要是手機沒有交給我，我會有什麼下場，也不允許自己去想這世上我最愛的兩人是如何背叛我的。我怕自己會太過傷心，無法執行我已決定的事，自從我在斑點母牛聽見馬修的聲音在電話另一頭響起，我就決定了要解開他們的欺騙之網。其實今天早晨我不需要去找漢娜，也不需要去保全公司；不需要去找寶貝精品的店員，也不需要去見瑪麗，因為一切證據都在手機裡。可是我醒來後，我仍然不太能相信他們的所作所為，因為這幾個月來他們把我的頭腦玩弄在指掌之上，害我也開始疑心這一切是否出於我的想像，我是否誤判了那些簡訊。我不敢再讀一遍，唯恐會不小心刪除，唯恐瑞秋或馬修突然冒出來，發現手機在我這裡。我這一趟出門來讓我能夠證實事情就跟我想的一樣。

同時也讓我了解我真是幫他們鋪了條康莊大道。此時想來，好像匪夷所思，我居然什麼也不懷疑，連推給我的警報器或嬰兒車都不聞不問，連洗衣機不會用都不生疑。發生的一切，我都歸罪於我靠不住的記憶。就連在停車場搞丟汽車也是。

八月十二日23：37

我們的遊戲需要升級

八月十二日23：39

爲什麼？

八月十二日23：39

她剛才開了瓶香檳

說她覺得好很多，還說起要生孩子

八月十二日23：39

可憐的笨女人

我明天打給她，看她怎麼說

◆

八月十三日09：42
剛打過，她沒接
你打無聲電話了沒？

八月十三日09：42
還沒，正要打
希望會把她嚇回我們要的樣子

八月十三日09：42
你要我等一下去家裡嗎？

八月十三日09：43
好，千萬小心

八月十三日09：43
我哪次不小心

八月十三日14：31

有事嗎？

八月十三日14：31

沒，她癱在電視前

八月十三日14：32

好，表示我的電話嚇壞她了

八月十三日15：30

我能走了嗎？需要去威爾斯堡

八月十三日15：54

抱歉，在開會

請便

千萬別讓人看見，妳應該是在西恩納的

八月十三日15：54

我戴了金色假髮，穿了慢跑褲，記得嗎？

八月十三日15：54
可惜我看不到

八月十三日15：54
看不到最好

八月十三日16：48
猜猜看誰到威爾斯堡來了？
正要離開就看見她進了立體停車場
正在跟蹤她，有個點子
她的車有備用鑰匙嗎？

八月十三日16：49
有，家裡，幹嘛？

八月十三日16：50
你知道她很怕找不到車
我們可以設計一次

八月十三日16：51
怎麼設計？

八月十三日16：51
你走得開的話，就來這裡把她的車移到別的樓層
她停在四樓

八月十三日16：51
妳是天才
現在離開，希望來得及

八月十三日16：51
我會幫你把風

八月十三日17：47
到了，她呢？

八月十三日17：47

在城裡閒晃

八月十三日17：47
要我移車嗎？

八月十三日17：48
移了吧。她可能不會待很久。
移到頂樓

八月十三日17：48
好

八月十三日18：04
她要回來了，移了嗎？
她剛遇見學校裡的人，康妮吧。

八月十三日18：04
移了，正在頂樓
盯著她，萬一她上來我好移車

讓我知道發展

八月十三日18：14

好好笑喔

她到處在找車

目前在五樓

快替她難過了

八月十三日18：14

妳覺得她會上來這裡嗎？

八月十三日18：16

不會，又下去了

八月十三日19：19

怎樣了？

八月十三日18：21

在一樓，大概要去辦公室說找不到車

八月十三日18：21

要我移回四樓嗎？

八月十三日18：21

好！

八月十三日18：24

好了嗎？

她跟管理員一起上來，在等電梯

八月十三日18：25

好了，可是不在同一個車位，隔兩個

八月十三日18：25

應該沒差

你最好快走

八月十三日18：26

走了

我要打電話問她在哪裡，假裝我回家了

八月十三日23：48

嗨，情況如何？

八月十三日23：49

這麼說吧

短期內她不會再開香檳了

八月十三日23：49

☺

我忽然覺得好餓，因為從昨天中午就沒吃東西了，我停在休息站，買了三明治和飲料。我吃得很快，等不及快點回家。我上了雙線道，打算循著這條路回家，可是五分鐘後，我也不清楚是為什麼，我竟然左轉，駛上了往樹林的那條路，再往前就會取道黑水巷回家。我不是很擔心，決定讓命運來帶領我。畢竟命運讓我得到了手機。瑞秋從那名法國學生旁邊硬擠過，卻被他從皮包裡偷走手機的機率有多高？而那名學生的朋友良心不安，把手機交給了我的機率又有多高？我從不覺得自己偏好形而上的東西，可是昨天，確實有個人在某處看顧我。

黑水巷一點也不像我上次走過的景象。兩邊的樹木都染上了秋意，而四周沒有別的車輛也讓這裡感覺很平和，而不是恐怖。我快到珍停車的避車道了，我放慢車速，駛了進去。我關掉了引擎，搖下車窗，坐了一會兒，任微風吹進車裡。我感覺到珍與我同在。雖然兇手仍然逍遙法外，但我卻在她死後第一次感到平靜。

我的盤算是回家去把瑞秋的手機從蘭花底下拿出來，交給警方，可是命運帶我來這裡一定有它的理由。所以我閉上了眼睛，想著珍，想著馬修和瑞秋，兩個沒心沒肺的東西，利用珍的死來對付我。

七月十八日15：15

好嗎？

七月十八日15：16

好。怎麼現在打來？

七月十八日15：16

我在外面。跟她說要去健身

得維持表象

不想讓她問我怎麼都不去了

七月十八日15：16
眞希望你是來找我，跟以前一樣
七月十八日15：16
我也是。妳知道我多想妳嗎？
七月十八日15：16
我大概猜得到☺
而且我們今晚也見不到面
七月十八日15：16
正好，不然會想吻妳
可爲什麼見不到？
七月十八日15：17
蘇西取消派對了
你知道那個被殺的女人？她在我們公司上班

七月十八日15：17
沒開玩笑？

七月十八日15：17
剛打給凱絲，她崩潰了
原來她最近跟她一起吃過飯

七月十八日15：18
什麼？確定嗎？被殺的那個女的？

七月十八日15：18
對。她在我一個月前帶她去的餞行會上認識的
兩人約好了吃午餐
珍・華特斯

七月十八日15：19
想起來了！我去餐廳接凱絲
她說她跟一個新朋友叫珍的吃飯

七月十八日15：19
就是她
七月十八日15：19
天啊，她現在會更難過
她對那個逃脫的兇手非常緊張
七月十八日15：20
好，也許能利用
七月十八日23：33
不知道妳跟被害的女人吵了架
凱絲說的
七月十八日23：34
她搶了我的停車位
七月十八日23：34
那她得到報應了

七月十八日23：35
天啊，你眞的是一個冷血的王八蛋！
七月十八日23：35
對妳可不會
妳知道妳是我命中注定的女人吧？
七月十八日23：35
☺

◆

七月二十四日23：40
命案眞的嚇死她了，她不想一個人在家裡
叫她請妳過來
七月二十四日23：40
謝了！

七月二十四日23：40
得裝得像一點
妳當然要拒絕

七月二十四日23：41
眞想不到她會嚇成那樣

七月二十四日23：41
正好稱了我們的心

◆

七月二十八日09：07
早安！

七月二十八日09：07
你好像很開心。怎麼了？

七月二十八日09：08
凱絲剛打給我問我是否打給她

她緊張兮兮的，我就說沒，玩玩她

七月二十八日09：08

就這樣？

七月二十八日09：08

昨天也一樣，不過不是我

我輕描淡寫，跟她說可能是電信公司

七月二十八日09：08

還是不懂

七月二十八日09：09

覺得我今天可以再打。明天也是

讓她以爲有人盯上了她

七月二十八日09：09

讚！

七月二十八日09：09

就知道妳會開心

◆

八月五日23：44

今天好嗎？

八月五日23：57

抱歉，在洗澡

八月五日23：57

好誘人喔

八月五日23：58

☺今天還可以，你呢？

八月五日23：58

沒什麼好玩的，只是在想

明天我在家，要打無聲電話嗎

八月五日23：58
不打的話她會猜到是你

八月五日23：59
也可能會想她／房子被監視了

八月五日23：59
疑心病很好，就這麼辦

回想那些簡訊讓我好氣憤，我決心要找個辦法為珍復仇。我回頭審視那恐怖的一晚之後發生的大小瑣事，瞬間，我知道該怎麼做了。

我離開了避車道，趕緊開車回家，祈禱不會發現馬修或是瑞秋的車子停在車道上。沒發覺什麼形跡，可是我下車時仍小心翼翼地張望。我開門進屋，正在關警報器，電話響了。我看見號碼是馬修的，就接了起來。

「喂？」

「終於喔！」他的激動很明顯。「妳出去了嗎？」

「沒啊，我一直在花園裡。怎麼了？你一直打回來嗎？」

「對，我打了好幾次。」

「對不起，我決定要把花園的另一頭，樹籬那邊，整理好。我才剛進來要喝杯茶。」

「妳不會又要出去了吧？」

「沒有啊。怎樣？」

「我是想下午可以請假，陪陪妳。」

我的心跳加快。「那很好啊。」我平靜地說。

「那一個小時後見。」

我掛斷了電話，腦筋轉個不停，不知他為什麼決定下午休假。說不定是他或瑞秋追查到了那群法國學生的下落，知道了手機在我這裡。如果那群學生是住在威爾斯堡的大學裡，那要查出他們今天的去向並不難。迄今為止我還算走運，儘管我跟瑞秋是那麼說，但我也沒把握他們已經回法國了。

我匆匆到花園裡，希望馬修還沒有把瑞秋藏在棚屋裡的刀子移走。花園椅的墊子已經收起來避冬了，整齊地堆疊在棚屋的後部。我把墊子移開，發現自己直勾勾看著一樣東西，不是刀子，而是義式咖啡機。我愣了五秒鐘才想起這是以前我們廚房裡的那一台，就是膠囊直接嵌進去，而不需要推槓桿的那一台。我再往裡找了找，在舊花園桌下方蓋著一塊布，我找到了一個箱子，外頭有微波爐的圖案，我打開來，發現了舊的微波爐，是現在廚房裡那台的舊型。我憤怒得想嘶吼，恨我自己這麼容易被馬修騙，可是我怕一開口就會停不住，自從昨天下午拿到瑞秋的手機之後，我壓抑在心底的種種情緒會全部噴發，讓我無法施行我的計畫。所以我把怒氣出在微波爐上，把它踢過來踢過去，先出右腳，再出左腳。等我的怒氣發洩完之後，我的心裡只留下無盡的哀愁，我暫時先不管它，繼續做我必須做的事。

我又找了幾分鐘才找到了刀子，就塞在後面的花盆裡，拿茶巾裹著，我認出來茶巾是瑞秋的，因為我也有一模一樣的一條，紐約之旅帶回來的。這把刀雖然不是殺害珍的兇刀，看著它我仍覺得噁心。我不去摸，只迅速地再包好，放進原來的地方。今晚就結束了，我跟自己說，今晚就結束了。

我進到屋子裡，站了一會兒，很懷疑我是不是真的辦得到。而因為只有一個辦法能找出答案來，我走到門廳，拿起電話，撥給了警局。

「可以請你們過來嗎？」我說。「我住在命案現場的附近，我剛剛在我家的花園棚屋裡發現了一把大菜刀。」

他們在馬修回家之前到達，正合我的心意。這次有兩名警員：我見過的羅生警員和她的男性搭檔湯瑪斯警員。我表現得害怕卻不歇斯底里。我跟他們說了刀子的所在，湯瑪斯警員立刻朝花園棚屋而去。

「你們不會認為那把刀子就是你們在找的珍・華特斯命案的兇器吧？」我焦急地問羅生警員，以免她沒有聯想到。「兇器還沒找到，對不對？」

「恐怕我不能透露。」她說。

「是這樣的，我算是認識她。」

她詫異地看著我。「妳認識珍・華特斯？」

「不算熟。我們在派對上聊了起來，後來又一塊吃了一頓飯。」

她掏出了筆記本。「那是幾時？」

「我想想——距離命案一定有兩個星期了。」

羅生警員皺著眉頭。「我們詢問過她先生，請他列出她的朋友名單，妳的名字不在上頭。」

「我說了，我們才剛認識。」

「妳跟她一塊吃飯的時候，她的態度有沒有不對？」

「沒有啊，就很正常。」

我們被湯瑪斯警員打斷了，他帶著刀子回來，謹慎地以戴手套的手拿著，刀子仍一半包在茶巾裡。

「妳找到的是這個嗎？」他問。

「對。」

「妳能說說是怎麼找到的嗎？」

「好啊。」我深吸了一口氣。「我在整理花園，需要花盆來種球莖。我知道棚屋裡有，因為馬修——我先生——都放在那裡。我拿了一個大花盆，可是底下有條茶巾，我拿了出來，感覺包著東西。我就把茶巾打開，一看到鋸齒刀刃才知道是一把刀子，我嚇壞了，趕緊再把它包好——後來我想到電視上說珍・華特斯的命案，我就把它放回去，打電話報警了。」

「妳認得這條茶巾嗎？」他問。

我慢吞吞點頭。「是朋友從紐約帶回來送我的。」

「可是妳沒見過這把刀子。」

我猶豫了。「好像有。」

「除了在電視上。」羅生警員親切地說。

我不怪她會認為我有些遲鈍，畢竟發生過觸動警鈴和馬克杯事件。而在此時此刻讓她認為我是個糊塗蟲非常合適，因為要是我說了什麼消息可能會──嗯──陷馬修於罪的話，也不會顯得是我故意的。「對，除了在電視上以外。」我說。「大概是一個月前，是星期天。我在上床前先去廚房弄洗碗機，就看見刀子放在一邊。」

「這一把嗎？」男警員問。

「好像是。我只看了一眼，後來我叫馬修來看，刀子就不見了。」

「不見了？」

「對，不在那裡了。反而變成了一把小菜刀。可是我知道我看見的刀子比較大，我真的嚇壞了。我想報警，可是馬修說是我看花眼了。」

「妳能不能把那晚究竟看見了什麼再說一遍，安德森太太？」羅生警員問，又開始寫筆記。

我點頭。「我剛才說了，我到廚房去要把髒盤子放進洗碗機裡，剛彎腰要放，就看到旁邊有一把大菜刀。我以前沒看過──我們家沒有那種刀──我差點就嚇死了，只能想到趕快離開廚房，所以我就跑到走廊上，大聲尖叫，叫馬修──」

「那時妳先生在哪裡？」她打岔道。

我抱住身體，假裝很緊張。她鼓勵地對我微笑，於是我做個深呼吸。「他比我先上床睡覺，所以在樓上。他跑下來，我跟他說廚房有一把大刀。我看得出來他不相信。我叫他報警，因為我看過兇器的照片，就跟那個一模一樣，我很害怕兇手就藏在花園裡，甚至是藏在屋裡。可是馬修說他想先去看一下，所以他就到廚房去，然後就叫我過去看。等我看的時候，大刀不見了，變成了一把小刀放在那裡。」

「妳先生是走進了廚房裡還是站在門口？」

「我不是記得很清楚。我覺得是站在門口，可是我那時恐怕是有點歇斯底里。」

「妳先生接下來怎麼做？」

「他在廚房裡找了半天，可是我知道他那麼做只是想安撫我。刀子沒找到，他就說一定是我看錯了。」

「妳覺得是妳看錯嗎？」

我使勁搖頭。「不是。」

「那麼妳覺得是怎麼一回事？」

「我覺得是大刀真的在那裡，可是有人趁我去叫馬修的時候從後門進來，換成了一把小刀。我知道聽起來很沒道理，可是我是這樣相信的，而且現在還是這麼想的。」

羅生警員點頭。「可以請問七月十七日那晚妳和妳先生在哪裡嗎？」

「那天是學期末的最後一天——我在威爾斯堡中學教書——我跟同事一塊去酒吧。那天晚上有暴風雨。」

「那妳先生呢？」

「他在家裡。」

「一個人？」
「對。」
「妳幾點回來的？」
「一定是十一點四十五了。」
「妳先生在家裡嗎？」
「他在客房睡覺。我要離開威爾斯堡的時候他打電話來，說偏頭痛，要到客房裡睡，以免我回來的時候吵到他。」
「他還說了什麼？」
「只叫我不要走黑水巷回來。他說有暴風雨要來了，我應該要走大馬路。」
她和湯瑪斯警員互換了一眼。「所以妳到家後，妳先生在客房裡睡覺。」
「對。我沒去看他，因為房門關著，我不想吵醒他，可是他一定在裡面。」我換上困惑的表情。「我是說，不然他還能去哪裡？」
「隔天妳先生有好一點嗎，安德森太太？」換湯瑪斯警員發問。
「就跟平常一樣啊。我去買東西，回來後發現他在花園裡，他還生了火。」
「生火？」
「對，他在燒東西。他說是樹枝，我覺得有點奇怪，暴風雨才剛過，樹枝太濕了，應該燒不起來才對。可是他說樹枝用防水布蓋住了。不過他以前不太會生火燒樹枝，我們通常都拿來當壁爐的柴火。可是他說木頭不對。」
「木頭不對？」

「對啊，太多煙之類的。」我歎口氣。「大概就是那樣空氣才會有點怪怪的。」

「怎麼個怪法？」

「我也不知道。反正就不是正常的營火味，就燒木頭的味道。可是也可能是因為下過雨。」

「他有沒有談起過珍．華特斯的命案？」

「一直在談。」我說，把自己抱得更緊。「我真的很難過，特別是我覺得我認識珍。」湯瑪斯警員的眉頭皺了起來，羅生警員搖搖頭，動作極輕，示意他別打斷了我。「他好像滿腦子都是命案，我不止一次要他把電視關掉。」

「妳先生認識珍．華特斯嗎？」羅生警員問我，審視著我的表情。她望了湯瑪斯警員一眼。「安德森太太在命案發生前兩個星期，和珍．華特斯一起吃過飯。」她向他說明。

「不認識，他只知道有這麼個人，是我告訴他的。珍跟我吃飯那天，他來接我，可是他們兩個沒見面。珍從窗戶看見他，我記得她的表情很驚訝。」我說，一邊回憶一邊微笑。

「什麼意思？」

「就她的樣子有點吃驚。很多人都會有那種反應，因為他……嗯，長得滿好看的。」

「那麼妳先生並不認識珍．華特斯了？」湯瑪斯警員說，一臉失望。

「不認識，可是我朋友瑞秋．貝利托認識。我就是因為她才認識珍的。瑞秋帶我去參加某個在芬奇雷克斯工作的人的餞行派對，珍也去了。」我頓了頓。「瑞秋聽說珍遇害的消息非常難過，因為她死的那天瑞秋還跟她吵架。」

「吵架？」湯瑪斯警員拉長了耳朵。「她有沒有說是為了什麼？」

「她說是為了停車位。」

「停車位？」

「對。」

「如果她是珍・華特斯的同事，那一定被我們偵訊過了。」羅生警員打岔說。

「她有啊。」我點頭。「我會記得是因為她跟我說她覺得很糟，沒跟你們說吵架的事。她怕你們也許會覺得她有罪。」

「有罪？」

「對啊。」

「什麼罪？」

我緊張地看著她。「我猜她指的是命案，所以我就跟她說沒有人會為了停車位殺人的。」我緊張地看著她。「除非不是為了停車位吵架。」

羅生警員掏出手機，敲了什麼。「妳為什麼這麼說？」

我看著廚房窗外，花園正沐浴在夏末的陽光下。「呃，如果是為了停車位吵架，她為什麼不跟你們說？」我搖頭。「對不起，我不應該說這種話，只是我現在對瑞秋不是很喜歡。」

「為什麼？」

「因為她在搞不倫戀。」我低頭看著手。「跟我先生。」

短短的沉默。「有多久了？」羅生警員問我。

「不知道，我才剛發現的。幾個星期前，瑞秋突然過來，我看見馬修在門廳上吻她。」我說，很高興能用他們的簡訊來反制他們，即使那表示我跟警察說了謊。

兩名警員又互看了一眼。

「妳把看見的事情跟妳先生說了嗎？」湯瑪斯警員問。「妳有沒有質問他？」

「沒有，他只會輕描淡寫，跟上次我在廚房看見刀子一樣，說是我看花眼了。」我支吾了一會兒。「有時我會想……」我欲言又止，衡量著我該為馬修的所作所為報復多少。

「想什麼？」羅生警員催促我。

馬修被戴上手銬的畫面浮了出來。「有時我會想珍是不是知道他們劈腿。」我說。「有時我會想，她從餐廳窗戶看見他會那麼驚訝，是不是因為她認得他。我不知道，也許是她看見過他和瑞秋在一起。」為了確定他們朝我要的方向去想，我索性說得更直白。「我剛才在花園棚屋裡找到了刀子，我根本不知道該怎麼想。起先我以為是兇手把刀子藏在這裡的，我正想打電話給馬修，問他該怎麼辦。可是我想起來我說廚房裡有刀子，他並不相信我，我才報警的。」我讓自己熱淚盈眶。「可是現在我不知道自己做的對不對，因為我知道你們在想什麼，我知道你們在想馬修是兇手，是他殺了珍，因為珍知道了他跟瑞秋的事，正打算告訴我，可是不可能是他，不可能！」

馬修到家了，時間算得再好不過。

「怎麼回事？」他說，進來廚房，看向我站的地方。「妳又觸動了警鈴了嗎？」他轉向羅生警員。「真抱歉，又把妳叫來。我太太很可能患了早發性失智症。」

我開口要跟警員說醫生的診斷是我壓力過大，但立刻就閉上了嘴巴，因為此時此刻並不重要。

「我們不是為警鈴來的。」羅生警員說。

他把皮包放在地板上，鎖著眉頭。「那，既然你們不是為了警鈴來的，我可以請問是為了什麼事嗎？」

「你見過這個嗎？」湯瑪斯警員把茶巾遞過來，裡頭的刀子明顯可見。我們都聽見了小小的遲疑。「沒有，怎麼了，是什麼東西？」

「是一把刀子，安德森先生。」

「天啊。」馬修似乎很吃驚。「在哪裡找到的？」

「在你的花園棚屋裡。」

「花園棚屋裡？」他裝出了不敢相信的模樣。「怎麼會在那裡？」

「我們來就是想查清楚。也許我們應該都坐下來？」

「當然、當然。請外面坐。」

我跟著大家到客廳去，馬修跟我坐沙發，兩名警員拉椅子過來坐。我不知道他們是否刻意為之，可是兩張椅子都正對著馬修，圍困了他，把我留在他們的密閉三角形之外。

「我可以請問是誰發現刀子的嗎？」

「是你太太。」羅生警員說。

「我需要花盆來種球莖。」我解釋道。「在一個大花盆裡找到的，包在茶巾裡。」

「你認得這條茶巾嗎？」湯瑪斯警員拿給馬修看。

「不認得，我從來沒看過。」

我緊張地笑了一聲。「可見你都沒在擦盤子。」我說，假裝我是在打破緊張的氣氛。「我們有一條一模一樣的，瑞秋從紐約買來送我們的。」

「那麼刀子呢，安德森先生？」湯瑪斯警員又問。「你見過嗎？」

「沒有。」馬修堅定地搖頭。

「我剛才跟他們說這一把就跟我在那個星期六晚上看到的一樣。」我熱心地告訴他。

「怎麼又把舊帳翻出來了。」馬修疲憊地說。「妳看見的是我們家的刀子，記得嗎？」

「不是，才不是，那一把大多了。」

「可以請教七月十七日週五晚上你在哪裡嗎，安德森先生？」湯瑪斯問。

「那麼久的事了，我不知道還記不記得。」馬修說，緊張地一笑。可是沒有人陪他笑。

「就是我跟學校的同事出去的那一晚啊。」我很熱心地幫忙。「暴風雨那晚啊。」

「喔，對了。」馬修點頭。「我在家裡。」

「你曾出門嗎？」

「沒有，我偏頭痛，上床睡覺了。」
「你睡在哪裡？」
「客房裡。」
「你為什麼要睡客房，而不睡臥室？」
「因為我不想要凱絲回來的時候把我吵醒。喂，這是怎麼回事？我為什麼會接受偵訊？」
羅生警員打量了他幾秒。「只是要確認一些事情。」她說。
「什麼事？」
「一件疑似兇器的刀子在你的花園棚屋裡找到了，安德森先生。」
馬修張大了嘴。「你們不會真以為我跟那個年輕女人的命案有關吧？」
湯瑪斯警員看著他，若有所思。「請問你說的是哪位年輕女人，安德森先生？」
「你很清楚我說的是誰！」他的虛飾出現了裂縫，我毫不同情地盯著他，心裡在納悶我當初是瞎了哪隻眼才會愛上他。
「我說過，我們只是在確認一些事情。安德森先生，你跟瑞秋．貝利托有多熟？」
提到瑞秋大出他的意料之外，他猛地抬頭。「不很熟，她是我太太的朋友。」
「那麼你沒有跟她搞外遇嘍。」
「什麼？沒有！我受不了那個女人！」
「可是我看到你吻她。」我小小聲說。

「少胡說八道了！」

「那天她突然跑來，那天我想不起咖啡機要怎麼用，我看見你在門廳吻她。」我不改口。

「別又來了。」他呻吟。「妳不能老是這樣亂編故事，凱絲。」但懷疑卻像小蟲鑽入了他的眼中。

「我覺得還是到局裡再繼續吧。」湯瑪斯警員打岔。「這樣方便嗎，安德森先生？」

「不，不方便！」

「那我恐怕就只有提醒你了。」

「提醒我？」

我轉向他們，一臉的焦慮。「你們不會真的覺得他殺了珍·華特斯吧？」

「什麼？」馬修活像要暈倒了。

「都是我不好。」我說，一面扭絞雙手。「他們問了我一些話，現在我很怕我說的話都會變成對你不利的罪狀！」他瞪著我，嚇壞了，而湯瑪斯警員正在宣讀他的權利。他快唸完時，我就哭了起來，好像心都碎了，而且我發覺我不是在做戲，因為我的心真的碎了，不僅是被馬修打碎的，也被瑞秋，我當成是姐姐一樣愛的人。

他們把他帶走了，一等我關上了門，我就擦乾眼淚，因為事情還沒完呢。輪到瑞秋了。

我撥了她的電話。我原本只想跟她在電話上談，可是等待她來接電話時，我卻決定請她過來一趟，因為面對面跟她說我必須說的話比較好玩，能真正看見她的反應而不僅是聽見，更讓人滿意。

「瑞秋，妳能不能過來一趟？」我帶著哭音說。「我真的需要找個人談一談。」

「我正要上班，」她說，「大概四十分鐘內會到，得看塞不塞車。」這是頭一次，我在她的語氣中發現到無聊，我知道她以為我又要嘮嘮叨叨說什麼殺手在監視我之類的話了。

「謝謝，」我說，做出鬆了口氣的口吻。「拜託妳快點。」

「我盡量。」

她掛斷了電話，我想像著她傳簡訊給馬修，因為現在她應該也買了新手機了。可是他被羈押了，她也聯絡不上他。

她在一個小時後抵達，可能是因為塞車，也可能是因為她想讓我再坐立不安久一點。

「怎麼了，凱絲？」我一開門她就問。「是馬修的事嗎？」她一臉擔心，也就是說我猜對了，從接到我的電話之後，她就一直想跟馬修聯絡。

「妳怎麼知道？」我說，一臉驚訝。

「妳不是說想找個人談一談，我就假設是出了什麼事了。」她說，顯得心慌意亂。「而且我猜說不定是跟馬修有關。」

1. 依英國法律，警察對犯罪嫌疑人在詢問前經提醒手續，使其知道他依法沒有回答詢問的義務，如自願回答，則所說的情況就要記錄下來，做為提醒後錄得的陳述書，經簽名後，送交法院做為證據。

「那妳猜對了。」我說。

「他出車禍了嗎？」她掩不住驚慌。

「沒有，不是那樣。坐下來說吧？」

她跟著我到廚房，坐在我對面。「直接跟我說是怎麼回事，凱絲。」

「馬修被捕了，警察來把他帶到警察局去偵訊了。」我無助地看著她。「我該怎麼辦，瑞秋？」

她瞪著我。「被捕了？」

「對。」

「怎麼會？」

我扭絞雙手。「都怪我。我說的每一件事都被他們寫下來了，我很怕他們會拿來對付他。」

她給了我凌厲的一眼。「妳是什麼意思？」

我做個深呼吸。「今天下午，我在整理花園，在棚屋裡找到了一把刀。」

「一把刀？」

「對。」我說，很開心看到她臉色蒼白。「我快嚇死了，瑞秋，好恐怖喔。跟報紙上的那把一模一樣——就是用來殺害珍的兇刀。我不知道有沒有跟妳說過，妳也知道我忘東忘西的，可是有天晚上，那時妳在西恩納，我在廚房裡看到一把大刀。可是我叫馬修來看，刀子卻不見了。所以今天我在棚屋裡找到了刀子，我就以為可能是兇手藏的，我就報了警——」

「妳為什麼不打給馬修？」她打斷我。

「因為上次他就不相信我，我怕他這次也不會相信。再說，他也快到家了。」

「然後呢？他們為什麼要逮捕馬修？」

「嗯，警察來了，問了我一大堆問題，問命案那天晚上他在哪裡……」

她登時變得很害怕。「妳不會真的在說警察以為他涉嫌殺害珍吧？」

「我知道，太誇張了，對不對？問題是，他那天晚上沒有不在場證明。我在威爾斯堡——那天是期末聚餐——而他一個人在家裡。所以他有可能出去了。至少警察好像是這麼看的。」

「可是妳回來時他不是在家裡嗎？」

「對啊，可是我沒看到他。他偏頭痛，睡在客房裡，我回來後就沒去打擾他。聽著，瑞秋，有件事我要問妳。妳記不記得那條妳從紐約幫我買的茶巾，有自由女神像的那條？妳說妳也幫自己買了一條。」她點頭。「妳還給過誰？」

「沒別人了。」她說。

「妳一定也送過別人。」我堅決地說。「這件事真的很重要，妳一定要想起來，因為它可以證明馬修是無辜的。」

「什麼意思？」

我深吸一口氣。「我今天下午找到刀子的時候，刀子是用自由女神像茶巾包著的，警察問了我認不認得，我不得不說是我們的。我覺得好可怕，因為就是這樣才害馬修好像有嫌疑的。可是警察走了以後，我在櫥櫃裡找到了我的那條茶巾——所以，無論是誰殺了珍，都有一條一模一樣的茶巾。所以，瑞秋，妳要仔細想一想，因為這一點就可以證明馬修是無辜的。」

我能看出她在飛快動著腦筋，尋找出路。「我不記得了。」她低聲嘟囔。

「妳自己也買了一條，對不對？妳確定沒有把那一條送給別人嗎？」

「我不記得了。」她又說。

我嘆口氣。「要是妳記得的話，就可以幫警察省點力了，不過，別擔心，他們自己也查得出來的。他們會找刀子上的指紋和DNA——他們說一定會有蛛絲馬跡。所以馬修很快就會洗清罪嫌，因為刀子上面不會有他指紋和DNA。可是可能得等個幾天，而且他們顯然可以把他拘留二十四小時，要是他們真的懷疑他涉嫌珍的命案，就會再關久一點。」我讓眼淚流下。「我受不了讓他坐在牢房裡，被當成犯人。」

她從口袋裡拿出車鑰匙。「我得走了。」

我盯著她的臉。「妳不要留下來喝杯茶嗎？」

「沒辦法。」

我陪她走到門口。

「對了，妳找到妳朋友的手機了嗎？就是在斑點母牛丟掉的那一支？」

「沒有。」她說，心煩意亂的樣子。

「嗐，誰知道呢，說不定哪天就冒出來了。搞不好已經有人交給警察了。」

「嗳，我真的得走了。拜，凱絲。」

她匆匆走向她的汽車，坐了進去。我等到她發動引擎才走過去敲她的車窗。她把車窗搖下來。

「我忘了跟妳說了——警察問我認不認識珍，我就說我第一次遇見她是在妳帶我去的派對上。所以他們就問我妳認不認識珍，我就說不認識，可是妳跟她在她遇害的那天為了停車位吵架，就這樣。可是他們好像不相信是為了停車位。所以拜託妳好好想想茶巾的事，好嗎？我剛才打電話跟他們說我在櫥櫃裡找到了自己的那條茶巾，所以包裹刀子的茶巾不可能是我的，我說我只知道另外一條是妳的。」我打住，等著看效果。「妳也知道警察的作風，他們會利用每一件小事來對付妳。」

看見她的眼睛亂飄，尋找一個可以逃的方向，感覺真是太痛快了。她使勁換檔，風馳電掣地衝出院門。

「拜，瑞秋。」我輕聲說，目送她的汽車消失在馬路上。

回到屋裡，我打電話告訴警察包裹刀子的茶巾不是我的，因為我在櫥櫃裡找到了。我提醒他們茶巾是瑞秋送的，她自己也有一條。我問起馬修，聽到他們要拘留他一夜，假裝很憂心。我一掛上了電話，就去廚房打開冰箱，拿出冰存在裡面專門用來招待不請自來的客人的香檳，給自己倒了一杯。

接著我又喝了一杯。

十月一日，週四

翌晨我發現竟是十月的第一天，感覺像個好兆頭，正好是重新開始的黃道吉日。我第一件事就是看新聞，我聽見了有一男一女為珍．華特斯的命案在接受警方訊問，我忍不住感到一股陰沉的快感，瑞秋也被捕了。

我從不覺得自己是個有仇必報的人，可是我希望她在被警察拷問和馬修的外遇、跟珍的爭吵、包著刀的茶巾的短短幾小時內如坐針氈。她必定怕死了指紋會被查出來。當然了，等我把她的秘密手機交出去，她和馬修就會被釋放，因為警察會明白他們兩人都沒有殺害珍，那把刀子是瑞秋在倫敦買的，只是為了要嚇我，而不是命案的兇器。然後呢？他們從此幸福快樂白頭偕老？感覺不對勁，而且也絕對不公平。

今天會是忙碌的一天，可首先我不疾不徐地吃早餐，驚異於沒有無聲電話的威脅，感覺有多舒暢。我想請法庭下令，禁止馬修和瑞秋在釋放後接近我，於是我上網搜尋，發現我可以申請禁制令。我知道遲早我會需要法律諮詢，就打電話給律師，跟他約了中午以前見面。接著我打給鎖匠，敲定了換鎖的時間。

鎖匠來換鎖時，我把馬修的東西都丟進垃圾袋，收拾的時候盡量不去想太多，不去想這代表什麼。可是仍把我所有的情緒都掏空了。十二點，我開車到威爾斯堡，袋子裡裝著瑞秋的小手機。我跟律師談了一個半小時，他跟我說了我不了解的事：多虧有了簡訊，馬修會因為我的「用藥過量」被起訴。我離開後，駕車到瑞秋家，把裝著馬修衣服的垃圾袋丟在她的門外。然後我駕車到警察局，找羅生警員。她不在，但是湯瑪斯警員在，我就把瑞秋的手機交給他，把我跟律師說的話再跟他說一遍，說是今天早晨我在自己的車子裡找到的。

我身心俱疲，開車回家。很驚訝我有多餓，就翻出一罐番茄湯，配著吐司吃。然後我在屋子裡遊蕩，感覺悵然若失。不知道在同時失去先生和至友之後，我要如何過下去。我覺得心情低落，愀然不樂，跪下來放聲痛哭的誘惑實在是太大了，但是我不能屈服。

我打開電視，剛好看到六點的新聞。沒有馬修和瑞秋獲釋的消息，可是緊接著電話就響了。我這才明白一切都沒有變，那種讓人發毛的恐懼仍占據了我的心頭。我走到門廳，提醒自己不可能是無聲電話，可是我拿起話筒，看見號碼是未顯示，我就驚詫地整個人麻木掉了。

我連話筒都拿不穩。

「凱絲？我是亞歷斯。」

「亞歷斯？」我登時鬆了好大一口氣。「你嚇了我一跳！你知不知道你的號碼沒顯示？」

「是嗎？對不起，我不知道。呃，希望妳不介意我打電話來——我是從妳在珍過世後寄給我的卡片上知道妳的號碼的——可是我剛接到警察的電話。他們把殺害珍的兇手羈押了。結束了，凱絲，終於結束了。」他的聲音因為清緒激動而濃濁。

我努力尋找得體的話，可是心裡卻因震驚而轉個不停。「太好了，亞歷斯，我真為你高興。」

「我知道，我也不敢相信。我聽說昨天有兩個人接受警方的偵訊，我都不敢抱著希望。」

「那是其中一個人嗎？」我問，知道不可能。

「不清楚，警方沒說。他們會派警員來我這兒，我大概是不應該說出去的，可是我想讓妳知道。在妳星期一跟我說完那番話之後，我覺得也許可以讓妳的心定下來。」

「謝謝你，亞歷斯，這個消息真是太好了，真的。你會讓我知道後續的情況嗎？」

「當然會。那，再見了，凱絲。希望妳今晚能睡得比較好。」

「你也是。」

我掛上了電話，他的話仍讓我愕然。如果警方羈押了殺害珍的兇手，那馬修和瑞秋一定已經獲釋了。那麼是誰認罪了？兇手聽說有兩個人被捕，突然良心發現？說不定是有人窩藏他——他的母親，他的女朋友——他們決定大義滅親。這似乎是最合理的解釋了。

我實在是太緊繃了，坐也不是站也不是。馬修和瑞秋呢？回到瑞秋的公寓了？他們發現裝著馬修衣服的垃圾袋了嗎？還是在到這裡的途中，來拿他其餘的東西？他的筆電、公事包，牙刷、刮鬍刀——都還在這裡。我很慶幸有事可做，就在家裡到處收拾他的東西，放進一個箱子裡，萬一他們現身，我希望自己有所準備，因為我不想讓他們進門。

夜幕降臨，我沒上樓睡覺。我希望亞歷斯再打電話來告訴我是誰殺了珍。他現在必定已經知道了。我應該感到安全，兇手被捕了，可是我的心中有太多疑慮。連空氣都散發出緊張，讓四壁收縮了，慢慢地收緊，把我肺裡的空氣都擠掉了。

十月二日，週五

我醒來發現自己睡在沙發上，燈仍亮著，因為我不想獨自待在黑暗中。我很快洗了個澡，緊張於這未知的一天。門鈴響了，害我嚇了一跳。我的第一個想法是馬修來了，於是我不拉開新裝的門鏈，只把門打開。我看見了羅生警員，覺得像見到老朋友。

「我能進來嗎？」她問。

我們到廚房去，我請她喝茶。我猜她是來警告我馬修和瑞秋已經獲釋了，或是來詢問我是如何拿到瑞秋的秘密手機的。或是來證實亞歷斯昨晚說的話，他們抓到殺害珍的兇手了。

「我來告訴妳最新的消息。」她說。我正從櫥櫃拿杯子。「順便謝謝妳。要不是有妳幫忙，我們也不能這麼快就偵破了珍的命案。」

我太忙著佯裝驚訝，沒聽懂她的意思。「你們知道是誰殺了珍？」我說，轉過來面對她。

「是的，我們得到口供了。」

「太好了！」

「是妳給我們的靈感。」她說。「我們非常感激。」

我疑惑地看著她。「我不懂。」

「就跟妳說的一樣。」

跟我說的一樣？我迷迷糊糊走向餐桌，沉坐在椅子上。馬修殺了珍？我忽然覺得好害怕。

「不，不可能。」我說，找到了聲音。「我昨天送了一支手機到警局去。我去找律師的時候在車子裡發現的，我打開來才知道那是瑞秋用來和馬修聯絡的手機。要是你們看過簡訊——」

「我看過了。」羅生警員打斷了我。「每一則都看過。」

我看著她把茶包放進我丟下不管的馬克杯裡。既然她讀過了，她就應該知道馬修是無辜的。可是她說跟我說的一樣。我一想到要告訴她真相，也就是我是為了報復馬修那樣子對我才故意陷害他的，我的胃就翻觔斗。那我就得收回我說的每一句話，我可能會被控妨礙司法。可是我要收回什麼？我其實並沒有說謊啊。那晚我回家來沒看到馬修，所以他是有可能不在房裡。可是跑出去殺害珍？他甚至不認識她。既然他是無辜的，幹嘛要承認殺死了珍？但是我想起了珍從廳餐窗戶看見他時的表情。我猜對了，那的確是認識他的表情。他認識珍。

「我不敢相信。」我虛弱地說。「我不敢相信是馬修殺了珍。」

羅生警員皺著眉頭。「馬修？不是，馬修不是兇手。」

我的腦筋轉得像陀螺。「不是馬修？那是誰？」

「是貝利托小姐。瑞秋全都承認了。」

我喘不過氣來，房間似乎在我眼前旋轉。我覺得臉上血色盡失，羅生警員用兩手扶住了我的頭，輕輕往餐桌按。

「沒事了，沒事了。」她說，聲音平靜。「深吸兩口氣，妳就沒事了。」

我因震驚而渾身哆嗦。「瑞秋？」我說，聲音沙啞。「瑞秋殺了珍？」

「對。」

我覺得驚慌湧升。儘管我知道她的心腸夠硬，可是我無論如何也不相信這個。我知道我跟警方說的事是要陷害她，就和我陷害馬修一樣，可是我只是想要嚇嚇她。

「不，不是瑞秋，不可能。她不會的，她不是那種人，她不會殺人！你們搞錯了，你們一定是……」我再痛恨瑞秋，再痛恨她那樣對我，我仍替她害怕，害怕到說不下去了。

「恐怕她已經認罪了。」羅生警員說，把馬克杯推給我。我乖乖喝了一口又熱又甜的茶，兩手抖個不停，把茶潑了一些出來，燙到自己。「我們昨晚偵訊她，才突破了她的心防。實在很不可思議——不知道是為了什麼，她以為我們識破了她。妳說她和珍不是為了停車位吵架，妳說對了。當然，我們會從刀子上找她們兩人的DNA——她的和珍的……」

我覺得像陷入惡夢中。「什麼——我在棚屋裡找到的刀——真的是兇器？」

「她當然清洗過了，可是在刀柄的凹槽裡找到了血跡殘留。我們已經送去鑑識，不過我們很肯定是珍的。」

「可……」很難跟得上她的話。「她說她是在倫敦買的啊。」

「很可能是，但是是在命案之前買的，不是之後。她總不能跟馬修說她已經有一把刀子了，就故意說會去買一把來嚇妳。嚇過妳之後藏在棚屋裡也是掩藏兇器的一個方法。」

「我不懂。」我的牙齒格格作響，所以我用雙手搓杯子，渴望能得到一些溫暖。「我是說，為什麼？她為什麼要殺人？她跟珍又不熟。」

「她跟珍比妳以為的熟。」羅生警員坐到我旁邊。「瑞秋有沒有跟妳談過她的私生活，介紹妳認識她的伴侶？」

「沒有，不算有。這幾年來我只見過一兩個，可是她好像沒辦法維持得很久。她老是說不是結婚那一型的。」

「要把真相拼湊起來還真有點像跑馬拉松。」羅生警員說，儼然是有許多事情要說明。「有些事情是我們在詢問珍在芬奇雷克斯的同事時知道的，而等瑞秋認罪之後，我們又從她口裡知道其餘的部分。這故事只怕不是多好聽。」她看著我，想知道是否該說下去，我點點頭，因為要是我不知道背後的原因，我要如何面對？「那好，是這樣的。大約兩年前，瑞秋跟芬奇雷克斯的某個同事有不倫戀。那人結婚了，還有三個年幼的孩子。他後來為了瑞秋離開了他的妻子，可是他一離婚，瑞秋就失去了興趣。所以他又回頭去找他的太太，而瑞秋馬上又跟他搞婚外情。他第二次拋妻棄子，把他的家庭弄得烏煙瘴氣的。」她歎口氣。「第二次的婚外情又結束了，可是這一次他的妻子不肯再接納他了。最糟糕的是他的妻子也在芬奇雷克斯工作，兩人每天都會碰面，最後她得了憂鬱症。」

「這跟珍有什麼關係？」我問，想在心裡抓住這一片片的拼圖。

「她是珍最好的朋友，所以珍也牽扯進去了。她自然非常討厭瑞秋，想要報復她破壞了朋友的家庭，不止破壞一次，而是兩次。」

「我能理解。」

「是啊。可是她們在不同的部門工作，不太常因業務而有交流。不過她對瑞秋的評價變得更低，因為有天很晚了在辦公室她撞見了她和別人性交。隔天她就當面質問瑞秋，基本上是叫她以後去旅館開房間，否則她就要舉報她。」

「別跟我說瑞秋就是為了這個緣故殺害她的。」我說，乾笑了一聲。「因為她害怕被舉報。」

「不是，瑞秋覺得情形不對是因為珍後來才發現在辦公室裡跟她在一起的人是馬修。抱歉。」她說，察覺了我的臉色。「如果妳不想聽了，隨時可以開口。」

我搖頭。「沒關係，我需要知道。」

「妳確定的話。妳記不記得跟我們說妳覺得珍從廳餐窗戶認出了馬修？妳說對了，她是認出他了。」

是冥冥中自有天意嗎？我自己虛構的說法居然變成真的了。荒謬得我都想笑了。

「珍發覺跟瑞秋性交的男人居然是她的新朋友的先生，很容易就能想像得到她的心情。」羅生警員接著說。「她為妳感到氣憤，就傳了封電郵給瑞秋，她那時正在紐約出差。她提醒瑞秋她已經拆散了一對夫妻了，說她不會坐視瑞秋對妳做出同樣的事來，尤其是她覺得妳們會成為知心的朋友。瑞秋叫她少管閒事，可是等她從紐約回來，回去上班，珍卻在停車場質問她。她放話說如果瑞秋不立刻跟馬修停止來往，她就要把他們的外遇告訴妳。瑞秋答應那天晚上要和馬修一刀兩斷，可是珍不相信。她參加了朋友的告別單身派對之後，回到餐廳，她不僅打電話給她先生，也打給了瑞秋——珍在停車場質問她的時候，硬要了瑞秋的名片，把她的手機號碼寫在背面。我們在珍的皮包裡找到許多名片，大多數都是在芬奇雷克斯工作的人，所以我們也就沒有特別留意瑞秋的名片。回到正題，珍問瑞秋有沒有跟馬修一刀兩斷，瑞秋承認還沒有，說需要更多時間，珍就說她反正回家要經過努克角，她會自己繞到妳家來跟妳說。」

「什麼？晚上十一點？」我說。「她應該是不會來吧。」

「妳猜對了，她可能只是說說而已，嚇嚇瑞秋。可是瑞秋慌了手腳。她跟珍說在她跟妳說之前，有些事情她應該要知道——她暗示妳的心智非常脆弱，說她不能就開門見山地說。她建議兩人在避車道碰面，等珍聽完她的說法，要是她仍堅持要跟妳說，她們兩個可以一塊說。珍同意聽聽她的說法，所以瑞秋就把車開到黑水巷的一條步道裡，而結果我們都知道了。珍才不相信瑞秋說妳心理有問題，兩人吵了起來。瑞秋矢口否認她有殺死珍的意圖，她拿刀出來只是想嚇唬她。」

塵埃緩緩落定。我在暴風雨那晚停在避車道上，珍不需要協助，是因為她在等瑞秋。她不知道車上的人是我；要是她知道了，她就會冒著風雨跑過來，坐進我的汽車，跟我說還真巧，她正要去找我。而坐在我的車裡，她就會把瑞秋和馬修搞婚外情的事告訴我。那我是會直接開車回家找馬修對質，而在路上和瑞秋的車子交錯而過？抑或是在我設法消化那個具毀滅性的消息時，瑞秋正好趕到，連我一塊殺掉？這個答案我永遠也不會知道。

「我不敢相信。」我呆呆地呢喃。「我還是不相信瑞秋會做出這種事來。就算是珍跟我說了，那又如何？他們的地下情就會公開，瑞秋也會得到她要的東西，就是馬修。」

羅生警員搖頭。「妳從簡訊中也看出來了，她要的不只是馬修，還要錢。妳的錢。她極強烈地認為妳父親應該在遺囑中留給她一些東西——她一直說妳父母親常常說她是他們的第二個女兒——所以她覺得被騙了，妳繼承了一切。」

「我根本不知道錢的事，我一直到我媽過世後才知道的。」

「對，瑞秋跟我們說了。而妳只要沒嫁，她就覺得她能夠分到一點。可是妳後來結婚了，她也看出來她不再是妳的優先選擇了，她對妳的積怨越來越深，最後決定了她只有一個辦法能夠拿到她認為是屬於她的財產，就是透過馬修。恐怕她是故意跟他搞婚外情的，等到馬修愛上了她，他們再一塊謀劃，把妳弄成一個心理不穩定的人，如此一來馬修就能控制妳的錢。珍質問她的那天，他們正要展開對付妳的陰謀——可以說是時機太不湊巧了。要是珍把瑞秋和馬修的事告訴了妳，她小心籌劃的計謀就功虧一簣了。」

我流下了眼淚。「我幫她在法國買了一棟房子。她愛上了那裡，我就幫她買下來了。我本來要送給她當四十歲的生日禮物的，想給她一個驚喜。我瞞著馬修，因為我以為他會不贊成。他並不真的喜歡瑞秋——至少我以前以為是這樣。要是她肯再等一等——她的生日就在這個月底。」

我覺得好傷心。我早該知道瑞秋不在爸的遺囑裡對她會是多大的打擊。我怎麼會這麼遲鈍？是的，我幫她買了一棟房屋，可也只是因為在她愛上那棟屋子時我碰巧在場。要是她沒看見那棟房屋，我會想到該送她一些錢嗎？也許。我希望會。

而我又為什麼不直接把房子送給她，在我買下的那一刻，反而秘而不宣，等著她的生日再風風光光地送給她？一年半來，房子一直是空的，無人居住。要是我早就給了她，她會非常開心，而我仍有馬修，珍也不會賠上一條命。最起碼，我可以把買了房子的事告訴馬修，那如果馬修和瑞秋已經劈腿了，他就會跟她說。那她就會耐心地等候她的四十歲生日，而等到她拿到了房子，馬修就會跟我離婚，而且極有可能從我這兒挖些錢去過日子。我可能失去馬修——可是珍會活著。

我不知道是什麼原因讓我誤打誤撞，猜出了珍的命案真相。說不定是我的下意識——也許是那天珍看見餐廳外面的馬修，驚訝的表情深駐在我的腦海，讓我覺得她認得他。也許她邀我去她家喝咖啡並不是隨口的提議。也許，在內心深處，我知道馬修和瑞秋劈腿，也許在內心深處我知道珍打算要告訴我。或許就純粹是運氣。也或許，我昨天坐在避車道上，感覺到珍的存在，是她帶領我挖掘出真相的。

◆

羅生警員差不多又過了一個小時才起身告辭。

「馬修知道嗎？」我問，跟她並肩走向前門。「瑞秋的事？」

「還不知道，但是很快就會知道了。」她在門階上轉身。「妳不會有事吧？」

「嗯，謝謝。我沒事。」

我關上了門，知道自己怎麼能沒事，暫時還不能。但將來有一天，我會沒事的。我不像珍，我還有長長的人生。

致謝

我要向我了不起的經紀人卡蜜拉．瑞獻上無盡的感激，她讓許多的事情變得可能。也要感謝達利．安德森的團隊成員，與他們共事真是愉快無比。同時我也感謝他們的專業——沒有他們，不會有今天的我。

我還要大大感激我卓越的編輯莎莉．威廉森給了我無價的建議與支持，而且總是接聽我的電話。ＨＱ的團隊，也要謝謝他們，熱心助人又專業——你們是最棒的！還有所有美國的團隊，珍妮佛．魏斯，麗莎．珊茲，潔西卡．普利帝格，以及所有聖馬丁出版社的人對我始終保持信心。

最後，我要特別感謝我的家人——我的女兒、我先生，我的父母，我的兄弟姐妹——一直對我的寫作有興趣。也感謝我親愛的朋友，英國和法國的，他們對我的新事業跟我自己一樣興奮！

國家圖書館出版品預行編目資料

崩潰 / B.A.芭莉絲著；趙丕慧譯.
-- 初版. -- 臺北市：皇冠, 2017. 12.　面; 公分.
--(皇冠叢書; 第4663種) (CHOICE; 310)
譯自：The Breakdown
ISBN　978-957-33-3345-6 (平裝)

874.57　　106020886

皇冠叢書第4663種
CHOICE 310

崩潰

The Breakdown

作　　者—B.A. 芭莉絲
譯　　者—趙丕慧
發 行 人—平雲
出版發行—皇冠文化出版有限公司
台北市敦化北路120巷50號
電話◎02-27168888
郵撥帳號◎15261516號
皇冠出版社(香港)有限公司
香港上環文咸東街50號寶恒商業中心
23樓2301-3室
電話◎2529-1778　傳真◎2527-0904
總 編 輯—龔橞甄
責任主編—許婷婷
責任編輯—張懿祥
美術設計—嚴昱琳
著作完成日期—2017年
初版一刷日期—2017年12月

法律顧問—王惠光律師

讀者服務傳真專線◎02-27150507
電腦編號◎375310
ISBN◎978-957-33-3345-6
Printed in Taiwan
本書定價◎新台幣380元/港幣127元